三島由紀夫鏡子の家

三島由紀夫研究 ⑭

〔責任編集〕
松本　徹
佐藤秀明
井上隆史
山中剛史

鼎書房

三島由紀夫研究⑭

目次

特集　鏡子の家

二つの「鏡」――『鏡子の家』と11・25

鈴木啓二

「われわれは急流の真っ只中にとり残され［…］、流れにひきこまれ、後ろ向きのまま深淵に向けて押し流されているのだ」。（トクヴィル　『アメリカのデモクラシー　序文』[1]）

1

若松孝二監督の、『11・25自決の日　三島由紀夫と若者たち』は、三島の一般的読者にすぎなかった私にとって、三島のあの劇的な最後についての認識を一変させる衝撃的な作品だった。それまで私は漠然と、晩年の三島の行動は、時代との接点を意図的に絶った、空回りした超脱的示威くらいにしか感じていなかった。実際には『文化防衛論』は、当時の国内外の状況をめぐる言及に満ちあふれていたのだが、当時高校生であった私は、そこに同時代的感性を読み取ることができないでいた。

若松監督の作品は、三島を「あの時代[2]」の中に置き直すことに見事に成功した。とりわけ、掛川正幸と若松孝二の脚本は、三島の晩年の作品や、「三島由紀夫事件」の裁判記録に基づいて、三島の晩年の思想や行動が、逆に、ヒステリックなまでの、時代への反応の中で展開したものであることを示した。井浦新の演技は、そうした晩年の三島を、驚異的な迫真力で甦らせる。

多くの人々にとっては旧聞に属することがらなのかもしれないが、私は、若松孝二の作品を見てはじめて、三島が、あの11・25の最終行動よりも前、一九六〇年代後半の学生運動の激烈な高まりの中で、10・21国際反戦デーでの自衛隊の治安出動を契機とする反乱を企てていたという事実を知った。

確かに、今読み直してみると、一九七〇年十一月二十五日の自衛隊市ヶ谷駐屯地バルコニーでの三島の「檄」（怒号にかき消されて内容は当時ほとんど把握できなかった）の中には、その一年前の十月二十一日の学生反乱が圧倒的な警察力で抑えられたことで、「治安出動は不用になった[3]」という部分がある。小賀正義ら三名に対する裁判の冒頭陳述書にも、「三島は、昭和四十四年十月の新左翼集団による暴力行動に際し、警察力のみで事態収拾ができず、自衛隊に治安出動が命ぜられることを期待し、その機会を利用して、自衛隊とともに国会を占拠したうえ、憲法を改正させようとの意図を有していた[…][4]」と記されている。自衛隊市ヶ谷駐屯地の事件は、この一九六九年の10・21の企ての、決定的蹉跌の結果としての、絶望的行動であったというわけである。

一九六八年十月二十一日の国際反戦デーは、新宿駅構内に乱入した活動家たちに「騒乱罪」が適用され、数百人の逮捕者が出た、いわゆる「新宿騒乱」の日である。それを受け、翌一九六九年の十月二十一日では、圧倒的な警察力が展開され、逮捕者は前年を上回った。当日官邸に待機していた政府首脳の表情は、混乱収拾の「自信」に満ちていた、と当時の新聞は伝えている。

三島はそうした、社会の動きの一つ一つに過敏に反応していた[5]。若松の映画は、三島の行動を、全ての権威がタブララサされたかのような、全てのヒエラルヒーが転倒の機会を待つような、「あの時代」の波立ちの中に、その根なし的「軽さ」の只中に、置き直した[6]。

しかし言うまでもなく、この根なし的「軽さ」はまた、無価値的虚無がもたらすそれでもある。

「根本のもの[7]」としての国粋的諸価値への回帰[8]を掲げた三島の最終行動は、それゆえ、混沌たる多価値＝無価値の共存とその必然的平準化という、他ならぬ根なし的ニヒリズムの宿命に自ら深く捕われた者による、この宿命との絶望的格闘の、劇的結語でもあった。

今回若松の映画を見てわかったのは、三島が、彼の最終行動の即時的「有効性」を全く信じていなかったという驚くべき事実であった。映画の中には次のような場面がある。

自衛官M「しかし、さらに、有効性は問題ではない、とも書かれています。有効性を問題にしない運動とは、いったいどのようなものなのですか。有効性がなければ、ただ言葉や思想を弄んでいるだけ、とも捉えられかねません[9]」

失敗が確実な三島の行動を、最終的に支えていたのは、「あとに続く者あるを信ず[10]」――それも、自らの行為の直後にでは決してなく、彼方の一時点において――という、上位の目的であった。この目的ゆえに、さしあたりの行為の有効性の決定的欠如（例えば、自分の呼びかけに応じた自衛隊の蹶起の現実的可能性の完全な欠如[11]）はもはや問題とはなりえなかったのであった。

しかし、神風特攻隊の行動原理を継承して、自らを「最後の者」[12]と定めたこの彼の行動の中には、「あとに続く者」たちの出現――今すぐにではなく、彼方の一時点におけるそれ

――への期待と確信とともに、同じだけの強さで、その出現の決定的不可能性への諦念的確信が、存在していなかっただろうか。異教的美の決定的死滅という宿命の確信を前に、殉教という事実上の自死を通じた、復活の可能性に賭けた、というのが、三島の「聖セバスチアン」解釈であった。[13] 三島における「新しく又古い「国体[14]」」の／への回帰の欲求の切迫は、ニヒリズム的運命の圧倒的確信との緊張の内に存在している。そこでは、「根」の必要が強調されればされるほど、逆に、その「根」の必要を絶えず彼に促す、ある大きな、ニヒリズム的必然への確信が、陰画となって表れてくるのである。

2

『鏡子の家』において、ニヒリズム[15]をめぐる相克は、まだ、ここまでのヒステリックな姿をとってはいない。ニヒリズムの発端たる、焼野原の風景は、逆に、諸価値がタブララサされたあとの明るさをすら湛える。無限の混沌は、無限に自由な解放感すら感じさせる。鏡子の家に集まる四人の若者（画家の夏雄、俳優の収、拳闘家の峻吉、商社マンの清一郎）に共通する原風景とは、次のようなものであった。

「彼らの少年期にはこんな壁はすっかり瓦解して、明るい外光のうちに、どこまでも瓦礫がつづいていたのである。日は瓦礫の地平線から昇り、そこへ沈んだ。ガラス瓶のかけらをかがやかせる日毎の日の出は、おちちらばった無数の断片に美を与えた。この世界が瓦礫と断片から成立っていると信じられたあの無限に快活な、無限に自由な少年期は消えてしまった。[16]」

それは、常態としてのアナーキーが無限の解放を予感させる時代、「夏の太陽が瓦礫を輝かしていた［…］「明日を知らぬ[17]」」時代である。そこには、無数の、可能態の断片のきらめきが遍在する。

しかしそれはまた、全ての価値の崩壊を受け、「破滅」が――それも、戦争や災厄のような劇的カタストロフィーではなく、永遠の停滞としての平準化という「破滅」が――、早くも予感された時代でもあった。四人の中で、清一郎は、とりわけそのような世界崩壊の観念にとりつかれている。そして彼は、「われわれは、［文明や進歩など］それによって生きるのだと信じてきたところのものによって滅びるであろう[18]」と書いたボードレールと同じく、理性やその産物への、平和や繁栄への、盲信の中に、破滅の確実な兆候を見出す。

「彼［清一郎］によると、現在には破滅に関する何の兆候も見られないという正にそのことが、世界の崩壊の、まぎれもない前兆なのであった。動乱はもはや理性的な話し合いで解決され、あらゆる人が平和と理性の勝利を信じ、ふたたび権威が回復し、戦う前にゆるし合う風潮が生れ、……どの家でも贅沢な犬を飼いだし、貯金が危険な投機にとって代り、数十年後の退職金の多寡が青年の話題になり、……こうしておだやかに春光が充ちて、桜が満開で、……すべてこれらのことが、一つ一つ、まぎれもない世界崩壊の前兆なのであった。[19]」

つまるところ、清一郎が世界崩壊の兆候を見出すのは、三島自身が蛇蝎のごとく嫌った、あの、「弱者の集団原理[20]」としての「戦後民主主義」のうちにであり、あらゆる価値を均等にならす、画一的論理のうちにであった。

と同時に彼は、この世界崩壊を、絶対に避けられない運命であるとも確信している。

「死は常態であり、破滅は必ず来るのだ。朝焼けのように、世界崩壊の兆候は夜あけ毎にどの窓からもはっきりと目に映るのだ。[21]」

無限の可能性を秘めたアナーキーと、あまねきわたる平準化の確実な予兆、というこれら二要素を包含する、このニヒリズム的状況に、四人の若者はそれぞれの仕方で向かい合う。

そして彼らは、これら二要素の相克の体験の彼方に、それぞれの仕方で、それぞれのより確かな「存在」を、求めようとする。

3

物語では、無限の混沌＝自由の前に立ちはだかる無価値的平準化の運命は、四人の前に立ちはだかる「壁」として表現される。

「それが時代の壁であるか、社会の壁であるかわからない。[…] 今ただ一つたしかなことは、巨きな壁があり、その壁に鼻を突きつけて、四人が立っているということなのである。[22]」

四人はそれぞれの仕方で、この壁と向かい合う。それは、ニヒリズムをめぐる、無限に異なる格闘のありようの、この時点の三島にとっての四つの可能態の姿でもあっただろう。

ボクサーになる峻吉は壁を破って、その先にある、肉体的充実と行動の輝きの中に、自己の存在の確実さを求める。彼は、安全な確信へと導く知性や思考を軽蔑し、行動の速度と簡素の中に、「不滅[23]」を見出す。そして、ひとたび自らの肉体が傷ついた後、今度は、「自分の決して信じない[24]」、右翼思想の、行動と死の陶酔の中に身を投じる。

俳優の収はその壁を「鏡に変え[25]」、自分を見つめ返す「自己＝他者」の眼差しの中で、曖昧な存在に確かさを与えようとする。やがてそれは、より陰気な、他者の眼差しの前での自死という、倒錯的な自己実現の夢想へと結晶する。[26]

画家の夏雄は、「壁に描」こうとする。彼は、完全な無意味の虚無に逢着した後、次いで、有意味の極である、神秘主義に到達する。神秘に沈潜する彼は、ついに、狂気の淵にまで至る。

商社マンの清一郎は、画一な壁そのものに化そうとする。彼にとっては、他者のみが、「かけがいのない実在[27]」となる。彼は、有能で「野心家」の社員を演じきり、副社長の令嬢と結婚し、赴任先のニューヨークでも、グロテスクな「凡庸」を演じ続ける。

こうして、四人の若者たちの「壁」との物語は終わる。「この国［アメリカ］の怪物的な繁栄の遠い余波が、東洋の島国に及ぶところに、清一郎もその一人であった小さな一群の若者がいて、俳優は死に、拳闘家は傷つき、画家は狂気に近づいた[28]。」

これが三島の初めのプランの結末であった。

「結局すべての迂路はニヒリズムへ還流し、各人が相補って、最初に清一郎の提出したニヒリズムの見取図を完成にみちびく[29]。」

無限のアナーキーの高揚が、清一郎の考える、平準化という「世界崩壊」への、単調で不可避の歩みに圧倒されて、物語は終わるはずだった。

4

しかし、実際には、「出来上った作品はそれほど絶望的ではなかった、と三島は書いている。「ごく細い一縷の光りが、最後に天窓から射し入って」きたのだというのである[30]。

一通り物語が終わったあとに挿入されるのは、画家夏雄の、神秘からの回復、狂気の淵からの帰還の逸話である。夏雄はそこで、長い虚無をめぐる格闘の果てに、他の仲間たちのようなヒステリックな演技性の仮面を纏うことなく、自らの五感だけを媒介にして、一瞬、無数の断片からなる現実の存在との関係の回復に辿りつくのである。

そこに至るまでの夏雄と外界の関係は、彼と、あらゆる価値がタブララサされたあとの現実との関係そのものにほかならない。それは、深大寺、十国峠、芝離宮、樹海の風景との対峙を経て、寝室の一茎の水仙の存在を核とする、世界のあらゆる現実との、一瞬の奇跡的な和解へと至る。そこに至るまでの間、外界の無数の断片は、極度の無意味と極度の意味の間を振幅し、それを前にする夏雄の感受性は、能動から、受動へと揺れる。

5

物語のはじめ、一見、夏雄の鋭敏な感受性は、彼をとりまくあらゆる現実の中に、ヒエラルヒーなく美を見出しうる、開かれたそれであるように見える。彼は戦後日本の現代性（モデルニテ）の数々を、勝鬨橋の、ゆっくりとせりあがる鉄板の動きを、埋立地の幾何学的な土地を、「人工的な荒野のむこうの白い巨船」、「今し豊洲埠頭から出てゆく、煙突に井の字を白く抜いた石炭船」を、「美しい」と感じる。[31] しかしそれはまだ、無数の美に完全に身を委ねた感受性とはいえない。彼の感受性は、外界の中に、自分に見合った「好餌[32]」だけを探している。彼が、「自分の感受性と外界との、他人との、社会との衝突を嘗て知らなかった[33]」と感じたのは、外界から受けとる過剰な感覚によって傷つくことを妨げるため、この選別のメカニズムが働いていたからに他ならない。そこで働いているのは、あくまでも、対象を選別・無化する、「能動的」感覚性である。

「その感受性は、手ぎわのいい掏摸のように、外界からただ彼の気に入ったタブロオを、誰にも気づかれずに切り抜いて来た。[34]」

「[彼は]いつも好餌を探しており、彼の目の好きなものを一瞬ものがさずに見てしまう。それは必ず美しかった。[35]」

だから、深大寺で、夏雄が、長い模索の末、ついに、風景の中への「陥没[36]」を果たし、黒雲の中に空いた短冊形の「四角い落日[37]」を見るに至った時も、そこに至る過程では、彼が買った鳩笛に答えて一斉に鳩笛を鳴らす山門前の中学生たちの「不調和なけたたましい原色の絵具をこぼしてしまったかの[38]」ような風景も、斜面を利用して自転車の曲乗りをする中学生の「叫喚」や「西日をうけてめぐる車輪の銀のきらめき」も（それは彼の目には「動きに充ちすぎて」いるとうつる）、ともに排除されなければならなかった。風景は「所有[39]」される必要がある。無数の断片からなるアナーキックな風景は、「浄化の作用[40]」を受けなくてはならなかったのである。この風景の浄化は、絵画制作の時点でさらに一歩進められ、自然から「切りとられてきた」だけの風景になお残存する、「遠ざかっていくオートバイの爆音や、森の蜩の声」などの最後の写実性の痕跡もまた、画面から排除されていく。こうして外界は「分解作用[41]」を被り、あらゆる事物は、「意味」を失い、色彩と形態のみに還元される。「世界は完全に崩壊」し、夏雄は「制作のために虚無を招来した[42]」のである。

しかしそれはあくまでも、彼の「能動的」な感受性が世界を無化して招来させた虚無や無意味にすぎない。世界の真の無意味が、彼を威嚇しているわけではない。彼の感受性と現実との回路は、そこではある意味で、断たれている。

これに対し、彼が夏の樹海で味わったのは、むき出しの世界の無意味性そのものが、無防衛となった彼の感受性に、圧倒的な力で襲いかかってくるような体験であった。

「こんなに色彩が、線が、形象が無意味に眺められたことはなかった。しかもその無意味を彼は怖れた。夏雄は戦慄した。[43]」

「世界の崩壊ははじまっていた。自分はたしかに今それを見たのだ。[44]」

注目すべきは、この「世界崩壊」が、劇的なカタストロフィーでとしてのそれではないという点である。彼が立ち会った「世界崩壊」とは、無数の異なる緑が、全体に一様となり、巨大な苔のようにして「一つに紛れてしまう」光景、絶えず生成は繰り返されるのに、全体としては淀み、「永遠の停滞[45]」が続く状態、つまり、アナーキーの極としての平衡状態にほかならない。

想像力による現実無化のメカニズムは失われ、現実との回路は荒々しく開かれた。そして、この圧倒的な虚無と無意味の体験の後、夏雄は、ある種の防衛機制に従うようにして、逆に外界に「意味」を求めるようになる[46]。しかし、ひとたび鋭敏な受容体と化した今の夏雄の感受性にとって、外界の「意味」もまた、樹海の「無意味」と同様、もはや統御可能なものではない。外界は逆に意味の攻撃的な氾濫と化し、彼に無際限に解読を押し付ける寓意画と化す。

夏雄が、霊能者中橋房江の神秘主義に求めたのは、恐らくこの意味の氾濫を御する超越的秩序であった。しかし結局はそれもまた失敗に帰し、夏雄はついに狂気に近づく。神秘から現実へと踵を返そうとした夏雄が夕暮の町に見出すのは、無数のアナーキックな断片の意味と無意味が、バランスを失った彼の感性に一斉に押し寄せてくる、次のような悪夢的光景であった。

「酒蔵と大書した赤いネオン、劇場の裏側の壁を占領しているヴィタミン剤の広告のネオン、藤色のネオン、街の眺めを視界から隔てている夥しい映画の広告のまわりに点滅している黄いろいネオン、その間に点綴されたミシン針の広告の赤いネオン、［…］雨空はネオンで一杯だった。空にひしめいて飛翔している霊、点滅している霊、輝やいてわなないている色とりどりの霊［…］彼は目をあげて新聞社の電光ニュースを読んだ。走っている霊。横走りに走っている政治的な霊。［…］世界中が、決して通じない人間同士の言葉で、声高に喋り合っていた。霊は中空を走りながら笑っていた[47]。」

こうして彼は狂気に近づく。「人間の縁[48]」まで進んだ彼は、「ひたすら世界喪失の感情のなかに、浮び漂[49]」う。彼は、神秘と狂気の隘路に入りこんでしまったのであった。

6

しかし、その時、奇跡のようにして、彼の五感だけを媒介にして、夏雄に、外界への回路がひらかれる瞬間が訪れるのを我々は見る。三島が、「ごく細い一縷の光りが、最後に天窓から射し入って」きた、と書いたのは、恐らく夏雄が経験するこの瞬間のことであろう。

きっかけは彼の寝室に置かれていた一茎の水仙である。はじめ彼はそれを、「霊界からのの賜物[50]」ととらえるが、ただちにそれは打ち消される。

「僕の目が水仙を見、これが疑いもなく一茎の水仙であり、見る僕と見られる水仙とが、堅固な一つの世界に属していると感じられる。これこそ現実の特徴ではないだろうか。するとこの水仙の花は、正しく現実の花なのではないか。[51]」

この単純な認識を契機に、現実は一瞬、無意味の威嚇からも、神秘主義の意味の過剰からも解放されて、その無数の断片のきらめきをとどめつつ、夏雄の感受性の前に立ち現われる。彼はほんの一瞬、現実の無化と現実による無化という両極の間で、目の前の一茎の水仙との関係だけを手がかりに、あらゆる外界を再構築するに至る。そこでは、それまで、不調和ゆえに彼が斥けたもの、平準化の停滞への宿命ゆえに彼を脅かしたもの、すなわち、無数の日常の細部の、色、形、動き、匂い、音、手触りが、ヒステリックな排除も、超越による統合も伴うことなく、一つながりの現実を形づくる。

『鏡子の家』に集う四人の若者たちが、めいめいのうちに蔵していた「千々に破れた鏡の断片[52]」、あのタブララサのあとの無限の可能態のアナーキーは、こうして、やがて完全な均質へと崩落していく手前で、あらゆる還元と排除を免れながら、一瞬だけ、無数のきらめきとなって、輝きわたるのである。

「まことに玄妙な水仙！　うっかり僕がその一茎を手にとったときから、水仙の延長上のあらゆるものが、一本の鎖につながっているように、次々と現われて、僕に朝の会釈をした。それは水仙の謁見の儀のようだ。僕は僕と同じ世界に住み、水仙と世界を同じくするあらゆるものに挨拶した。永らく僕が等閑にしていたが、僕が今や分ちがたく感じるそれらの同胞は、水仙のうしろから続々と現われた。街路をゆく人たち、買物袋を下げた主婦、女学生、いかめしいオートバイ乗り、自転車、トラック、巧みに街路を横切る雉子猫、あの陸橋、広告気球、ビルディングの群の凹凸、高架鉄道、その遠い汽笛、アパートの窓の沢山の干し物、人間の集団、人間のあらゆる工作物、大都会そのもの、……それらが次から次と、異常なみずみずしさを以て現われた。[53]」

7

再び11・25に戻る。現実の無数の断片との回路は、閉ざされてはいなかった。そして、恐らく三島の目には、ニヒリズム的必然の認識はより深刻なものとなっていたに違いない。一方で、鏡子の家の若者たちに見られた、あの無限の無秩序的自由への渇望は、今や、この無限の生の多様性の共存可能性そのものを危うくする、ソ連の全体主義という深刻な脅威に直面している。他方で、大衆化の進行は、緊張を欠く「アモルフ化アンフォルメル化[54]」した社会を生み出し、『鏡子の家』の四人の若者の前にたちはだかった、無価値的平準化の壁は、さらに抜き差しならぬものとなっている。

もはや「千々に破れた鏡の断片[55]」が、外界の無数の断片を輝かせるだけでは十分ではなくなった。「フラグメントと化した人間をそのまま表現するあらゆる芸術」は、人畜無害な

「プラザの噴水」でしかない、と三島は書く。生と死、聖と欲、貴と卑、明と暗の、全てを含む「全体的人間」の「悲惨」は、「フラグメントの加算からは証明されない[56]」と彼は考える。多様性の抹殺をもたらす全体主義の深刻な威圧に対して、今や、文化と人間の全体性を、その全的統一の中に保持しうる原理が、どうしても必要となっていた。

その時、「雑多な、広汎な、包括的な文化[57]」全体を内包し、「卑俗をも包含しつつ霞み渡る、高貴と優雅と月並の故郷」であるような、「文化概念としての天皇[58]」、という「論理[59]」が三島の中で立ち上る。そして「鏡」はその時、もはや、鏡子の家の若者たちが各のうちに持つ、「千々に破れた」断片ではなく、「日本の文化の全体性と、連続性を映し出す[60]」統合的な鏡でなくてはならない。既に『近代の超克』で、西谷啓治は、「主体的無」に基づく「個人と国家と世界[61]」の原理の表象として、『神皇正統記』に出る、「一物をたくはへず、私の心なくして万象をてらす[62]」神鏡について言及していた。三島の「鏡」はまさしく「万象」を、崇高から卑近までの全てを、「源氏物語から現代小説まで、万葉集から前衛短歌まで、〔…〕のみならず、歌舞伎からヤクザのチャンバラ映画まで[63]」の全てを、映し出すであろう。

驚くべきは、『文化防衛論』に見られる価値相対主義的な姿勢である。松本健一は、三島にとって、「思想は相対的であり、心情は絶対的である」ことを指摘し、その上で、しかし、であるならば、「右翼も左翼も「心情の問題」であり、そのため双方はそれぞれに絶対的であったのだ[64]」と述べた。それは丁度、三島が、「相対的価値の絶対化[65]」という言葉で語った内容に一致する。重要なのは、それ自体相対的である価値の絶対化であり、各々がその相対的価値を命を賭けて守れるかどうかだ[66]、と三島は考える。ここにあるのは、真理が非真理を無条件で退ける「排他・差別の論理」ではない。それは二つの絶対化された「相対性」が命がけで衝突する「決闘の論理」である[67]。と同時に、この論理それ自体が既に、根なし的価値相対化の、ニヒリズム的射程に捕えられていることに我々は気づく。

ニヒリズムの宿命に抗するようにして、三島は絶望的行動に賭けた。しかし「宿命を忌避する人間は、またその忌避すること自体が運命[68]」でもある。彼は自分の行為をニーチエの「運命への愛（アモール・ファティ）」になぞらえて語ったが、彼が従った彼自身の宿命（モイラ）と、その彼をも押し流して進む歴史の宿命（モイラ）とを、我々は区別することができない。

（東京大学）

注1　トクヴィル『アメリカのデモクラシー第一巻（上）』松本礼二訳、岩波文庫、２００５年、16頁。

2　「僕がこだわっているのは、あの時代なんでしょうね。やっぱり、戦後のあの時代に何が起きたかを、きちんと描きたい。」『若松孝二　11・25自決の日　三島由紀夫と若者たち』游学社、2012年、99頁。
3　伊達宗克『裁判記録「三島由紀夫事件」』講談社、1972年、92頁。
4　同右、67頁。
5　『11・25自決の日』の中には、よど号ハイジャック事件の記事を読んで、三島が、「先を越されたな」とつぶやくシーンがある。また、1968年におきた金嬉老事件にも関心を示している。(『若松孝二　11・25自決の日　三島由紀夫と若者たち』、119、110頁。
6　三島の、あの劇的最後と、時代の「軽さ」の、痙攣的な混在は、自衛隊に向かう自動車の中で、『唐獅子牡丹』を全員で歌う場面に極限的な形で表れている。三島事件公判で読み上げられた、古賀浩靖被告の調書の中では、この逸話は次のように語られている。「車で市ヶ谷に向かう途中、高速道路を通って神宮外苑付近にさしかかったとき、先生は「これがヤクザ映画なら、ここで義理と人情の〝唐獅子牡丹〟といった音楽がかかるのだが、おれたちは意外に明るいなあ」などと言った。[…]まず先生が歌いはじめ、四人も合唱した。[…]」。(伊達宗克、前掲書、121-122頁)
7　三島由紀夫『文化防衛論』新潮社、1969年、23頁。
8　それは同時に、国枠的価値の回帰、国家的精髄の永劫回帰・無限再帰、としてとらえられた、「文化」の防衛のための行動でもあった。三島にとって、「国民文化」の第一の特質は、その「再帰性」にあった。(同右、36頁)
9　『若松孝二　11・25自決の日　三島由紀夫と若者たち』、115頁。
10　同右、115頁。Cf.『文化防衛論』にも、自分たちの行動原理は、特攻隊と同じ「あとにつづく者あるを信ず」に思想に基づいている、という記述がある(10頁)。
11　「私達が行動したからといって、自衛隊が蹶起するとは考えませんでしたし、世の中が急に変わることもあろうはずがありませんが、それでもやらねばならなかったのです。」「[…]社会的、政治的に効果があるとは思わなかった。三島先生も「多くの人は理解できないだろうが、いま犬死がいちばん必要だということを見せつけてやりたい」と話されていた」。(伊達、前掲書、132-133頁、31頁)
12　『文化防衛論』、10頁。強調筆者。
13　ガブリエレ・ダンヌンツィオ『聖セバスチァンの殉教』三島由紀夫・池田弘太郎訳、国書刊行会、1988年、三島由紀夫による「あとがき」(321-334頁)を参照。
14　『文化防衛論』、11頁。
15　「「鏡子の家」は、いはば私の「ニヒリズム研究」だ。」(三島由紀夫「裸体と衣装」『新版　三島由紀夫全集　第30巻』新潮社、2003年、239頁)
16　『鏡子の家』新潮文庫、2011年、108-109頁。
17　同右、411頁。
18　『ボードレール全集　Ⅵ』阿部良雄訳、筑摩書房、1993年、27頁。
19　『鏡子の家』、34頁。
20　『文化防衛論』、10頁。
21　『鏡子の家』、518頁。
22　同右、108-109頁。

23 同右、122頁。
24 同右、500頁。
25 同右、109頁。
26 同右、335頁。
27 同右、384頁。
28 同右、520頁。
29 『裸体と衣装』、239頁。
30 同右。
31 『鏡子の家』、8頁。
32 同右、25頁。
33 同右、23頁。
34 同右、23-24頁。
35 同右、25頁。
36 同右、116頁。
37 同右、118頁。
38 同右、114頁。
39 同右、117頁。
40 同右。
41 同右、141頁。
42 同右、143頁。
43 同右、370頁。
44 同右、372頁。
45 同右、369頁。
46 「『僕は河口湖への旅に出たときまで、世界の無意味を少しも恐れなかった。無意味は自明の前提だったのだ。しかし、それ以来、急にそれが僕には怖ろしくなり、僕の恐怖の根源になったのだ。どんな奇怪な意味でも、僕は世界が、礫で充たされた蛇籠のように、意味で充たされることを望んだ』。(423頁)
47 『鏡子の家』、444-445頁。
48 同右、603頁。
49 同右。
50 同右、605頁。
51 同右、606頁。
52 同右、376頁。
53 同右、608頁。
54 『文化防衛論』、16頁。
55 『鏡子の家』、376頁。
56 『文化防衛論』、28頁。
57 同右、55頁。
58 同右、59頁。
59 単行本版『文化防衛論』の帯には、「三島由紀夫の論理と行動の書」とある。
60 『文化防衛論』、24頁。
61 西谷啓治「「近代の超克」私論」『近代の超克』冨山房百科文庫、2004年、31頁。
62 『神皇正統記』岩波文庫、1939年、39-40頁。
63 『文化防衛論』、33頁。
64 松本健一「恋闕者の戦略」『三島由紀夫　美とエロスの論理』有精堂、1991年、3頁。
65 『文化防衛論』、39頁。強調筆者。
66 『討論　三島由紀夫vs.東大全共闘』新潮社、1969年、

141頁。

67　その防衛手段の暴力性を最終的に抑制すれば、それは、民主主義体制における相対的価値の共存とさほど変わらない姿を呈することになるだろう。事実三島は、『文化防衛論』で、何度も、「言論の自由」（ということは相対的価値の共存）を保障する政体としての「複数政党制による議会主義的民主主義」について言及する（11、24、49頁）。

68　「守るべきものの価値―われわれは何を選択するか［石原慎太郎との対談］」『新版　三島由紀夫全集　第40巻』新潮社、２００４年、541頁。

ミシマ万華鏡

山中剛史

平成二十五年十一月二日、東大・駒場博物館の「ダンヌンツィオに夢中だった頃」展（10月19日～12月1日）にあわせた国際シンポジウム「ダンヌンツィオに夢中だった頃――国際詩人の軌跡と Mishima が交わるとき」が催された。プログラムは、井上隆史氏の研究発表「聖セバスチャン・コンプレックス――ガブリエーレ・ダンヌンツィオ／三島由紀夫／デレク・ジャーマン」に続いて、ヴィットリアーレ財団長ジョルダーノ・ブルーノ・グエッリ氏による講演「革新のひと、ダンヌンツィオ」、カルロ・フェッラリン氏による「１９２０年ローマ東京連続飛行、家族の記憶」の三本。

井上氏の発表は、まず、戦前の日本においては森田草平「煤煙」の影響や熱血愛国詩人であるという側面など、魅惑的でありながらも複雑な日本におけるダンヌンツィオ受容状況を概観してから、村松剛が『三島由紀夫の世界』で「岬にての物語」にダンヌンツィオの影響を見たことを、三島同性愛伝説の否定のための論であったと指摘、あわせて筒井康隆『ダンヌンツィオに夢中』も批判しつつ、三島にダンヌンツィオのデカダンスはないとして、作家自身に同質性を見るのではなく、抑圧され傷つきながらも闘志を見せるセバスチャン像というモチーフにこそ三島は惹かれたのだと、三島をデレク・ジャーマンをも含むセバスチャン・カルトの系譜として位置づけることによって、新たな問題提起を促すものであった。

『鏡子の家』論――「古き良き昭和」という幻影

井上隆史

1

『鏡子の家』は私にとって特別な作品である。この小説を繰り返し熟読したのは、二十代半ば。事情があって、人より数年遅れて卒業論文を書いていたのだが、卒論のテーマに『鏡子の家』を選んだのだった。

個人的な話で恐縮だが、少し続けさせていただくと、どうしてこのような作品が、この世に存在を許されているのか、それはありうべからざることではないか、という思いが、あの頃、頭を離れなかった。といっても、『鏡子の家』を批判したかったわけでは、もちろんない。それとは真逆で、何を言いたいのかわかりづらいかもしれないが、当時の心境をそのまま書き記すなら、たとえば書店に何冊もの本が並んでいる。三島のあの赤橙色の新潮文庫のシリーズもある。その中で、ひと際分厚な『鏡子の家』の背表紙、それは赤橙色のように見えるが、実は嘘で、本当は幽冥色なのだ。そして、そこには空間の裂け目があって、奥に手を差し込んで中を捻ると、そこからこの世のすべてが裏返しになり、書店も、本を探す人々も、あたりの輝く街の全体が、一瞬のうちに音もなく崩れて消え失せてしまうのだ。どうして、こんな恐ろしい本が、野放しにされているのだろう。危険を見事に隠してさりげなく書棚に並んでいるので皆気づかないが、実は『鏡子の家』は、世界を終わらせる無音の爆弾なのだ！

こんな子供じみた思いを、私はどうしても拭い去ることが出来なかったのである。今、あの頃読み込んだ『鏡子の家』のページを繰っても、古い文庫特有の匂いの彼方から、二十五年前の感覚が生々しく蘇る。

卒業論文で三島を扱い、一緒に大学院に進んだ友人がいた。仮にNと呼ぶ。彼のテーマは『仮面の告白』だったが、たぶん互いに卒論を書き終えた頃だろうか、私は『鏡子の家』の恐ろしさについてNに語った。するとNが目を細めながら、でも井上君、勝鬨橋が上がって道を塞ぐ『鏡子の家』冒頭のシーン、あれは成功しているかな？　と応じたことを思い出す。私は言いたいことが伝わらないもどかしさを覚えたが、しかしそれは一瞬で、ひょっとするとNは私が本当はその恐ろしさに痺れ魅了されていることを見抜き、その浅はかさを蔑んでいるのではないかという不安に襲われた。

今振り返ると、二人の思いは、それほど遠く隔たっていたわけではなかったかもしれない。ただ、彼には不満だったのだ。ほどなく勝鬨橋が閉じて、収や峻吉や夏雄や鏡子たちの目の前に、道が再び現われてしまうことが。むしろNにとっては、いつまで待っても橋は立ち上がったままピクリとも動かず、目の前には、どこまでも壁が続いていたのである。

もし、Nがそう考えていたのだとすれば、私にもよくわかる。なぜなら、幽冥色の空間の裂け目に手を入れてこの世のすべてを裏返しにするといっても、現実には私には何も出来ず、ただ壁に鼻を突きつけて立っているより他はなかったのだから。

考えてみれば、あれはバブル景気の末期だった。世の中は狂奔していた。しかしNも私も、無力で空っぽだった。胸に同じものを抱えていたとしても、互いにそうと知る術もなかった。

無力で空っぽといえば、私の卒論もそうなのだった。

よく知られているように、『鏡子の家』は発表当初から不評だった。ジョン・ネイスンによれば、吉田健一は鉢の木会の酒宴の最中に、こんなものしか書けないのだったら、三島には、会から出てもらわなくちゃな、と言ったという。[1] 酒の席での毒舌であり、あまりナイーブに受け取るべきでないとは思うが、しかし、そのような「本音」を侮ることは出来ない。それは吉田個人の言葉であると同時に、文壇全体の『鏡子の家』評を代表するものでもあるからだ。

事実、『鏡子の家』刊行年の年末の「文学界」での座談会「一九五九年の文壇総決算」では、司会の臼井吉見が次のように言い、誰一人、これに異を唱えていない。

臼井　これまでの三島氏の作品の世界にくらべて、広い、狭いという点からいえば、広いように見えるけれども、結局は狭いんで、人物の設定が三島式紋切型の逆説づくめでしよう。あまりくりかえされるとあさはかな感じを伴う逆説で全部設定されている。逆説的に勝手に人物を設定しておいて、それに対する勝手な逆説的解説の見本をならべただけだからまことに単調でね、およそバルザックなどとはちがつたものだ。[2]

最後の部分は、三島が初期におけるラディゲやフランス心理小説の影響を脱して、新たにバルザック的なものを狙ったのではないかという山本健吉の言葉を受けたものだが、その山本も、ただ一言、「失敗がなにかをもたらすだろうということは考えるね」と返答するのみだった。

一部の例外はあるものの、大筋においてこのような文壇評が、その後の『鏡子の家』批評史の流れを決定している。[3]この文脈に置いたとき、私の卒論は、まったく孤立していた。この状況は、その後もさして変っていない。十三年ほど前、私は大学の紀要に『鏡子の家』論を書いた。[4]卒論にはやはり子供じみたところがあったので、今度は主にハイデガーの思想と反照させながら問題を掘り下げ、三島自身が「私の『ニヒリズム研究』[5]」と呼んだ『鏡子の家』の思想史的、文学的独自性を追究しようとしたのだが、論文として発表する以上、『鏡子の家』についての私見を他者と共有したいと私が考えたのは当然である。だが、読者はここから、論ずるに値しないとして皆が否定するか素通りするような作品を、一人事々しく扱う滑稽さを感じとったのではないか。筆者としては、まことに不本意だが、冷静に考えて、そう判断せざるを得ない面があることを認めないわけにはゆかないのである。

2

本稿を執筆するにあたり、右のようなことを改めて考えた。しかし、今、『鏡子の家』を再読すると、私の魂を引き込む吸引力は、やはり只事とは思えない。しかも、以前意識していたこと以上の意味づけを、『鏡子の家』に見出すことが出来るようにも思った。

どういうことか？

またもや滑稽な話になることを恐れるが、諦めず、順を追って述べてみることにしよう。

実は、三島は、『鏡子の家』の不評という事実は事実として受け止めた上で、それでも「わたしの好きなわたしの小説」として『鏡子の家』を挙げ、「時代にとらはれた作品だけに、同時代人としての共感を持つかどうかが評価の分かれ目になるのは、やむをえないだらう[6]」と述べている。だが、私は三島より三十八年も遅れて生まれ、『鏡子の家』の作品世界が設定されている昭和二十九年から昭和三十一年という時期には、まだこの世に存在していない。そのような人間が、なぜこの小説にここまで没入出来るのか。それは私の個人的な資質（ニヒリズムの病！　と言うべきかもしれないが）ゆえと、かつて考えていたが、今私は、自分も三島と同時代人であり、だからこそ深い共感を持てるのだということを、ある程度筋道を立てて考え、人にも説明することが出来るような気がしているのである。

以前意識していたこと以上の、『鏡子の家』に対する新たな意味づけとはこのことだが、この問題を追究するためには、吉田健一や臼井吉見による『鏡子の家』批判を、ひとまず、素直に受け止めてみる必要があるかもしれない。たとえば、臼井は『鏡子の家』について、「およそバルザックなどとはちがつたものだ」と言った。この点についても、なるほど

『鏡子の家』は原稿用紙九百枚を超える長篇だが、二千人を超える登場人物を擁する『人間喜劇』の大作品群とは、そもそもそのスケールにおいてまったく異なることを、まずは確認したいと思う。バルザックが描くような絡み合った人間関係、そこに渦巻く欲望、社会の比類ない奥行きといった特質についても、確かに『鏡子の家』の作品世界とは縁遠いと言い切ってしまってかまわない。

だが、この事実は、バルザックと三島との間に、なんら共通点が無いことを決して意味しない。それどころか、むしろ、作家としてのもっとも核心的な部分において、三島はバルザックがやろうとしたことを引き継ぎ、発展させ、あるいは一段深い場所からバルザックの本質を捉え直したとさえ言えるのだ。それも、20世紀半ば過ぎの極東の島国という、言語も政治、文化状況も異なる、バルザックがまったく想定していなかった場において。

どういうことか、説明しよう。

そもそも、バルザックはその壮大な作品群によって何を目指したのか。それを知るには、名高いけれども、実際に原文をあたる機会は少ないと思われる『人間喜劇』の「序」*Avant-propos* を読めばよい。そこでバルザックは、こういうことを言っている。

Il a donc existé, il existera donc de tout temps des Espèces Sociales comme il y a des Espèces Zoologiques. Si Buffon a fait un magnifique ouvrage en essayant de représenter dans un livre l'ensemble de la zoologie, n'y avait-il pas une œuvre de ce genre à faire pour la Société ?[7]

（したがって、動物学上の種があるように、社会的な種というものも、常に存在したし、今後も存在するであろう。ビュフォンが、動物に関する系統的な知的探究の全体を一冊の本において示そうとして、あの偉大な著作を著わしたのだとすれば、社会についても、同じ種類の著作が書かれるべきではなかったか。）

こうも言っている。

S'en tenant à cette reproduction rigoureuse, un écrivain pouvait devenir un peintre plus ou moins fidèle, plus ou moins heureux, patient ou courageux des types humains,[8] [...]

（あくまでも、厳密な模写―フランス社会を模写することを言う―に徹することによって、作家は多少とも誠実で、多少とも幸運に恵まれた画家、忍耐強くあるいは勇敢に人間の典型を描く画家になることが出来たのである。―以下略）

Non seulement les hommes, mais encore les événements

principaux de la vie, se formulent par des types.(9)
（人間に限らず、人生の主要な出来事も、典型によって表現されるのである）

一方の三島は、「『鏡子の家』そこで私が書いたもの」で、次のように述べている。

「金閣寺」で私は「個人」を描いたので、この「鏡子の家」では「時代」を描かうと思つた。「鏡子の家」の主人公は、人物ではなくて、一つの時代である。この小説は、いはゆる戦後文学ではなく、「戦後は終つた」文学だとも云へるだらう。「戦後は終つた」と信じた時代の、感情と心理の典型的な例を書かうとしたのである。(10)

ここで、バルザックと三島の比較を慎重に進めようとするなら、議論を二つの次元に分ける必要があるだろう。それは、小説作品の内容と形式という二つの次元である。

このうち内容に関して言えば、一方はフランス革命後、近代勃興期のフランス社会、他方は日本の昭和二十九年から三十一年にかけて、「『戦後は終つた』と信じた」と三島がいう時代を描こうとしているので、その内実が異なるのは当然の話である。

だが、形式については、どうだろうか。ここで形式と言うのは、内容（すなわち十九世紀前半のフランス社会や、昭和二十九年から三十一年にかけての時代というもの）を表現するにあたって作家が用いた方法を意味するが、それはバルザックにおいても三島においても、「典型」を看取し、これを描くことによって、社会なり時代なりの全体像を提示しようとすることであって、実は両者共通なのである。

もちろん相違点もある。バルザックの場合には、「典型」は「社会的種」と見なされていて、そのような種を捉え描くことと、動物学ないしビュフォンに代表される博物学 histoire naturelle との間には、アナロジーの関係が成り立つとされている。ここには、近代科学が発展した十九世紀前半に生きた人間ならではの、科学というものに対するナイーブな信頼が認められよう。しかし、二十世紀人としての三島から見れば、それは無邪気なロマンチシズムに過ぎない。

けれども、現に社会や時代の只中に生きているがために、これを客観的に対象化する足場を持たないにもかかわらず、現象の奥にその現象を構成する基本要因としての「典型」を探り当てること、そして、その「典型」を描くことによって、小説読者の心に社会や時代の全貌を浮かび上がらせようとすること。それは、バルザックと同様に三島が信じ実践した作品創作の方法なのであり、同時に、作家が作品を創造する精神活動そのものでもあったのだ。この、作家という存在のもっとも核心的な部分において、三島はまさしくバルザックの後裔なのである。

3

しかしながら、右の議論だけでは、臼井の『鏡子の家』評を裏返すには、いまだ不充分である。なるほど、三島はバルザックを真似て「典型」を描こうと企図したのかもしれないが、実際に描かれているのはいかにも表層的で紋切り型の人物でしかない。だから、そんなものを読まされたところで、読者の心に社会や時代の全貌が浮かび上がってくることなど、ありえない——。臼井ならこう返答するはずで、これを否定し、臼井を納得させるだけの論拠を、私はまだ提示していない。

このことをないがしろにするわけにはゆかないが、しかし、この問題については次節で取り上げることにして、今は、三島自身がバルザックと『鏡子の家』との関係について何か語っていないか、もし語っているとすれば、それはどういうことを意味することになるか、という点について、確かめ、検討しておくことにしよう。

すると、第一に目につくのは、『鏡子の家』刊行に際し、「〝現代にとりくむ〟」という見出しで「毎日新聞」に掲載された著者インタビューである。そこで三島は次のように述べている。

> 現代はバルザックの小説のように各人物が劇の登場人物のようにからみあって生きている時代ではない。孤独な人間が孤独なままでささえているのが現代だ。そして現代青年の本質的な特徴はニヒリズムだと思う。ニヒリズムといってもいろいろニュアンスがある。自分がニヒリストであると意識しているものはニヒリズムと仲よく暮らす、それを意識していないものはニヒリズムでほろぼされる……といったぐあいに。それでこの小説ではヒーローもヒロインも存在せず、それぞれが孤独な道をパラレルなままに進んでいく。ストーリーの展開が個人々々に限定され、ふれあわない。反ドラマ的、反演劇的な作品だ。そうした構成のなかに現代の姿を具体的にだしていった。ここに僕の考えた現代があり、この小説はその答案みたいなものである[11]。

ここに言われるニヒリズムとは、単なる虚無的な気分とか斜に構えた態度ということではない。時代の病理というものに、とどまるものでもない。この点は、先述したようにハイデガーの思想と反照させながら論じたことがあるが[12]、そのような意味でのニヒリズムは、バルザックの時代には問題になってはいなかった、言い換えれば、自身の文学とバルザックの文学との場合では、描かれるべき対象（社会や時代）の内実がまったく異なるということを三島は明らかに意識し、作品構成も当然のことながら異なってくると考えていたことが、右のインタビューからわかる。作品の形式に関する具体的な言及は無いが、ここで三島は自身の作家としてのあり方と、バルザックのそれとの相違点を強調しているのである。

　ところが、『鏡子の家』起筆の前年にあたる昭和三十二年［1957］、堀辰雄の「菜穂子」と石原慎太郎の「亀裂」を比較して論じた「現代小説は古典足り得るか」の結末部分においては、三島は以下のように記していた。

> 「亀裂」も「菜穂子」も、畢竟「暗い穴の記念碑」であり、共に到達不可能の現実に対する絶望的な模索の試みである。菜穂子が生に到達することのあの目に余る困難、あの不可能さは、「亀裂」では、明が涼子の肉体を通じて、到達不可能の現実に直面する道行によく似てゐる。そして到達不可能なものだけが小説における現実の意義であり、そのアクテュアリティーの本質であり、又同時に、その古典性の保証であるのかもしれない。
>
> 　現代の謎から身をそむけるにせよ、それを全面的に受け入れるにせよ、作家の信じた「生」や「現実」の存在は、それへの到達が不可能であることによつて、却つて作品の鞏固な存在条件をなすのである。
>
> 　今私はそれが同時に、古典性の保証であると云つたが、「ドン・キホーテ」以来、小説といふジャンルの主題はおそらく一定不変であつて、小説の永遠性とは、いつにかはらぬ小説家の永遠のなげきぶしにひそんでゐるのかもしれない。何故なら小説家は、さまざまな仕方で現実に接触するが、「書く」といふ行為が介在する以上、小説家は永遠に現実そのものに化身することはできないからである。本当に「書く」といふ行為を、生き愛することと同じ意味にまで引つ張つて行つたスタンダールやバルザックが、あひもかはらずわれわれの師表たる所以である。[13]

　この評論は、「亀裂」と「菜穂子」という、その作風において遠く隔たっているように見える二作品を合わせ論じるところからして、既に常識的な（実は通俗的な！）感性と論理を超越していて、決して読みやすいものとは言えない。だが、先に引いた『人間喜劇』の「序」を重ね合わせると、私たちはそこからバルザックのもう一つの相貌が浮かび上がってくることに気づく。三島自身は、「序」を特に意識しているわけではないが、三島の言葉の持つ意味の広がりが明らかになるのである。例えば、引用後半部の、「何故なら小説家は、……」という一文は、次のように読み替えられるだろう。

> 何故なら小説家は、バルザックのように社会的種としての人間の「典型」を描くことができるが、「書く」とい

ふ行為が介在する以上、小説家自身は永遠に、「典型」になることはできないからである。

　すると、三島のバルザック観を、次のように敷衍することが出来るだろう。

　確かに、バルザックは「典型」を描くことによって、社会的現実を、多くの読者の心に浮かび上がらせることに成功したかもしれない。だが、たとえそうだとしても、バルザックの作家精神それ自体は、同時代の人物たちとからみあうことなく疎外され、書けば書くほど「孤独」に陥っていったのではないか。その意味では、実はバルザックこそ、いち早く、ほかならぬ自己存在の根幹に関わる問題としてニヒリズムに直面した作家だったのだ。そして、ニヒリズムが時代の常態になってしまった現代の作家にとって（厳密に言えば、現代の青年作家にとって）、バルザック作品にリアリティーないしアクチュアリティーがあるとすれば、それは、そこに当時のフランス社会の「典型」が描かれているからと言うよりも、むしろバルザックが直面した深刻なニヒリズムゆえなのだ。しかも、バルザックはそのニヒリズムを進んで引き受け、全身全霊を賭けて精力的に執筆し続けることによって、ニヒリズムを乗り越えることに成功したのだった。そうだとすれば、バルザックは（実はスタンダールもそうだが）、一段と深刻化するニヒリズムの時代を生き抜かなければならぬ現代作家にとって、常に立ち返り範とすべき師表ということになる。その意味で、『鏡子の家』巻末の画家の夏雄の恢復には、芸術家としてのバルザックへのオマージュが含意されていると見ることも出来よう。

　右のように考え進めてゆくと、バルザックと三島という二人の作家の関係について、どのように考えるべきか、その鍵となるところが、明瞭に見えてくる。

　両者の間には明らかに相違点がある。それは、既に述べたように、描かれるべき内容、すなわち十九世紀前半のフランス社会と、昭和二十九年から三十一年にかけての時代との違いに由来するものである。

　しかし、共通点もある。その第一は、「典型」を描くことによって社会や時代の全貌を提示しようとする創作方法であり、第二は、作家の精神活動の根幹にニヒリズムの問題が食い込んでいることである。

　この二番目の共通点は、バルザックの本質を一段深い場所から捉え直そうとするもので、三島独自の視角から光を当てることによって見えてくる問題だが、それは決して三島だけの偏頗な見解と言うわけではない。

　たとえば、ミシェル・ビュトールは次のように言っている。

Balzac est effrayé par le monde qu'il voit autour de lui ; il a l'impression que tout va mal dans la société, et il cherche à savoir pourquoi, et comment faire pour arranger les choses.[14]

（バルザックは自身を取り巻く世界に脅え、社会においてすべてが悪化しているように感じているのである。いったいなぜこんなことになったのか。物事を修復するにはどうしたらよいか。その答えを彼は探し求めている。）

ビュトールと三島がバルザックについて論じる文脈は異なるが、いずれも書いて書いて書きまくる精力的作家という一般的なバルザック像の、その暗い背面を照らす指摘である点で、共通しているのである。

4

以上、『鏡子の家』とバルザックとの関係をめぐる三島自身の発言について検討したが、これを踏まえ、改めて臼井吉見の『鏡子の家』評に戻ってみよう。臼井はこう述べたのだった。

臼井　これまでの三島氏の作品の世界にくらべて、広い、狭いという点からいえば、広いように見えるけれども、結局は狭いんで、人物の設定が三島式紋切型の逆説づくめでしょう。あまりくりかえされるとあさはかな感じを伴う逆説で全部設定されている。逆説的に勝手に人物を設定しておいて、それに対する勝手な逆説的解説の見本をならべただけだからまことに単調でね、およそバルザックなどとはちがつたものだ。

私の考えによれば、「これまでの三島氏の作品の世界にくらべて、（中略）結局は狭い」という指摘自体は、『鏡子の家』の作品世界が、昭和二十九年から三十一年という、ごく短い期間を舞台としていることを考慮するなら、むしろ当然のことだと言える。しかし、たとえそうだとしても、三島はニヒリズムの問題を、バルザック以上に掘り下げることに成功している。というのも、バルザックもこの問題に直面し、それを進んで引き受けさえしたが、しかし彼は、作品の主題としてニヒリズムの問題を追究しようとはしていないからだ。[15]これに対して、『鏡子の家』においては、作家の根源的問題と時代の内実とが、一体となって描かれ、問われている。このように考えるならば、『鏡子の家』の作品世界が狭いということは、決してこの小説を非難する理由にはならないはずである。

しかも、今述べたことを覆すように見えるかもしれないが、『鏡子の家』の作品世界が昭和二十九年から三十一年という限定された時空間上に設定されているというのは表面的な話に過ぎないのであって、実はその射程は、少なくともその後三十年から四十年先の日本にまで及んでいる。『鏡子の家』

は、発表時点における近未来小説でもあるのだ。詳細は5節で考えるが、昭和二十九年からの二年間は、その後の三、四十年を画し、象徴する時期設定なのである。そういうことが、臼井には見えていない。

　また、引用最後の「およそバルザックなどとはちがつたものだ」という言い方だが、私にはやはり納得がゆかない。先述したように、『鏡子の家』と『人間喜劇』ではスケールの大きさが異なる。バルザックが描くような絡み合った人間関係、そこに渦巻く欲望、社会の比類ない奥行きといった特質は、『鏡子の家』の作品世界とは縁遠いかもしれない。だが、それは作家の問題というより、両者が生きた社会、時代の問題なのである。だから引用文は、「バルザックの描く十九世紀前半のフランス社会と、『鏡子の家』に描かれる昭和二十九年から三十一年にかけての（あるいはもっと広く取って昭和三十年前後以降の三、四十年間の）日本とは、およそ異なっている」と言い直されるべきであろう。

　しかし、このように言ったとしても、おそらく私は臼井を説き伏せることは出来まい。その理由を探ってゆくと、結局のところ、次のようなところに行きつく。時代、つまり『鏡子の家』の作品世界が設定されている時期に対する捉え方が、私と臼井ではまったく異なるのである。臼井だけではない。平野謙も座談会で、「殊に昭和二九年から三十年という、あの設定なんか、ぜんぜん意味ないと思うんだな」と述べている。私に言わせれば、それはいかに平野が同時代を正確に認識出来ていないか、ということを示す発言に他ならないのであるが。

　では、いったい彼らは、この時期をどう捉えているのだろうか。「一九五九年の文壇総決算」において、どのような作品が高く評価されているかを見ることによって、この問題を浮かび上がらせてみよう。座談会の総括にあたる部分から、臼井と平野の発言を引用してみる。

臼井　後退して文学の領域をちゃんと守つて、「梨の花」と「珍品堂主人」があるけれども、前線へ行くと、「貴族の階段」とか、「河」とか、いろいろあるわけだね。

平野　「われらの時代」とかね。「鏡子の家」とか……。

（附記。ここで私は佐多稲子さんの「歯車」をあげることを失念した。「歯車」は今年のもつとも前線的な作品のひとつだつた。）

臼井　「鏡子の家」は前線かどうかわからんけれども。

　さて、ここで、右の発言で取り上げられた各作品について、『鏡子の家』＝ニヒリズムに襲われた戦後青年たちの成功と破滅を描く、という程に極度に圧縮して概略を示すと、次ページの表のようである。

　ここで「前線」というのは、小説作品の内容もしくは形式の上で、新たなことに挑戦しているという意と解釈出来るが、

	中野重治 『梨の花』	井伏鱒二 『珍品堂主人』	武田泰淳 『貴族の階段』
初出	「新潮」 昭和32・１～33・12	「中央公論」 昭和34・１～９	「中央公論」 昭和34・１～５
初刊	新潮社 昭和34・５	中央公論社 昭和34・10	中央公論社 昭和34・５
概略	明治35年に福井に生まれた作者の幼少期を描く自伝的小説。	骨董好きの男が料亭を始めるが、うまくゆかずに、骨董の世界に舞い戻る。	2・26事件を公爵（貴族院議長）令嬢・氷見子の視点から描く。
冒頭の段落	良平は一升徳利をさげて高瀬屋の店を出た。やはり徳利だ。樽にしてくれとは、いつのまにやらいえぬようになつている。高瀬屋のおんさんが、良平を小学校生徒あつかいするからだ。	珍品堂主人は加納夏麿といふ名前です。年は五十七歳、俳号は顧六です。戦前には、ちやんとした学校の先生でしたが、戦後、ふとしたことから素晴らしい古美術品を発見して、爾来、骨董を取扱ふ商売に転じたのです。（後略）	今日は、陸軍大臣が、おとうさまのお部屋を出てから階段をころげおちた。あの階段はゆるやかで幅もひろいのに、よく人の落ちる階段である。
末尾の段落	あんな英語というものが、いつかわかりかけでもするのだろうかと思うとやはり良平は不安だった。	今年の夏の暑さはまた格別です。でも珍品堂は、昨日も一昨日も何か掘出しものはないかと街の骨董屋へ出かけて行きました。例によつて、禿頭を隠すためにベレー帽をかぶり、風が吹かないのに風に吹かれてゐるやうな後姿に見えてゐるのを自分で感じてゐるのでした。（中略）このところ、下痢のために少し衰弱してゐるのです。	その笑い（2・26事件後に組閣することになった公爵について、「もしも、父が大政治家になれなかったら」と問うた氷見子に対して、「ああ、そのときは、われわれが父上を捨てるだけのことです」と答えた右翼理論家の笑い―引用者注）は、陰気な、黒い黒い笑いだった。
引用元	『中野重治全集６』（筑摩書房、昭和52・８）	『井伏鱒二全集27』（筑摩書房、平成10・２）	『武田泰淳全集６』（増補版、筑摩書房、昭和53・６）

大江健三郎 『われらの時代』	堀田善衛 『河』
——	「中央公論文芸特集」 昭和34・1（臨時増刊号、副題「わが方丈記」）
中央公論社 昭和34・7（書き下ろし）	中央公論社 昭和34・4
アルジェリア民族解放戦線の青年に関わったため、フランス政府資金によるフランス留学の機会を失うことになる学生の閉塞感を描く。	世界中の河をめぐって引き起こされる回想と思索。
快楽の動作をつづけながら形而上学について考えること、精神の機能に熱中すること、それは決して下等なたのしみではないだろう。いくぶん滑稽ではあるが、それは大人むきのやりかたというものだろう。南靖男は、かれの若わかしい筋肉となめらかな皮膚のすべてを快楽のあぶらにじっとりひたしながら、そして力をこめてかれの愛するものの柔らかい体、脂肪にみたされた汗まみれの中年の女の体を愛撫しながら、孤独な思考に頭をゆだねていた。（後略）	涼しい風が吹いていた。橋の欄杆によりかかって、三人はその風に吹かれていた。エジプト人のムルシィと、カメルーン生れのエコロと私の三人である。
（前略）《おれたちは自殺が唯一の行為だと知っている、そしておれたちを自殺からとどめるものは何ひとつない。しかしおれたちは自殺のために跳びこむ勇気をふるいおこすことができない。そこでおれたちは生きてゆく、愛したり憎んだり性交したり政治運動をしたり、同性愛にふけったり殺したり、名誉をえたりする。そしてふと覚醒しては、自殺の機会が眼のまえにあり決断さえすれば充分なのだと気づく。しかしたいていは自殺する勇気をふるいおこせない、そこで遍在する自殺の機会に見張られながらおれたちは生きてゆくのだ、**これがおれたちの時代だ**》	明日は、砂漠を越え、もろもろの大河を再び越えて、日本だ……。異様に、国の外、それは異域ばかりへはみ出すぎているかもしれぬ、が結局、これはわが方丈の記であろう。エコロもムルシィもジャンヌも一日として同じ日をおくりはしないであろう、彼等もまた我慢強くかつねばり強くそれぞれの世界を毎日変えて行く、ゆく河のながれはたえずして、しかももとの水にあらず……。
『大江健三郎全作品（第Ⅰ期）２』 （新潮社、平成６・11）	『堀田善衛全集５』 （筑摩書房、昭和49・10）

三島由紀夫『鏡子の家』	佐多稲子『歯車』
――――	「アカハタ」昭和33・10・１～34・４・11
新潮社 昭和34・９（冒頭除き、書き下ろし）	筑摩書房 昭和34・10
ニヒリズムに襲われた戦後青年たちの成功と破滅を描く。	作者が共産党に入党した昭和７年から、小林多喜二が虐殺されるまでの約一年間を描く自伝的小説。
みんな欠伸をしてゐた。これからどこへ行かう、と峻吉が言つた。	帝大病院の施療分娩室には、向い側に二台、こちら側に三台のベッドが、足を向い合せにおかれていた。三台のまん中のベッドに仕度をして横になると、もうまかせ切った安心が甘く彼女をとらえ、迫ってくる緊張を抱き込むようにして診察を受けた。（後略）
七疋のシェパァドとグレートデンが、一どきに鎖を解かれて、ドアから一せいに駈け入つて来た。あたりは犬の咆哮にとどろき、ひろい客間はたちまち犬の匂ひに充たされた。	そうつぶやき刑事の靴を蹴とばして出て来た五百木は朝の冷んやりした微風を頬に感じ、とにかく大通りへ出た。早朝の電車は、からからという音を立てて走っていた。
『決定版三島由紀夫全集７』（新潮社、平成13・６）	『佐多稲子全集９』（講談社、昭和53・８）

そのような「前線」の作品も、また「後退」しているとされる作品も、いずれも文学史に残る秀作であるのは間違いない。

だが、同時代を対象として描いているか否か、という観点から見ると、『鏡子の家』は別として、井伏、堀田、大江の作品がこれに該当し、さらに『珍品堂主人』と『河』では、いわば精神の避難所として、骨董の世界、あるいは世界中の大河、が設定されている、と考えるなら、結局のところ、同時代の日本を描こうとした作品としては、大江の『われらの時代』しか残らないことになる。

このことは、何を意味するのだろうか。問題をさらに掘り下げるために、座談会において『われらの時代』が取り上げられている箇所を、具体的に見てみよう。

長くなるので途中を略するが、その要諦は以下のようである。

平野 「われらの時代」は、わりに気持よく読めたな。ぜんぜん観念的な世界で、稚いといえば稚いけれども、一つの世界像というものが出ているということは認めましたね。

江藤 あれはひじように概念的なんですけれど、あれだけはつきり現代の世界像というものを、もとうとしているのは珍しいですね。日本があつて、アジア、アフリカがあつて、それからヨーロッパがある。簡単な学芸会のような道具立てでやつているんですが、はつきりしていることははつきりしている。

山本 堀田さんの「河」があるね。

平野 いや、堀田さんのはもつといろんなものが詰まつていてね。いつか大江君の作品を本多秋五が批評したけれども、こつちの方にセックスがあつて、向うの方に政治があつて、中がガラン洞だという、それはひじようにうまい批評でね。堀田君はその間にいろいろ掛け橋があると思うんだ。

江藤 堀田さんは解釈してるけれど、大江さんは感じているな。

（中略）

佐伯 初め大江君は少年あるいは未成年の感受性と、ああいう観念の世界のバランスがとれていましたね。

平野 とれてた。

佐伯 それで少年ものの短篇が断然いいな。大人の世界の圧力が、外に存在していて、その圧力下で出来上つた世界というわけだ。ところが、今度は何もかも、自分の手でやろうとして、もち切れなくなつてくるわけですね。それが「われらの時代」なんかで、はつきりした形で出ていると思いますね。

平野 ワイド・スクリーンになつてしまつて、いままでのようなアクションがうまくいかないところがある。

臼井 長篇は観念が作品の骨格になつていなければならない。それがなくなつて辻褄だけを合せているんで、ぼくなどしらじらしくつて、読めませんね。

山本 ついて行けないのは、あのファナティシズムだ。狂気そのものみたいな、あれだけ自分のことばかり考え、自己主張しようという態度で書かれると、こつちにもうなんだか、つながりがなくなつたという感じがするんだ。ああいう世界とはね。

佐伯 しかしあれが一種の戦後精神じゃないかという気がしますがね。

山本 そりやアそうだ。

私の考えを先に述べるなら、『われらの時代』は確かに同時代の日本に向き合おうとし、その寓意画として成功している。つまり、フランスとアルジェリアの厳しい対立という世界情勢のなかで[16]、ただ翻弄されるだけの主人公の惨めさ、愚かさ、悲しさ、滑稽さを通じて、日本の現実の一面が比喩的に表現されているのである（この点については5節で再述する）。

しかし、ここで注意すべきは、座談会の参加者は、必ずしも右のような意味において『われらの時代』を評価しているとは言えないことである。寓意画として成功していると私は述べたが、彼らにとっては、『われらの時代』は寓意画どころか「観念的」で「中がガラン洞」、さらには「辻褄だけを合せている」だけのものに過ぎないのだ。だから、実のところ、同時代の日本に直接向き合っているとはとても言えない。彼らは本当はそう考えているのである。

それにもかかわらず、これが「前線」の作品とされているのは、作品の提示する「世界像」（平野）の内容が、寓意画として適切だからという理由によるのではなく、ただその提示の仕方が「はっきり」（江藤）していて、とにもかくにも、ある切迫した「感受性」（佐伯）が感じ取られるからであろう[17]。それは、「ファナティシズム」（山本）として、嫌悪の対象ともなりうる。しかし「戦後精神」（佐伯）そのものの発露として、一定の共感とともに了解されているのだ。

けれども、重要なポイントなのであえて繰り返すが、だからと言って、彼らにとっては、『われらの時代』に同時代の日本が描かれているということにはならない。このように見てくると、座談会参加者は昭和三十年前後という時期をどう捉えているのかという問いをめぐる考察は、次のような仮説を導くだろう。

そもそも、同時代の日本を対象として描くこと自体、あたかも落し穴を避けるように作家によって避けられ、作品数そのものも限られているのだが、稀な例である『われらの時代』に接しても、「一九五九年の文壇総決算」の参加者らはそこに同時代の日本が描かれているということを、正確に認識することが出来ない。そのような目を備え持っていない。それは裏から言えば、彼らにとって同時代の日本とは「観念的」でなく、「中がガラン洞」でなく、「辻褄だけを合せている」ものではない、ということを意味するであろう。

さて、ここまでは事実の認定である。そして、ここから仮説の領域に入るが、ではそのような同時代の日本とは、具体的にはどのようなものなのだろうか。試みに、彼らに問うてみることにしよう。すると、驚くべきことにその答えは虚ろで、明確な像を結ばないように思われる。昭和二十九年一月から臼井によって「文学界」に連載された「近代文学論争」が、昭和三十二年十二月、国民文学論争（昭和二十七年）をもって終わっていることは、これをよく象徴している。平野にとっても、「中がガラン洞」でない日本とは、昭和三十年代の日本のことではなく、むしろ佐多稲子の『歯車』に描かれた昭和七、八年の日本のことであった[18]。

それでも彼らは、『われらの時代』については、「感受性」に対する共感を手がかりにして、一定の理解を示すことが出来た。しかし、「『戦後は終つた』と信じた時代の、感情と心理の典型的な例」（「『鏡子の家』そこで私が書いたもの」）を描いた『鏡子の家』はニヒリズムの度合いが深く、その種の「感受性」も解体している。これでは、彼らと『鏡子の家』とを結ぶ通路はどこにも無い。だから、座談会において『鏡子の家』が「紋切型の逆説づくめ」（臼井）と酷評されたのは、当然の結果なのである。

5

以上の仮説に基づき、これをさらに推し進めてゆくとどうなるだろうか。

「観念的」でなく、「中がガラン洞」でなく、「辻褄だけを合せている」ものでもないはずの当時の日本について、臼井や平野ら座談会参加者たちが、はっきりした像を持つことも提示することも出来ないとすれば、いささかアイロニカルな言い方になるが、彼らにとって同時代の日本そのものが、まさに「観念的」で、「中がガラン洞」で、「辻褄だけを合せている」ものだったことになりはしまいか。そして、ほかならぬ『鏡子の家』こそが、その事実を正確に描いていることになるのではないだろうか。

右のような主張は、あるいは通念に反する奇妙なものに聞こえるかもしれない。というのも、昭和三十年代前半の日本と言えば、第二次世界大戦前の経済水準を超えて高度経済成長期に突入し、政治的にも昭和三十五年の日米安全保障条約改定を前に、激しい反対闘争が展開された時代にあった。つまり、当時の社会は極めて熱度の高い状態にあったという見方が強く、現代のマスメディアが、しばしば「古き良き昭和」などと言って当時を回顧するのも、そのような立場に立っているからである。座談会の参加者にとっても、それは当然の前提だったと言えるであろう。だからこそ、彼らにとって同時代の日本は「観念的」でなく、「中がガラン洞」でなく、「辻褄だけを合せている」ものではないはずであった。

ところが、そのような見方がまさに錯覚に過ぎず、虚妄に他ならないことを示し、証立(あかしだ)てる作品として、『鏡子の家』は世に問われたのだ。

このことは、昭和三十年以前に書かれた小説、たとえば昭和二十七年、「群像」（昭和27・1～10）に連載された武田泰淳の『風媒花』と『鏡子の家』とを読み比べると、よく了解出来る。『風媒花』は、昭和二十五年六月に勃発し、その後膠着、実質的な休戦状態になったとはいえ、いまだ休戦協定（昭和28・7）が結ばれる以前の朝鮮戦争戦時下、昭和二十七年の日本を同時進行的に描いたものである。その作中、PD工場（在日米軍の管理下にある兵器工場）における青酸カリによる無差別殺人事件が起こる（「群像」昭和27・4〜）。これは作者による虚構なのだが、一方、史実においても、朝鮮戦争の兵器生産拠点であった旧枚方陸軍工廠（小松製作所大阪工場）でダイナマイト爆発事件（枚方事件。昭和27・6）が起きた。両者に直接的な連関はない。だが、ここには文学的想像力と社会的現実との強く深い相関関係が認められる。本当の意味で熱度が高いとは、このような事態を指すのである[19]。

ところが、朝鮮戦争が休戦すると、世界は冷戦下にありながらいわゆる安定期に入る。国内政治の文脈においてそれに対応するのは、左右社会党の統一と保守合同による自由民主党の結成によって成立する、いわゆる五五年体制だが[20]、この概念をはじめて提起した升味準之輔は、これを「ダム」に喩えた。すべてを呑み込み、無化してしまうダム。この点に関して少し立ち入って言えば、警察官職務執行法と安保条約に対する大規模な反対闘争が、自民党と社会党の対立に、そして自民党内の派閥対立に切りかえられてしまい、当初の「院外大衆運動」は雲散霧消してしまったことを、升味は五五年体制の具体的機能として指摘した。それはつまり、『風媒花』においては認められた、文学的想像力と社会的現実との間の相関関係が、結局のところすべて凍結し無効化してしまったことと、同じ事態を指し示している。そして、『鏡子の家』で語られる「壁」も、この「ダム」と、決して無関係ではないであろう。

（前略）四人が四人とも、言はず語らずのうちに感じてゐた。われわれは壁の前に立つてゐる四人なんだと。

それが時代の壁であるか、社会の壁であるかわからない。いづれにしろ、彼らの少年期にはこんな壁はすつかり瓦解して、明るい外光のうちに、どこまでも瓦礫がつづいてゐたのである[21]。

それにしても、升味がこの「ダム」を正面から対象化したのは昭和三十九年である。いったいなぜ、それより五年も早く、三島は時代の本質を描き出し、しかもその起点となった時期が昭和三十年［１９５５］頃であることを見抜けたのか。それは、創作活動を通じて自己存在の根幹に関わる問題としてのニヒリズムに深く関わり、その脅威に晒され続けたことが、三島の感度を異常に鋭く研ぎ澄ましたからであろう。だから三島は、この時代におけるニヒリズムの行き着く先も、既に知り抜いていた。

夏雄は戦慄した。

端のはうから木炭のデッサンをパン屑で消してゆくやうに、広大な樹海がまはりからぼんやりと消えかかる。おのおのの樹の輪郭も失はれ、平坦な緑ばかりになる。その緑も覚束なくなつて、周辺はみるみる色を失つてゆく。……夏雄はこんなことはありえないと思つて眺めてゐるのに、樹海は見る見る拭ひ去られてゆき、ありえないことが的確に進行してゆくのである。

霧が出て来たのでもなく、雲が低迷してゐるのでもない。それでゐて、すべては夏雄の主観から起つたこととは思へない。理智は澄みすぎるほど澄み、意識は明らかすぎるほど明らかなのに、目の前では異変が起つてゐるのである。潮の引くやうに、今まではつきりした物象と見えてゐたものが、見えない領域へ退いてゆく。樹海は最後のおぼろげな緑の一団が消え去るのと一緒に、完全に消え去つた。そのあとには、あらはれる筈の大地もなく、……何もなかつた。(22)


右の青木ヶ原樹海での世界崩壊体験は、決して幻覚ではない。世界内存在の解体の正確な表現であると同時に（注12参照）、時代の本質をいち早く告げる警告なのである。

しかし、多くの者は、この警告を聞き取ることが出来なかった。たとえ「ダム」に呑み込まれたとしても、そうと気づかず、高度成長期という熱度の高い時代を生きていると信じ、あるいは「ダム」を保育器と勘違いして、いつわりの安穏に身を委ねる。平野謙が座談会で、「殊に昭和二九年から三十年という、あの設定なんか、ぜんぜん意味ないと思うんだな」と言っているのも、同様の理由による。(23) 本当は生きていないのに、生きていると思い込むのである。


これに対して、大江はこの危機を充分に触知していた。だが、『われらの時代』に関して言えば、大江は「壁」の前に立っていることを自覚し、やがてそのニヒリズムの果てを目の当たりにする人物ではなく、最後には挫折に終わるかもしれないが、「壁」を超え出られると信じようとした青年を描くことを主眼にしている。それが、日本の現実の一寓意画であることは疑えないが、『鏡子の家』の場合の方が、絶望の度合いがより深いと言わなければならないだろう。

では、升味の言う「ダム」は、いったいいつ、その幕を下ろしたのか？　政治史的に言えば、それはゴルバチョフとジョージ・H・W・ブッシュが冷戦終結を宣言した一九八九年に遅れて一九九三年に細川内閣が成立するまで、およそ四十年にわたって続いたのである。先に、『鏡子の家』の作品世界が設定されている昭和二十九年からの二年間は、その後の三、四十年を画し、象徴すると述べたのは、このことに対応し、私が三島より三十八年も遅れて生まれたにもかかわらず、三島と同時代人であると主張出来るのも、この点に由来するのである。

6

しかし、「ダム」が決壊し、「壁」が崩壊した後に現われたのは、「明るい外光のうちに、どこまでも瓦礫がつづいてゐたのである」というようなものとはおよそ異なる、混沌たる状況だった。特に、「壁」の内側にいながら、ニヒリズムの底をチラとでも見た者は、むしろどうしていいかわからなくなる。そのような文脈で見たとき、私は本稿冒頭で述べた「無音の爆弾」の意味するものを考え、悚然として戦慄する。私は卒論を書き終えた後に、青木ヶ原樹海の近辺を夏雄が歩んだとおりに歩いたことがあるが、その数年後、わずか数キロ西の上九一色村でサリンが製造されたという。私が受け止め切れていない事態がもう一つある。それは、友人Nの死を、昨年末の欠礼状で知ったことである。

　私が本稿を書かねばならぬ内的必然性はここにあるが、ここまで筆を進めてきて、どのような結論を置くべきか、いまだわからない。

　ただ、「ダム」は決壊したが、「壁」は崩壊せず、三島が『鏡子の家』について述べた「現代の地獄巡り」[24]が依然として続いていると考えることは出来るかもしれない。そうだとすれば、ニヒリズムには未知の、より深い底が、まだ残っている。しかし、『鏡子の家』の夏雄に託された、芸術創作によってニヒリズムを乗り越えるという可能性も、どこかに探り当てることが出来る筈なのだが――。　（白百合女子大学）

注1　ジョン・ネイスン『新版・三島由紀夫―ある評伝―』（野口武彦訳、新潮社、平成12［2000］・8）二三五頁。

2　臼井吉見（司会）・山本健吉・平野謙・江藤淳・佐伯彰一「座談会　一九五九年の文壇総決算」（「文学界」昭和34［1959］・12）。

3　この座談会にも参加している江藤淳の「三島由紀夫の家」（「群像」昭和36［1961］・6→『江藤淳著作集2』講談社、昭和42［1967］・10）は、『鏡子の家』論中、もっとも重要なものである。そこで江藤は他の座談会参加者とは違って、この作品の本質的重要性に光をあて、「すくなくとも三島氏自身と、氏と趣味を同じくする少数の人間―あの『椿事』の期待に生きる窓辺にたった人間たちにとっては」「『鏡子の家』はいかにも燦然たる成功ではなかったか」（前掲『江藤淳著作集2』一二〇頁）と述べた。三島も昭和三十七年二月二十七日付け江藤宛私信で、「あの作品が刊行されたときの不評ほどガッカリしたことはなく、又、周囲の友人が誰も読んでくれず、沈黙を守つてゐたことほど、情けなく思つたことはありませんが」、「（江藤の「三島由紀夫の家」については―引用者注）感銘甚だ深い」と、その読後感と謝意を伝えている（江藤淳「文反故と分別ざかり」「文学界」昭和54［1979］・7→『落葉の掃き寄せ』文芸春秋、昭和56［1981］・11、三九～四〇頁）。だが、小説作品として『鏡子の家』を評価しているかと言えば、結局のところ江藤は、「『鏡子の家』は長篇小説として書かれた。そして長篇小説として失敗している。小説としてこの作品を読めば、これほどスタティックな、人物間の葛藤を欠いた小説もめずらしい」（前掲『江藤淳著作集2』一一九頁）と断じたのだった。

4　井上隆史「『鏡子の家』論―ニヒリズム・神秘主義・文

学」（「白百合女子大学研究紀要」平成10［１９９８］・12）→『三島由紀夫　虚無の光と闇』試論社、平成18［２００６］・11）。

5　三島由紀夫「裸体と衣裳—日記」（「新潮」昭和33［１９５８］・4〜34・9、34・8休載、原題は「日記」）→『決定版三島由紀夫全集30』（新潮社、平成15［２００３］・5）二三九頁。

6　三島由紀夫「『鏡子の家』—わたしの好きなわたしの小説」（「毎日新聞」昭和42［１９６７］・1・3）→『決定版三島由紀夫全集34』（新潮社、平成15［２００３］・9）二九二頁。

7　Honoré de Balzac,《Avant-propos》dans *La Comédie humaine*, Édition publiée sous la direction de Pierre-Georges Castex, Bibliothèque de la Pléiade, tome I, Paris, Gallimard, 1976, p. 8.

8　*Ibid.*, p. 11.

9　*Ibid.*, p. 18.

10　三島由紀夫「『鏡子の家』そこで私が書いたもの」（「鏡子の家」広告用ちらし、昭和34［１９５９］・8）→『決定版三島由紀夫全集31』（新潮社、平成15［２００３］・6）二四二頁。

11　「〝現代にとりくむ〟野心作『鏡子の家』三島氏に聞く」（「毎日新聞」昭和34［１９５９］・9・29）。

12　ハイデガーは『根拠の本質について』Vom Wesen des Grundes で次のように述べている。

Wir nennen das, *woraufhin* das Dasein als solches transzendiert, die *Welt* und bestimmen jetzt die Transzendenz als *In-der-Welt-sein*. (Martin Heidegger, *Gesamtausgabe*, Band 9: *Wegmarken*, hg. von Friedrich-Wilhelm von Herrmann, Frankfurt am Main: Vittorio Klostrmann 1976, S. 139.)

（私たちは、現存在が現存在としてそこへ向かって超越するところを世界と名づける。そして今、超越を世界内存在として規定する。）

『鏡子の家』で問題になっているニヒリズムは、右のような意味での世界内存在の解体という、ハイデガーの立場から言えば本来ありうべからざる事態にまで及んでいることを、私は前掲「『鏡子の家』論—ニヒリズム・神秘主義・文学」で論じた。

13　「現代小説は古典たり得るか」（「新潮」昭和32［１８５７］6〜8、原題は「現代小説は古典たりうるか」）→『決定版三島由紀夫全集29』（新潮社、平成15［２００３］・4）五七四〜五七五頁。

14　Michel Butor, *Improvisations sur Balzac I: Le Marchand et le Génie*, Paris, La Différence, 1998, p. 8.

15　バルザックはニヒリズムの問題を主題的に追究しようとはしなかったが、その作品から深いニヒリズムを読み取ることは、当然可能である。たとえば、『知られざる傑作』の末尾における孤独な老画伯の自死は、芸術家を襲うニヒリズムの恐ろしさを示す事態である。

16　この小説の発表から三年後の一九六二年、数十万とされる戦死者を出した後に、アルジェリアはフランスから独立する。

17　佐伯は「少年あるいは未成年の感受性」を示す大江の短篇を高く評価しているが、『われらの時代』が、いわば「青年の感受性」を描いていること自体を否定しているわけではない。

18　座談会での平野発言の背景を知る上で、昭和三十四年十一月の平野の「文芸時評」（『平野謙全集10』新潮社、昭和50［1975］・9、二六二～二六五頁）は参照に値する。「この二カ月以上、生活のバランスがくずれ、恢復することができない」と書き起こした平野は、野間宏の『さいころの空』（「文学界」昭和33［1958］・2～34・11）について、時評欄を担当して以来、はじめて職責を果たせずに終わったことを次のように告白した。

『さいころの空』は証券会社を中心とする長篇小説で、こういう題材を二千枚ちかくの長篇にまで仕上げるための作者の勉強と辛苦はたいへんなものだったろうと思うものの、作品世界そのものにはなじみきれかなった。（中略）作者の一見荘重な思わせぶりの筆致に私はイライラし、三分の一ほどで投げだしてしまった。

そして、佐多稲子の『歯車』について、次のように続ける。

ただ私は最近読んだ作品のなかでは佐多稲子の長篇『歯車』に感動したので、その印象をここに書き綴って、今月の時評にかえさしてもらいたいと思う。私は時評するためでもなく、たまたま通読して『歯車』一篇に感動したのである。いわば沈滞の極にある私はこの長篇を読んで、おろかにも涙をながした。ここに書かれているようなはりつめた一時期を現在という底の方からあおぎみて、二度とかえらぬあの時代のために、涙をながさざるを得なかったのである。あのときながされたおびただしい血と汗はいまどこへいったか、と。

（中略）

しかし、私はおそれる。『さいころの空』の世界が私にとってチンプンカンプンだったように、一般読者にとってはこの『歯車』の世界もチンプンカンプンではないだろうか、と。

右の文章は、単に平野の心理状態を示すにとどまらず、座談会「一九五九年の文壇総決算」の全体的傾向を照らし出している。実は座談会においても司会の臼井吉見が『さいころの空』を評価しているが、その取り扱いは、極めて小さい。私の考えでは、『さいころの空』は『鏡子の家』や『われらの時代』とはまた異なる角度から同時代の日本を描こうとした、数少ない重要作品の一つなのだが、平野ら座談会参加者は、その作品世界を捉え、そこに入ってゆくことが出来ないのである。

なお、座談会での平野の発言から、堀田善衞の『河』には、同時代の日本が具体的に描かれていると思われるかもしれないが、この作品の重要な内実は、むしろ執筆時の世界情勢という視点から一九四〇年代前後の中国を照らし出す（それをさらに「方丈記」の世界観で捉え直す）ところにあり、やはり同時代の日本が直接描かれているとは言えない。

19　それは、実際に起こった出来事が文学作品に影響を及ぼしているとか、逆に、文学作品がきっかけになって現実の出来事が引き起こされる、といった事態を指すのではない。そうではなく、社会的現実というものは、個人の力では如何ともし難い固定物ではなく、私たち一人ひとりの力によって変化を与え、あるいは新たに生み出しうるものであって、そのための力と、文学的想像力とは、別のものではない、ということを意味する。

20　升味準之輔「一九五五年の政治体制」（「思想」昭和39［1964］・6）。

21　『決定版三島由紀夫全集7』（新潮社、平成13［2001］・6）一〇〇頁。

22　同右三三一頁。

23　もっとも、注18で述べたように、当時の平野の心理、生理は極めて悪い状態にあった。従って、平野は深層心理においては、時代の本質を正確に認識していたと言えるかもしれない。

24　三島由紀夫「『鏡子の家』そこで私が書いたもの」（「『鏡子の家』広告用ちらし」新潮社、昭和34［1959］・8）↓『決定版三島由紀夫全集31』（新潮社、平成15［2003］・6）二四二頁。

ミシマ万華鏡

池野美穂

平成二十五年九月から上映された「スーサイド・ショップ」は、パトリス・ルコント監督の最新作かつ、初のアニメーション・ミュージカル映画である。本作は「自殺用品専門店」を営むトヴァシュー一家の物語である。絶望しか存在しない灰色の世界で、人々は皆死を選んでいる。大繁盛しているのが「自殺用品専門店」だ。十代続いているというトヴァシュー家の主の名前が「ミシマ」なのである。ちなみに、トヴァシュー一家には、皆自殺した有名人の名前がつけられている。ミシマが客に「切腹セット」を勧め、鉢巻をして刀を振り回す姿は、苦笑するしかなかった。

物語は、トヴァシュー家に男の子アランが生まれたことで変化する。生まれつきポジティヴな彼は成長とともに「生きることの素晴らしさ」を訴え、身をもって家族や周りに知らしめる。「自殺用品専門店」は「自殺できない用品専門店」となり、最後はクレープ屋になってしまう。しかし、アランの数々の行動の裏で、ミシマは人の死に手を貸すことについて悩み、精神科に行ったり、クレープ屋をまだ「自殺用品専門店」だと思って訪れた常連客（死にたくても死に切れなかった男）に、こっそり毒薬を渡したりしている。これは一体、何を意味しているのか。考えさせられた。

ブラック・ユーモアと生への問いかけがあり、相変わらずルコントらしさのあふれる作品である。

『鏡子の家』その方法を中心に

松本　徹

馬が合う、合わないといったことが言われるが、三島由紀夫の場合、作家同士では、武田泰淳と不思議に馬が合ったようである。ただし、実生活上で親しく交際することはなく、逆に距離を置いていた。しかし、端倪すべからざる作家として互いに認め合い、かつ、自ずと通じ合うところがあったと思われる。

その点について、『憂国』と『貴族の階段』を採り上げ、木田隆文が「ひそやかな共同創作—『憂国』と武田泰淳」（三島由紀夫研究12）で詳しく指摘している。こうした関係は初期から認められるように思う。例えば三島最初の長篇『盗賊』には、作柄はまったく対極的であるにかかわらず、武田の『愛のかたち』と共通するところがある。

そのことに気づいた編集者がいたのだろうか、『盗賊』が新潮文庫化（昭和二十九年四月刊）された際に、武田が解説を寄せている。「ラディゲの向うを張」ろうとして「無慙な結果」になったと自ら認める作品だが、武田は真正面から生真面目に論じ、称揚している。誰もが斜に構えて貶すなかにあって、異色であった。三島にとって心底から嬉しく、勇気づけられたろう。

そういうこともあって、およそ近代小説の枠組みに収まらない、独特な書き方をする武田の小説に、三島は注意を払いつづけていたようである。

その武田の小説で、最初に大きな話題となったのが、『風媒花』（昭和二十七年一月から十一月まで連載）であった。この長篇がやはり新潮文庫化された時（昭和二十九年六月刊）には、三島が解説を書いた。文庫編集者の計らいなのか、どちらかが希望してのことか分からないが。

その解説の冒頭、

「一種の綴織（タペストリイ）風の小説、多くの登場人物がそれぞれの行動の姿態を保つたまま封じ込まれてしまつた小説、時間の同時性が辛うじてかれらの人間関係を保証しそれ以外に登場人物たちが何らの因果関係も結合の自覚も持たないやうな小説、滑稽な悲惨・悲惨な滑稽にみちた小説」。

　なんとも奇怪なこの小説の特徴を的確に言い当てていると、『風媒花』の読者なら思うだろう。そうして、後年の『鏡子の家』の読者なら、どうであろうか。三島自身がこの大作の基本構造を語っているると受け取るのではないか。

　三島が『鏡子の家』を書き出したのは、『裸体と衣裳』に拠れば、昭和三十三年（一九五八）三月二十二日らしい（全集年譜では十七日）。『風媒花』の文庫解説執筆から三年半ほど後になる。そして、この大作を書き出す前の二月二十七日には、武田の『おとなしい目撃者』を感心して読んだと書き付けている。

　だから、『風媒花』について書いた自分の文章を忘れているはずはない。そればかりか、その特異な作品構造がずっと頭の中に在てり、これまでにない作品を書くための手掛かりにしょうと、思案しつづけていたのではなかろうか。

＊

　三島は『金閣寺』を書き上げることによって、これまでの作家活動の頂点に立ったのは疑いない。そして、短篇では『橋づくし』、戯曲では『鹿鳴館』、歌舞伎脚本では『鰯売恋曳網』で成功を収めていた。

　それとともに、自ら言うところの「自己改造」を成し遂げ得たとの思いを抱いたと思われる。ひ弱な肉体と鋭敏すぎる感受性を抱えて、苦しんで来たところから、ようやく抜け出した、と。

　これを受けてと言ってよいと思うが、結婚を決意し、見合いをし、式を挙げ、新居を新築した。今後、職業作家として着実にやって行くため、実生活を整えたのである。

　それと平行して書き下ろしたのが『鏡子の家』であった。これまでの成果を踏まえて、取り組んだ大作であり、小説家としての地位をより不動のものとすべく意気込んでいた。

　このあたりの思いをよく示すのが、「近代能楽集」の『熊野』（昭和三十四年四月）だろう。『鏡子の家』脱稿二ヶ月前の発表である。能でも『熊野』は人気曲で、爛漫と咲き誇る桜が散り始める時、母を案じて憂いに沈む美女が舞うところが眼目である。その引き立て役が、平清盛の跡継ぎの宗盛である。これを受けて「近代能楽集」では、大規模開発を計画する大実業家の宗盛が、候補地の桜が今年を最期として咲き誇るのを、愛人熊野を伴って愛でようとする。ところが女は応じない。恋人がいて、彼と逢うため、手練手管を弄して断りつづけるのだ。宗盛はその意図を承知しながら、誘い、最後には明かすものの、女の艶やかな対応ぶりを密かに愛で、最後、「いや、俺はすばらしい花見をしたよ」の台詞で幕になる。

　如何に偽りや裏切りが含まれていようと、目に見えるところが麗しければ嘆賞し喜ぶ姿勢を貫くのである。疑い、不安を覚え、右顧左眄し、詰るようなことをせず、現前するところをそのまま積極的に評価してかかる。そういう果敢とも言える現実肯定の姿勢を採ることができるようになったのを、誇示している、と言ってもよい。

そのような態度でこの大作に取り組む三島は、強い覚悟を踏まえ、自信に満ち、その文章も、悠々とした大家の、達意のものとなっているのを誰もが認めよう。拳闘場面であれ、日本画家の筆の運びであれ、流血の交歓の場であれ、緻密な描写から思弁的考察にまでわたたって、自在に筆を運んでいる。間違いなく、三島はここでひとつの高みに達している。

そうして企てたのが、「時代」を描くことであった。

「『金閣寺』で私は「個人」を描いたので、この『鏡子の家』では「時代」を描かうと思つた。『鏡子の家』の主人公は、人物ではなくて、一つの時代である」と、『鏡子の家』の広告リーフレットに書いている。

もう少し詳しく言えば、『金閣寺』までもっぱら「個人」を描いて来て、やるだけのことはやったので、次は「時代」を、と意図したのだ。勿論、小説である以上、何らかのかたちで時代に相いわたることなしにすむはずはなく、長篇に限っても、これまでに『青の時代』『禁色』などがそうした意図をかなりはっきり示していた。しかし、いづれも中途半端に留まった。そこで本格的に、正面から「時代」を大掛りにと意図したのである。

それはまた、今まで囚われていた「個人」＝自己の枠を越えて、作家としてより自由に筆を振るうことができる地平へ出よう、と企てることであった。

ただし、そのためには、「個人」を描く場合と異なった、新たな方法を以てしなくてはなるまい。しかし、そのような方法を、三島は持ち合わせていただろうか。

例えば『潮騒』だが、この作品は伊勢湾の小島を舞台に、青春を描いてユルスナールの言うとおり、掛け値なしの「透明な傑作」となったが、三島としては「個人」を内からでなく、外から描き、どれだけのことが出来るか、そのところを見届けようとした側面があったと思われる。その結果に、三島は満足できなかった。「あの自然は、協同体内部の人の見た自然ではない。私の孤独な観照の生んだ自然にすぎぬ」「少しも孤独を知らぬやうに見える登場人物たちは、痴愚としか見えない結果に終つた」(「小説家の休暇」七月二十九日の項)と書いている。この言は自作評としては苛酷に過ぎるが、いま言った視点からであれば、妥当だろう。「孤独」に囚われず、それでいて「孤独」に及ばなくてはならない。外から個人を扱い、集団なり社会を描くのでは、型どおりに留まると判断せざるを得なかったのである。

そこから、これまで通り「個人」を、内から描く、自分が十二分に習熟した方法を棄てるのでなく、生かす方策を考えたと思われる。

＊

ところで描く対象の「時代」だが、可能な限り現在に近く、かつ、ある程度の対象化ができる時期でなくてはならない。後に「豊饒の海」四部作で、最終巻の後半の時点を現在から近未来に及ぶように仕組んだが、その考え方はすでにここから始まっていると見るべきだろう。そうして、執筆開始の時点から四年前の昭和二十九年四月から、昭和三十一年四月まで、「戦後が終はつた」と言われるようになった時期とした。

ここにも、三島の野心の一端を見ることができる。

そして、主人公だが、本来なら、一人であろう。しかし、『裸体と衣裳』の七月八日の項には、「一個の総合的な有機体としての人物」を創るのを断念した、と書かれている。

その理由だが、少々分かりにくい記述を見ると、もし一人の主人公を設定するとすれば、「受動的」在り方をとらせなくてはならない。主題を追って行くのにはそうする必要があるが、「能動的」な在り方も併せて持たせたい。が、そうすると、主題を追うのが難しくなるばかりか、主題そのものを破壊することになるだろうし、主人公の態度は「痙攣的に変はる」ことになる……。

考えたところを十分に書き表していない恨みがあり、結局のところ、これまで通り主題を追って描くのには、一人の主人公を設定するのがよいが、「時代」を描くためには、一人格に収まらない行動、対応をとらせなくてはならず、一主人公では駄目だと思い至った、と言っているのである。

それというのも、「時代」を可能な限り大きく、広く捉えよう、より総合的に捉えようと意図していたからであろう。

しかし、外から描く方法の限界はすでに承知していた。如何に大きく、広く捉えたところで、人間の主体的在り方にまで及ばなくては、本当に描き出すことにはならず、個々人の孤独な深みにまで入り込まなくてはならない。そう考えて、従来どおりの「個人」を描く方法を採るものの、「唯一の主人公を避けて、四人の主人公」を設定した、と言うのである。

すなわち、四人の若い男それぞれが、この時代において青春を生きる、そのところを、これまで通り内面に寄り添って描くのである。そして、それらが合わさって、全体として時代の在り様を浮かび上がらせる……。

その四人だが、大雑把に、次のような違いを持たせた、「画家は感受性を、拳闘家は行動を、俳優は自意識を、サラリーマンは世俗に対する身の処し方を代表」するようにした、という。

この言辞は、創作のための心覚え程度のもので、あまり信用してはならないと思うが、それぞれに若い日本画家山形夏雄、私大の拳闘選手の深井峻吉、売れない俳優の舟木收、商事会社のエリート社員杉本清一郎として登場して来る。

社会的地位も関心事も性格もいずれも異なる。そして、彼らが立ち向かう事象（現代社会の一面）も、当然、それぞれ異なる。

ただし、彼らは、三島がこれまで書いた作品から出て来たようなところがある。深井峻吉は『潮騒』の久保新治、舟木収は『禁色』第一部の最も暗い時期の南悠一、杉本清一郎は『鍵のかかる部屋』の児玉一雄、山形夏雄は『死の島』などの菊田次郎あたり、であろうか。少なくともそれらからあまり遠くないところに出生地を持つ。

中でも『鍵のかかる部屋』は昭和二十三年の占領下、片山哲内閣が瓦解する時期の、投げやりな官僚たちの姿が背景にあるが、杉本清一郎はニューヨーク駐在員として赴任、アメリカ財界の退廃的な情景を目にすることになる。三島自身が昭和三十二年七月から年末までニューヨークを中心にして滞在した経験が生かされている。

現在の日本を描くのには、作品の世界をアメリカまで広げなくてはならないという考えがあってのことで、いまでこそ珍しくないが、戦後では、初めてであった。そして、実際に作品世界が大きくなっている。

ただし、この四人の男たちは、互いに絡み合うことがない。結び付けるのは、鏡子の家に気ままに出入りしている一点に留まり、それぞれ自分の前の道筋を突き進む。そして、劇的と言ってよい波乱の道筋を辿るものの、いずれも挫折して終わり、俳優の舟木収は死ぬ。

早く佐藤秀明が「時代の表現・時間の表現」(『三島由紀夫の文学』)で指摘しているが、三島ははっきり意図して、このようなかたちを採ったのである。念のため、佐藤が引用した毎日新聞インタビュー(昭和三十四年九月二十九日)を見て置くと、三島自身、こう語っている、「それぞれが孤独な道をパラレルなまま進んでいく。ストリーの展開が個々人に限定され、ふれ合わない。反ドラマ的、反演劇的な作品」を意図した、と。

これまで三島の作品は劇的に過ぎると批判されて来たが、ここでは、その逆を目指したのである。

すなわち、武田泰淳の「多くの登場人物がそれぞれの行動の姿態を保つたまま封じ込まれてしまつた小説、時間の同時性が辛うじてかれらの人間関係を保証しそれ以外に登場人物たちが何らの因果関係も結合の自覚も持たないやうな小説」である。

そして、最後、「滑稽な悲惨・悲惨な滑稽」の様相を呈する。四人の最後がいずれもそうだろう。個々には、いまも言ったように「劇的と言ってよい波乱の道筋を辿る」が、誰とも出会うなり結び付くことなく、恐ろしい孤独な道筋を進むゆえに、なおさらそうなる。

この男たちの道行きを、鏡子は娘の真砂子を気にして、どの男の人生にも引きずり込まれる事なく、見届けて、健全な日常生活者の夫が戻って来るのを迎え入れるところで終わるのだ。

じつは三島が二十歳の時、終戦とともに日常の到来に恐怖した体験があるが、それを一段と突き詰めよう、という思いが、この大作の根本的なモチーフとしてあったかもしれない。鏡子の夫の帰還は、重い意味を持つ。

こうして個々の人物の内面は十分に描いたのだが、作品全体としては立体的に構築されず、展開性も孕まない、「一種の綴織（タペストリイ）風の小説」となったのである。

＊

ここまで再三引用して来た『風媒花』の解説文だか、その先では、作品の構造から主題へと進み、こう書かれている。

「……これら激動する人物の背後には、中国、あの模糊たる膨大な国土が横たはつてゐる。その国土は綴織の色あせた海のかなたに、死んでは蘇り、傷つけられては目覚め、いつも死のやうにまた生のやうに混沌として、今や新中国の不可思議な回春ホルモンを発散しつつ、その蠱惑的な寝姿を示してゐる。／『風媒花』の女主人公は中国なのであり、この女主人公だけが憧憬と渇望と怨嗟と征服とあらゆる夢想の対象であり、つまり恋愛の対象なのである。皆がこの女の噂をする」。

こうなると『鏡子の家』との相似性はなくなると、言わなくてはならないようである。しかし、「中国、あの模糊たる膨大な国土」の代りに、当時の日本社会があると見るべきだろう。占領期を終えて安定を取り戻し、退屈だが、アメリカを中心にした経済の歯車が大きく動き出そうとしている時代の日本が、中心に据えられているのだ。だからこそ三島は、「時代の壁画を描く」と言い、この方法を用いたのである。

冒頭の場面は、勝鬨橋が開いて、通行車両の前に鉄板の壁が立ち塞がるところで、言いようのない閉塞感を表現しているが、しかし、その勝鬨橋を渡った先の埋立地では大規模な建築が始まろうとしていた。経済高度成長は、もうすぐそこに来ていたのである（中元さおり「古層に秘められた空間の記憶―『鏡子の家』における戦前と戦後」三島由紀夫研究11参照）。ただし、その時代は、決して未知ではなかった。なにもかもが既知であり、それを前にすれば登場人物と同様、欠伸をするほかないのだが、しかし、その量的規模はとんでもないものになる。その行き先を、われわれは知っており、三島も『英霊の声』で手厳しく批判することになる。

そういう到来しようとしている時代を、四人の若者を通していろんな角度から捉えようとしたのである。

もっとも『風媒花』は最も戦後文学らしい作品で、三島の資質とも意図する作品世界とも異質である。そのことをよくよく承知した上で、この「綴織風小説」の方法を大々的に採用、自らの幾つもの野心も織り込んで、書いた。

インタビューの続きで、こうも言っている、「そうした構成のなかに現代の姿を具体的に出していった。ここに僕の考えた現代があり、この小説はその答案みたいなものである」と。

＊

こうして刊行されたこの大作の評価は、芳しいものでなかった。

これまでの三島の小説は、個人の内面に深く入り込み、そこから劇的な展開が生まれて来た。その劇的であるところが、既に触れたが、欠点ともされて来ていたのだが、ここでは逆に、劇的な性格が希薄であることをもって欠点とされたのである。多くの読者も、その点に失望を隠さず、三島の小説は変わってしまった、と嘆いた。筆者自身の初読の印象もそうであった。

作者三島と読者は、見事に行き違ったと言わなくてはならない。

ただし、三島にしても「反ドラマ的、反演劇的」な構成をとったものの、それでもって現代という「時代」の実相を浮かび上がらせ、それでもって読む者を打とうと目指したはずである。その企てに失敗した、と言うべきなのであろう。

理由は幾つも考えられるが、四人の若者を主人公として、それぞれ「個人」を描く同じ方法で扱ったため、基本的には似た四編の小説を、内的な関連なしに併置したかたちになったことである。その結果、互いに相対化し合い、違いが減殺され、繰り返しの印象を招いた。

そして、四人それぞれが向き合った事態が、噛み合い、一と「時代」の総体を浮かび上がらせるはずであったのが、一と繋がりに受け取られ、平板な印象となった。

また、四人それぞれが恐るべき孤独に終始するため、いずれも他人なり現実なるものと出会うことがなく、作品として展開するダイナミズムが宿ることなく、一方的で単調な流れに終始することになった。

全体の結び目である鏡子の関心が、過去となった戦後に向けられていて、現在に必ずしも向き合っておらず、叙述が結果的に過去へ流れるかたちになった。

こうして「反ドラマ的、反演劇的」であることが、新たな力とならず、マイナスとして働いた。

それにもうひとつ、致命的だと思われるのは、この作品でもって現代社会の根本的な在り方に対する認識を差し出した、と三島が考えたことだろう。先にも引用したが、「ここに僕の考えた現代があり、この小説はその答案みたいなもの」と明言しているが、果して差し出したものがそう言えるかどうか。

この作品は「ニヒリズム研究」（『裸体と衣裳』）であるとも称しており、確かに四人の若者はそれぞれに、ニヒリズムのさまざまな相を経巡っていく様子が繰り広げられる。そして、それぞれ恐ろしい孤独の内に、絶望し、破滅し、死ぬか、立ちすくんだままとなり、先にも言ったとおり「滑稽な悲惨・悲惨な滑稽」の様相を呈するのだが、それがこちらへ切実さをもって迫って来るだろうか。

残念ながら、そうはならない。いずれも底無しのニヒリズムへとずり落ちて行き、溶解するばかりで、われわれの生の現実としての確乎さを獲得することがない。

三島には、ニヒリズムを徹底させ、凝縮し、押し出せば、現代に対する時代認識を提示したことになる、という思いがあったのであろう。「反ドラマ的、反演劇的」な書き方をしたのも、そのための工夫という側面があったと思われる。しかし、ニヒリズムは所詮、ニヒリズムであった。すべてが無意味に化して、溶解してしまい、時代認識としての実質を持ち得ない。それにもかかわらず、持ち得ると考えた。

その点で、三島は思い違いをしたのである。殊に自己改造を意図どおりに成し遂げたとの自負を持っていただけに、実質を持ちえないものに実質を見たと思ったのである。そして、このことを理解するのに、少々時間がかかった。

こうして『鏡子の家』という壮大、壮麗、沈鬱な綴織風の小説は、総体として時代を捉えることができなかったばかりか、作品自体としても、存立する確かな礎を確保できずに終わったと言わなくてはなるまい。

しかし、すでに言ったように、多くのページページは、成熟した作家にして初めて書き得るもので、魅力を放っている。そのため、三島の錯誤が見えにくく、三島自身にしてもそれなりの達成感を覚えた。

が、やがて新たな道を探り求めて出発しなくてはならないと、考えるようになった。それは芸術家三島にとって、ひどく辛く、苛酷なものとなった。画家山形夏雄の行く手に立ち塞がる事態を詳細に描いていたが、上っ面の叙述に過ぎなかったと、思わざるを得なかったろう。なにしろその道行きは、現実を他所にした騒々しいだけの状況のただなかにおいて、新たな「絶対」、それもわが国において成立し得るところの、「絶対」への探求でなくてはならなかったからである。

＊

この後、三島は『宴のあと』『獣の戯れ』『美しい星』『絹と明察』などと長篇を書き継ぐが、いずれも『鏡子の家』で企てたことのさらなる追究という性格を持つ。『宴のあと』の女将福沢かづは鏡子の後身だろう。『獣の戯れ』の大学生幸二は拳闘選手の深井峻吉、幸二に殴打され廃人となった逸平は舟木収に当たるだろう。『美しい星』の大杉重一郎と敵対する羽黒は、杉本清一郎が抱えているものを二分して設定されていると見ることができるだろう。『絹と明察』の岡野はまさしく杉本清一郎の後身であり、駒沢社長は戻って来た鏡子の夫である。岡野はハイデッガーの思想に親しんだ人物として設定されているが、ニヒリズムを信奉して表面的には駒沢に勝利するが、最後、実際的には屈服する。それはそのまま、ニヒリズムが辿る道筋だと言ってよかろう。

（文芸評論家）

三島由紀夫と神風連――『奔馬』の背景を探る――

岡山典弘

はじめに

死を前にして三島由紀夫は、憑かれたように神風連を語った。

林房雄や寺山修司などを相手にして語り、古林尚との対談『最後の言葉』では「ぼくのディオニソスは、神風連につながり……、暗い蒙昧ともいうべき破滅衝動につながっている」と心情を吐露した。

三島の著作に「神風連」の三文字が現れるのは、意外に遅く昭和四十二年のことである。元旦の「読売新聞」に掲載されたエッセイ『年頭の迷ひ』で、西郷隆盛の死とともに、加屋霽堅の最期に言及した。爾来、三島は『奔馬』において、一党の蹶起と滅亡を作中作の「神風連史話」として取り纏めるなど、深く傾倒していった。

『奔馬』の執筆に当たって、三島は次のような書籍を参考にしている。

石原醜男『神風連血涙史』（昭10、大日社）、石原醜男・徳富蘇峰・福田令寿『郷土文化講演会講演集』（昭10、九州新聞社）、石光真清『城下の人』（昭33、竜星閣）、加屋霽堅『加屋霽堅翁奏議遺稿　完』（明20、眞盛舎）、木村弦雄『血史　熊本敬神党』（明40、長崎次郎）、小早川秀雄『血史　前編』（明43、隆文館）、桜山同志会編『殉難十六志士略伝』（大7、河島書店）、林櫻園『櫻園先生遺稿　全』児玉亀太郎編（昭18、河島書店）、福本日南『清教徒神風連』（大5、実業之日本社）、森本忠『神風連のこころ』[1]（昭17、国民評論社）、荒木精之『誠忠神風連』（昭18、第一芸文社）、荒木精之編著『神風連烈士遺文集』（昭19、第一出版協会）、松山守善『自叙伝』[2]（昭8）。

この小文では、これら参考文献を踏まえて、三島と神風連関係者との深い繋がりや影響など、『奔馬』の背景を探ってみたい。

一、森本忠と石原醜男

三島は、昭和四十一年八月に『奔馬』の取材のため、熊本市を訪れた。

二十八日の夜は、料亭「おく村」で、荒木精之、福島次郎、蓮田善明未亡人・敏子、森本忠と歓談している。前三者は、三島の読者に馴染深いが、森本忠とは、どういう人物であろうか。

森本忠（本名・忠八）は、明治三十六年に熊本県飽託郡春日村（現・熊本市春日町）に生を享けた。父の永八は能楽師で、一噌流の笛方であった。濟々黌、五高、東大英文科を卒業し、教職、朝日新聞社、日本新聞協会等を経て、文筆生活に入った。戦後は帰郷して、熊本商大の教授を務めた。

森本の生家の近くには、愛敬、猿渡、岩越といった神風連一党の遺族が住んでいた。森本の祖父母が、この人たちと親しく交際し、森本自身も子供同士で遊び友達であったという。森本が春日小から濟々黌に進むと、石原醜男が漢文の教師で、子息の石原和気男は同窓であった。

両氏が腹一文字に掻き切ると同時に、以幾子は懐剣をわが喉に突き立てた。

陰暦九月十四日の亭午をやや廻つた頃である。阿部は享年三十七。以幾子は二十六。石原は三十五。（『奔馬』）

三島は、阿部景器・以幾子と石原運四郎の最期の様子を克明に綴っている。

神風連の参謀・石原運四郎の遺児が石原醜男で、その時三歳であった。醜男が十二歳になると、母・安子は、父・運四郎の霊前で遺された一刀を与えて、諄々に遺訓を語り聞かせた。醜男は亡父の志を知り、志業が成らなかったことを深く哀しむとともに、その精神の闡明を期した。醜男は、独学で和漢の素養を積み、明治二十九年に濟々黌八代分校の嘱託、三十四年に本校で文検国漢科に合格して、大正十二年まで濟々黌で教鞭をとった。かたわら神風連の事績を丹念に掘り起こして、一党の名誉回復と顕彰とに生涯を捧げた。

醜男は、蒐集した神風連関連資料を惜しげもなく提供した。世評に高い小早川秀雄の『血史　熊本敬神党』と福本日南の『清教徒神風連』は、醜男の資料に基づいて書かれたものである。日南は「君ならで誰かはとらむかくれぬの下にかくれて見えぬ玉藻を」の一首を醜男に贈った。また、神風連を題材とした小説には、長田幹彦の『神風連』（昭8、春陽堂）と十一谷義三郎の『神風連』（昭9、中央公論社）があるが、醜男は両者に資料提供を行い、執筆の相談にも与った。醜男自らは、六百頁近い大冊『神風連血涙史』を著して、昭和十年に大日社から上梓した。同書は「神風連正史で、一応一党に関する定本とされている」[3]。三島の死後に出版された荒木精之の『神風連実記』も、主として醜男の『神風連血涙史』を祖述したものである。心血を注いだ神風連正史の刊行で安堵したのか、醜男は翌十一年に逝去した。

三島の「神風連史話」は、石原醜男の『神風連血涙史』を正本とし、小早川秀雄の『血史　熊本敬神党』と福本日南の『清教徒神風連』を副本に祖述したと思われるが、体裁は木村邦舟の『血史　前編』に近い。なお、『奔馬』において、本多繁邦は、神風連の行動を相対化するために「熊本バンド」の挿話を持ち出すが、これは『郷土文化講演会講演集』に収録された福田令寿の『わが郷土文化に及ぼせる洋学の影響』に拠ったと思われる。

神風連の一挙に依て、旧思想の運動は其の「山」に達しました。其の同じ九年の一月、同じ熊本で、正反対なる新思想の運動の「山」が顕はれました。即ちゼーンス門下の基督教信奉で、此の「山」は、文字通り、花岡の山上で実現いたしました。（福田令寿『わが郷土文化に及ぼせる洋学の影響』）

神風連は、「熊本バンド」の生みの親で熊本洋学校の米国人教師・ジェーンズを夷狄として狙っていた。明治八年に殺害計画が具体化して、彼らは加屋霽堅に相談した。加屋は「時機を待て！」とこれを止めたという。ジェーンズは五年間の滞在を終えて、明治九年十月七日に離熊する。神風連の変の寸前であった。

熊本滞在二年目から、私には常に私の命をねらう刺客がつきまとっていた。その十二人の集団はお互いに誓いを立て、好ましからざる西洋の影響を排除するために命をかけて戦い、その張本人である私をなき者にしようというのだった。（ジェーンズ『熊本回想』）

森本は、石原醜男から漢文の授業中に神風連の話を聞くことになる。夏休みには、課外教本として林桜園の採録を読まされた。醜男に連れられて、神風連百二十三士の墓が立ち並ぶ桜山神社を訪れたこともあった。森本が「事敗れて一党が切腹する際に辞世の歌を詠んだが、中に若い士で、そういう嗜みのなかった者がいて、『君がため鎮台兵を斬り殺し大江村にて腹切りにけり』と詠んだという話があるが、本当ですか」と尋ねると、醜男は大笑いして「そういう事が世間に伝わっているが、そら嘘たい。ばってんが、中々よく気分が現れとるから、無理に打ち消さんでもよかたい」と答えたという。[4]

文学を志した森本の交友関係は広かった。五高では、林房雄と同級であった。東大卒業後、熊本で教職にあった時には歩兵第十一旅団長の斎藤瀏少将と親交を結んだ。斎藤家で、芸術論やゲーテ論を闘わせて、徹宵飲み明かした。二・二六事件当時、朝日新聞社に勤務していた森本は、蹶起部隊によって三日間の缶詰を体験する。事件の直後、森本は斎藤少将に会い「新聞記者としてでなく一友人として君に話すから、内緒にして貰いたい」と二時間ばかり詳しい打ち明け話を聞かされた。

森本は、「新女苑」で蓮田善明とも対談している。森本の国語論を読んだ蓮田からの指名であったという。蓮田が済々黌で一年後輩であることは、対談の後で知る。森本は、昭和十四年に自伝小説『僕の天路歴程』を〈ぐろりあ・そさえて〉から上梓するが、斡旋の労をとったのは保田與重郎であった。尾崎士郎の「文芸日本」や中河與一の「文芸世紀」とも繋がりを持ち、浅野晃など日本浪曼派の文学者と交遊した。森本は「学友、旧友のほか戦時中には驚くほど右翼関係の知人が多かった」と述懐している。大東塾の影山正治とも会い、影山は森本に「私も神風連です。狭く、狭くとやってゆくつもりです」と語ったという。『奔馬』の飯沼勲のモデルの一人は、影山だとされており、事実、三島が遺した「創作ノート」には、「影山」が再三登場する。

朝日新聞の記者となった森本は、林桜園の思想を中心に神風連の研究を深めた。宇気比を考察した『神の伊吹』を「日本談義」に発表するとともに、昭和十七年には、『神風連のこころ』を国民評論社から上梓した。『神の伊吹』には、朝日新聞社の副主幹をしていた佐々弘雄が、特別な関心を寄せた。[5]

神風連は実際一つの極端であつた。その敬神に於いても、その攘夷に於いても。そしてその極端といふことは、又一党の精神の純粋度を示す目盛りともなる。彼等の精神は可とするも、その実践は非とするのが一通りの常識ではあるけれども、実はあの直接行動の実践あることによつてのみ、精神の表現は存在しうるのである。

召命あらざる限りたとひ個人として国家への憂情抑へ難き場合があつたとしても、これを個人の私意によつて断ぜず、神意によつて決裁せんとした事は、永遠に正しい。（森本忠『神風連のこころ』）

三島と森本は、「おく村」が初対面であった。森本は「林桜園は終生女色を近づけなかったけれど、若衆がいて、その若者も神風連で死んだ」とわざと指摘したという。話題は、神風連から多方面に飛び、その日がゲーテの誕生日であったことから、三島は「『親和力』を愛好している」と語った。翌日、三島と森本は、藤崎宮で偶然に再会する。森本が「宇気比とは、行動そのことがそのまま一つの祈りである。つまり、祈りを籠めた試行錯誤である」と告げると、三島は即座に「あゝ、トライ・アンド・エラーですね」と深く肯いた。[6]

昭和四十一年十月、三島は、荒木精之から「日本談義」の神風連特集号を贈られた。特集号には、石原醜男の遺稿『先君行状』（一六〇枚）、荒木精之の『熊本新聞に見る神風連』（一一〇枚）、森本忠の『宇気比の戦の論理』など七編の論考が掲載されている。[7] 三島は、荒木に宛てた礼状のなかで「森本氏の宇気比考も、お話を伺ったときより一そう鮮明に、御趣旨がよくわかりました」と書き記している。

二、河島又生・松山守善・緒方小太郎

福島次郎の『三島由紀夫　剣と寒椿』には、奇怪な夢の描写がある。

神風連の若い志士らしい死体がある。そこへかがみこんで、手をふれながら、子細に調べている男のうしろ姿が見える。ああ、この人が松山守善という人物かと思い、近づいてゆくと、ゆっくりふりかえってこちらを見たその顔は、三島さんその人で、唇から血を流しながら、うれしそうに笑っていて——（福島次郎『三島由紀夫　剣と寒椿』）

福島によると、舒文堂河島書店の主人が、三島に「神風連関係の本をお探しなら、面白いものがございますよ、滅多に手に入らぬもので……、それが松山守善という人の当時の日記です」と持ちかけると、その人物は初耳らしく、三島は「どういう人だ」と訊いた。「その頃の裁判官だったお方で、神風連の人たちの遺体の殆どを一人で検視された人でございます」と答えると、三島は「ともかく、それを是非、それを是非」と懇望したという。さらに福島は、三島の神風連傾倒の深層心理には、一種の加虐と被虐と流血の三位一体になるエロスへの関心が、地下水のように流れていたと憶測し、「夢の中では、ドラキュラ状態だった」と書き綴っている。

周知のとおり三島には、青島健吉中尉を検屍した川口良平（元・陸軍軍医中尉）に宛てて「青島中尉が切腹後死亡するまでの詳細な臨床的経過及び苦痛の様相などを書いて知らせてくれ」と手紙で依頼した前歴がある。[8]そのため、神風連の遺体を検視した当時の日記を「ともかく、それを是非、それを是非」と所望した話は一見尤もらしく思える。しかし、これは事実ではない。そもそも松山守善の『日記』なるものは、出版されてない。

筆者は、来熊した三島がどのような書籍を買い求めて、どのような遣り取りがあったかを舒文堂河島書店に照会した。それに対して、四代目の主人・河島一夫氏から懇切な回答を頂いた。三島が入手したのは、松山守善の『自叙伝』であった。

舒文堂河島書店は、九州きっての郷土誌専門店である。店の歴史は、明治十年、西南の役で焼失した熊本市上通町に、河島又次郎が古物と古書を扱う「川口屋」を構えたことに始まり、創業百三十余年を誇る。驚いたことに初代の又次郎は、神風連と深い関わりを持つ人であった。又次郎は、若くして国学を学び、明治の後期に逝去するまで遂に丁髷を切らなかったという。神風連との交友は繁く、蹶起の前には、一党の刀の柄巻を行った。絹柄では、人を斬る際に滑りやす

いので、又次郎がこれを木綿に巻き直したのである。事変後、神風連の一味という嫌疑で、官憲の取調べを受けた。

明治三十六年に又次郎が死去して、二代目の豊太郎が店を継ぐ。大正七年、豊太郎は、桜山同志会が編纂した『殉難十六志士略伝』の版元となる。（『定本三島由紀夫書誌』が同書の刊行年を「S7」としているのは、誤植である。）桜山同志会とは、林桜園の教えを奉じる人々が結成した団体で、石原醜男が中心となって桜山神社における祭祀や勤王党・神風連の志士の顕彰に努めた。

昭和八年に豊太郎が死去して、三代目の又生が店主となる。三島が会ったのは、この河島又生である。又生は、大正五年の生まれで、熊本中学在学中に父の豊太郎が亡くなり進学を断念して、十八歳で家業を継いだ。昭和十二年、店名を「舒文堂河島書店」と改める。これは、大正天皇の侍従を務めた落合東郭の揮毫「舒文重国華」（文を舒べて国華を重んず）に由来する。昭和十八年に児玉亀太郎が編纂した『櫻園先生遺稿全』の版元となる。埋もれつつあった思想家の遺稿集の刊行は、採算を度外視した英断であった。今日、我々が林桜園の『昇天秘説』や『宇気比考』に触れることができるのは、又生の功績と考えても差し支えない。又生は、自らも文章をよくし、昭和五十二年には、創業百年を記念して浩瀚な『書肆三代』を刊行する。平成十九年に死去、享年九十歳であった。

又生が遺した記録によると、三島が購入した書籍は、『櫻園先生遺稿』『玉襷』『血史　前編』『殉難十六志士略伝』『郷土文化講演会講演集』『加屋霽堅翁奏議遺稿　完』『松山守善自叙伝』（『昭和四十年度版熊本年鑑』所収）である。(9)

　三島由紀夫先生に小生が神風連の資料として裁判に関したことで『松山守善自叙伝』がありますよとお話ししたら「それが欲しい」と申された。店になかったので発行所の熊本年鑑社に電話してさし上げた。（河島昌扶『書肆三代』）

いくら『三島由紀夫　剣と寒椿』が小説とはいえ、松山―三島―ドラキュラと無理矢理繋げる福島の曲筆には呆れてしまう。又生によると、三島が「いいものが手に入った」と喜んだのは、『加屋霽堅翁奏議遺稿　完』の方である。「神風連の遺体を検視した」松山守善とは、どのような人物であろうか。

松山守善は、嘉永二年（一八四九）に熊本城東厩橋の藩士・脇坂家に生まれた。文久三年（一八六九）、十五歳で松山家に入り、七石三人扶持を給される。明治二年、林桜園の高弟・斎藤求三郎の門下生となり、肥後勤王党の一員として河上彦斎の知遇を得る。四年の彦斎刑死を契機として神風連の在り方に疑問を抱き、六年に上京して民権主義者に転向する。七年に帰郷して、宮崎八郎たちが創設した植木学校の講師兼会計方になる。植木学校の閉鎖に伴って、九年に熊本県裁判所十五等出仕となり、民権党を離反する。

神風連の変鎮圧後、松山はかつての同志の検視を行う。十年に大分の日田裁判所に転勤。西南の役では、西郷軍に参加することを思い立つが、西郷の敗戦を知って、途中で引き返す。十一年、裁判所を辞任して代言人を開業。相愛社を興して副社長に就任し、自由民権派の「東肥新報」を創刊する。二十三年、第一回衆議院議員選挙に当選するが、選挙違反のため失格。四十一年にキリスト教の洗礼を受ける。大正六年に熊本市議会議員に当選し、地方政治家として活動する。昭和二十年に死去。九十七歳の長寿を全うした[10]。

松山の人生は、転向に次ぐ転向である。色川大吉は「彼は思想とはその人間の境遇や友人や年齢や読書などによって変わるものだと確信している。彼に杓子定規の《変節》《転向》という概念をあてはめることはできない」と評したが[11]、松山は、神風連におけるユダのような存在である。遠藤周作の『沈黙』で、ロドリゴを裏切って奉行所に密告しながら、執拗にその跡を追うキチジローの姿とも似ている。三島は、松山の変転極まりない軌跡に作家としての興味と関心を寄せた。

△脱退者の話　毎日信仰心がやりきれぬ　東京へ行きたい　太田黒先生に暇乞ひしようと二三人ゆく、「東京へゆくのか、御神慮うけてみよう」と神衣で神前へゆく、うけひでNOと出たら大へん故逃げ出す。松山守善翁

（「創作ノート」）

しかし三島は、松山の挿話がもたらす《変節》《転向》《背信》という主題を切り棄てて、「神風連史話」を一篇の壮麗な叙事詩として纏めた。そこに浮かび上がってくるのは、「何故神風が吹かず、何故宇気比が破れたか」という怖ろしい詩的絶望である。奇蹟の到来を信じながらそれが来なかったという不思議、いや、奇蹟自体よりもさらにふしぎな不思議という主題を凝縮して示した作品は、昭和三十年の短編小説『海と夕焼』であるが、三島は再びこの主題に挑んだ。

一たび我真心どもを果さしめ、遂に幽冥の神事につかへまつらしめたまはんの、くすしき妙なる大御はからひにこそと、かしこけれどひそかに思ひ奉るなり。

（『奔馬』）

三島は、一挙敗北の後、神慮を仰いで、自首せよとのお示しに従って自首し、終身懲役の刑に処せられた参謀・緒方小太郎の『神焔稗史端書』を引用した。『神焔稗史端書』は、著書ではない。紙数にしてわずか三頁足らずの文章で、「神焔稗史」という書に端書したものである。この小文を、三島は、荒木精之が編纂した『神風連烈士遺文集』のなかから拾

い上げている。『奔馬』では、志士の断簡零墨に至るまで参照しており、三島が広範かつ綿密に神風連関連資料を渉猟したことが窺える。

緒方小太郎は、幼にして匡彦と称し、壮にして小太郎と改めた。父の天臣は古学を好んだ。林桜園の門に入り、惟神の道を聞き、深くこれを信じて、神祇を敬い皇室を尊んだ。蹶起に先立ち、緒方は一党の使命を帯びて、先ず久留米柳川の同盟を訪い、秋月に至って謀を宮崎党に通じ、それより長州で前原党と相約し、帰途香春の同志と語らい、福岡で筥崎八幡宮を拝した。受日の戦では、太田黒伴雄が直卒する本隊に属して、砲兵営を襲撃する。[12]

一挙が敗れ、緒方は熊本の獄に収監された。明治十年、西南の役が勃発し、西郷軍が攻め寄せて来たため、大分の監獄に移される。その地にも戦火が迫り、緒方は船で四国に移送された。明治十四年に放免されるまで、緒方は四年余りを松山の監獄で過ごした。獄舎で緒方は、『獄の憂草』を書き綴る。同書は、神風連の数少ない生き残りによる貴重な一次史料となっている。出獄した緒方は、熊本に帰り、旧国老・松井氏に招聘されて、八代の松井神社社司に任ぜられた。石原醜男は、緒方のもとを頻繁に訪れて、林桜園の道を問うとともに、神風連一党の思想や行動について尋ねた。醜男の神風連研究は、これによって大体に通じ、真相を識るに至った。[13]

三、蓮田善明・石光真清・玄洋社

三島は、「文芸文化」昭和十七年十一月号に『みのもの月』と『伊勢物語のこと』を発表した。同じ雑誌には、蓮田善明の『神風連のこころ』が掲載されている。『みのもの月』は王朝風の物語、『伊勢物語のこと』はエッセイで、蓮田作品は、森本忠の『神風連のこころ』の書評である。

熊本の士族でも、神風連の挙は無意味とし、翌十年の西郷南洲の軍に投じた者が多かつた。簡単に言へば後者の方は政治的不平に出で、何らかの政治運動の一種であつた。神風連は惟だたましひの裏だけを純粋に、非常に熱心に思ひつゞけたのである。日本人が信じ、大事にし守り伝へなければならないものだけを、この上なく考へ詰めたのである。（蓮田善明『神風連のこころ』）

済々黌で学んだ蓮田の脳裡には、石原醜男の記憶が深く刻まれていた。蓮田は学校行事として、神風連一党の墓地桜山に参拝したことがあった。醜男の何か異常な慷慨に引き摺られて、その地に行って拝ませられたという妙な印象が残っているという。興奮すると、少年のように頬を紅くして何か歯噛みするように急いで話す醜男の表情さえも浮かんでくるという。

蓮田に導かれて、三島は神風連を意識するようになったと思われる。蓮田は、「三島由紀夫」という作家の誕生に係わっただけでなく、三島の生涯を通じて重い役割を果たした。

最も大きな最もたしかな事実たる「神ながら」、これが厳としてあらゆる「からごころ」に迷へる者の前に存する。（蓮田善明『本居宣長』）

三島は、石光真清の手記『城下の人』にも眼を通している。

石光真清は、明治元年、熊本県飽託郡本山村（現・熊本市本山町）に生を享けた。父・真民は熊本藩士で、産物方頭取を務めていた。少年期には稚児髷に朱鞘の刀を差して、神風連の変や西南の役など、動乱のなかを飛び廻った。陸軍幼年学校に進み、日清戦争では陸軍中尉として台湾に遠征した。ロシアの南下政策に脅かされる極東の島国の国民として、ロシア研究の必要性を痛感し、三十二年に特別任務を帯びて、シベリアに渡る。日露戦争後は、東京世田谷の三等郵便局長などを務めるが、大正六年、ロシア革命後のシベリアで再び諜報活動に従事した。八年に帰国するが、夫人の死や負債などで失意の日を送り、昭和十七年に七十六歳で没した。遺稿は、長子・真人によって『城下の人』『曠野の花』『望郷の歌』『誰のために』の手記四部作として刊行された。

吉武兄弟と祇園山の中腹の清水の湧いているところで、水いたずらをしていると、突然山の上から、紋付の羽織袴に大刀を差した、高髷の堂々たる武士が下りてきた。半次は「加藤社の加屋先生です。御挨拶をなさい」と言った。私たちは二、三歩前に進み出て丁寧に御辞儀をすると、「そうか。そうか。平川先生の塾生はみな元気者ばかりだ」と笑みを湛えながら、私たちの稚児髷と刀を差した昔に変らぬ姿を、満足そうに眺めて、「どら来てごらん」と三郎を抱き上げた。（石光真清『城下の人』）

少年の眼に映じた神風連副将・加屋霽堅の在りし日の姿である。このような記述を踏まえて、三島の神風連理解は、「神風連の志士たちは、いたずらに頑なな、情けを知らぬ人たちではなかつた」というものである。

真清の次女・菊枝は、奈良県十津川村出身の法学者・東季彦のもとに嫁ぐ。二人の間に生まれたのが、東健（文彦）である。つまり石光真清は、東文彦の祖父に当る。[14] 東文彦―石光真清―神風連という意外な繋がりを知った時、三島は一驚したのではあるまいか。三島が、熊本との縁を強く実感したことは確かなように思われる。

蹶起に先立って、緒方小太郎が福岡の筥崎八幡宮に参拝したことは前述した。

同神社と神風連との縁は、決して浅くはない。筥崎八幡宮は、筑前国の一宮で、京都の石清水八幡宮、大分県の宇佐八幡宮とともに、日本三大八幡宮の一つである。応神天皇を主祭神とし、配祀は神功皇后と玉依姫命で、延喜二十一（九二一）年に醍醐天皇が「敵国降伏」の宸筆を下賜されて、この地に壮麗な社殿が建立された。元寇の折には、神風が吹き未曾有の国難に打勝ったことから厄除・勝運の神として名高い。「敵国降伏」の扁額は、裏門の鳥居にも掲げられているが、明治三十三年に鳥居を奉納したのは、安川敬一郎と平岡浩太郎である。平岡は、福岡藩士・平岡家に生まれ、戊辰戦争では奥羽に転戦して戦功を挙げた。西南の役では、西郷軍に呼応して立つが、敗戦により獄に繋がれた。出獄後は、自由民権運動に参加し、頭山満や箱田六輔とともに向陽社を組織する。明治十四年、向陽社を玄洋社と改名して初代社長に就任した。玄洋社は、「乙丑の獄」で大弾圧された筑前勤王党の流れを汲む。平岡は、赤池・豊国炭鉱等の経営に成功し、その豊富な資金で玄洋社の対外活動を支える。黒龍会の内田良平は甥に当たり、周辺には杉山茂丸がいた[15]。三島は、頭山たち玄洋社の活動にも関心を寄せて、『禁色』『訃音』『現代における右翼と左翼』で言及した。また筥崎八幡宮の社家からは、神道思想家の葦津珍彦が出ている。葦津は、頭山との交流が深く、『対話・日本人論』において林房雄は、三島の天皇論と葦津の天皇論とを比較した。

四、佐々友房・木村邦舟・濟々黌

幕末から維新にかけて、熊本では三党が鼎立した。池辺吉十郎たちの学校党、横井小楠たちの実学党、宮部鼎蔵・河上彦斎たちの勤王党である。学校党は、藩校・時習館の出身者が形成した熊本藩の主流派で、佐幕攘夷であった。実学党は、藩政改革を主張する開明派の藩士で構成され、尊皇開国であった。勤王党は、維新後さらに先鋭化して敬神・尊皇・攘夷の神風連となる。

三党が鬩ぎ合う複雑な政治情勢のなかで、特異な行動をとるのが佐々友房である。

佐々友房は、嘉永七年（一八五四）に佐々成政の子孫である熊本藩士・佐々家に生まれた。幼少より時習館で文武を兼修し、後に林桜園の門で国典を修める。かつて宮部鼎蔵と行動をともにした叔父・淳次郎の訓育を受けて、尊攘の信念を固める。水戸の学説を慕い、藤田東湖や会沢正志斎の著書を会読する。神風連の小林恒太郎や古田十郎と交わるが、後に意見を異にして絶交する。明治七年、佐賀の乱では、同志と謀って策応しようとするが、先輩の説諭で思い止まる。九年の神風連の変では、あらかじめこれを聞知し、同志間を奔走して警戒を厳にして一党に与することを止めた。

折しも諸郷党に其の人ありと知られたる佐々友房を先

頭に、十数人の一味おして来た。（石原醜男『神風連血涙史』）

十年には西郷軍に呼応して、池辺吉十郎たちと謀って熊本隊を編成し、自らは一番小隊長となって高瀬に進撃する。各地を転戦、佐土原の戦で銃傷を負って、延岡臨時病院に収容され、裁判の結果、懲役十年の刑に処せられ、宮崎監獄に入る。獄中において、青年子弟を教育し、一世の元気を振作して、国家将来の用に供することが今日の急務と深く心に決する。

十二年に出獄した友房は、尊皇敬国を建学精神とする同心学舎を設立した。後に同心学校と改め、十五年に濟々黌と改称する。濟々黌は、歩兵操練を採用した全国嚆矢の学校で、乃木希典の副官を務めた沼田九郎を教官にするなど、文武両道を実践した。濟々黌教育は、三綱領精神「倫理を正し大義を明にす。廉恥を重じ元気を振ふ。知識を磨き文明を進む」に帰着する。友房は、二十年から二十二年まで濟々黌の学長を務めるが、紫溟会による政治活動が本格化し、衆議院議員に当選したことから、その職を木村弦雄に譲る。[16]

木村と神風連の間には、黙契があった。

木村弦雄は、邦舟と号した。熊本県玉名郡高瀬町（現・玉名町）の郷士の家に生まれる。林桜園の門で皇学と兵学を修め、太田黒伴雄、加屋霽堅とは交わりが最も厚かった。藩命を帯びて長崎に遊学し、英学と英式操練を学んだ。明治元年、豊後鶴崎で河上彦斎と兵制改革を行うが、長州奇兵隊の大楽源太郎の脱退事件に連座する。国事犯をもって禁獄約八年、許されて熊本師範、熊本中学の校長を務め、宮内省御用掛より学習院幹事となり、晩年に濟々黌の学長となる。

神風連の変では、太田黒伴雄、加屋霽堅と深い黙契があったが、その手段において意見を異にし、敢えてこれに与しなかった。[17] 木村は、二十七年に他界するが、死後の二十九年に『血史　前編』が上梓された。これは「もっとも早い時期に公にされた神風連擁護、復権宣言の書」である。[18] 同書は、昭和五十一年に影山正治の監修で、『神風連・血史』と題して復刻された。木村の死により、『血史　後編』は書かれていない。

皇室を扶翼し、人民を保護する武士なる者は、人々剣を佩び自ら護り、以て本邦の国体を表はす。（木村邦舟『血史　前編』）

濟々黌は、九州の名門校として広く各界に人材を輩出したが、戦前は軍人を志して、海軍兵学校・陸軍士官学校に進む者が数多くいた。参謀総長の梅津美治郎や第十四方面軍参謀長の武藤章が著名であるが、錦旗革命を夢見た青年将校も少なくない。

五・一五事件に連座した林正義海軍少尉は、失官後、厚木市に幽顕塾を設立して青年の指導に努めた[19]。昭和四十四年に国会議事堂近くで焼身自殺をした江藤小三郎は、林の薫陶を受けた二十三歳の若者であった。江藤の自決は、三島に衝撃を与える。

二月十一日の建国記念日に、一人の青年がテレビの前でもなく、観客の前でもなく、暗い工事場の陰で焼身自殺をした。そこには、実に厳粛なファクトがあり、責任があつた。芸術がどうしても及ばないものは、この焼身自殺のやうな政治行為であつて、またここに至らない政治行為であるならば、芸術がどこまでも自分の自立性と権威を誇つてゐることができるのである。私は、この焼身自殺をした江藤小三郎青年の「本気」といふものに、夢あるひは芸術としての政治に対する最も強烈な批評を読んだ一人である。（『若きサムラヒのための精神講話』）

二・二六事件には、濟々黌の出身者三名が参加している。安田優少尉は、斎藤實内大臣と渡辺錠太郎教育総監を襲撃し、銃殺刑に処せられた。清原（改姓・湯川）康平少尉は、恩赦によって出獄後、実業家として成功し、日韓経済交流に功績があった。千里眼で『リング』のモデルの一人とされる御船千鶴子は、清原の叔母である[20]。河野寿大尉は、牧野伸顕伯爵を襲撃した際に負傷し、後に自決する。兄の河野司は、濟々黌から東京商科大学に進んだ民間人であるが、二・二六事件後は、処刑者の遺族による「仏心会」を結成し、犠牲者の冥福を祈る慰霊像を建立する。さらに、『湯河原襲撃』『私の二・二六事件』『二・二六事件　獄中手記・遺書』『ある遺族の二・二六事件』『二・二六事件秘話』等を次々に上梓して、青年将校の名誉回復に尽力した。河野司と二・二六事件との関係は、石原醜男と神風連との関係に酷似している。

壮烈な自刃を遂げた河野寿大尉の令兄河野司氏の編纂にかかる「二・二六事件」と、末松太平氏の名著「私の昭和史」は、なかんづく私に深い感銘を与へた著書である。（『二・二六事件と私』）

周知のとおり司は、三島に寿の最期を語った。ナイフによる自刃の様子は、『奔馬』における飯沼勲の自決の描写に生かされているのではあるまいか。神風連の精神的支柱・林桜園の遠祖は、元寇の役で蒙古軍を散々に打ち破った伊予の勇将・河野通有である。驚いたことに、河野司・寿兄弟の祖先も河野通有だという[21]。林桜園と河野兄弟は、淵源を一にしている。神風連と二・二六事件とは、しっかりと繋がっていた。

戦後の濟々黌からは、新左翼の活動家も出ている。赤軍派の田中義三。昭和四十五年三月の「よど号ハイジャック事件」で、実行犯の田中は、操縦席の機長に日本刀を突き付けて世間を驚愕させた。航空機の制圧に剣（実は模造刀）を使用したことは、神風連のパロディといえるかも知れない。密室で日本刀を用いた田中の戦術は、楯の会による「市ヶ谷事件」の計画に示唆を与えたようにも思われる。

濟々黌人脈と三島との繋がりは、これだけではない。

佐々友房の三男である佐々弘雄は、九大事件で大学を追われて、ジャーナリスト、政治家へと転身する。弘雄は、森本忠の宇気比論に特別な関心を寄せるとともに、皇道派の柳平助中将や頭山満、中野正剛たちと親密な関係を持っていた。中野が割腹自決に追い込まれると、弘雄も「関の孫六」を腹に突き立てようとしたという[22]。

佐々弘雄の長女が、紀平（佐々）悌子である。悌子が「三島由紀夫の初恋の女性」であったというのは、週刊誌の出鱈目な惹句に過ぎないが、一時期、二人が交際していたことは事実である。聖心女子学院で平岡美津子と同級生であった悌子は、終戦後、美津子の死を知らずに松濤の平岡家を訪ねる。悌子が「週刊朝日」に連載した『三島由紀夫の手紙』によれば、数日後に三島の方から誘いの電話をかけてきたという。二人は、ハチ公前で待ち合わせて、映画鑑賞や喫茶店での会話、ダンスホールの踊りなどに興じた。「丹花を口に銜くみて巷を行けば、畢竟、惧れはあらじ」三島が悌子に宛てた手紙には、岡本かの子の『花は勁し』の一節が引用されていた。

佐々弘雄の次男が、佐々淳行である。

佐々家と平岡家は、家族ぐるみの交際があった。佐々淳行と三島の弟・平岡千之は、東京大学の同期生で、淳行が警察官僚となり、千之が外務官僚となってからも付き合いは続いていた。昭和四十三年、三島は香港領事の淳行のもとを訪ねている。帰国して警視庁警備第一課長に就任した淳行は、デモのたびに三島から「楯の会をどこかに配置せよ」と電話で迫られた。四十五年十一月二十五日、土田国保警務部長から「君は三島由紀夫と親しいのだろ？　すぐ行って説得してやめさせろ」との指示を受けて、淳行は自衛隊市ヶ谷駐屯地に急行する。

> あの凄惨な現場となった市ヶ谷東部方面総監室に足をふみ入れ、三沢由之牛込警察署長の説明を受けながら、三島、森田両名の遺体に近づいたとき、足元の絨毯が、ジュクッと音を立てた。（佐々淳行『連合赤軍あさま山荘事件』）

総監室に監禁されて、三島の最期を見届けたのは、益田兼利陸将である。益田は、大正二年に熊本県で生まれ、濟々黌から陸軍士官学校に進んだ。益田は、終戦直後に同期生・晴気誠少佐の割腹自殺の介添えをしており、市ヶ谷の地で二度も切腹を目撃したことになる[23]。

介錯は二回か三回。一回ではなかった。一回目のとき、首が半分か、それ以上、大部分切れ、そのまま静かに前のほうに倒れた。（益田証言／伊達宗克『裁判記録・三島由紀夫事件』）

おわりに

三島と神風連との繋がりを見るとき、清水文雄を外すことはできない。

三島君の晩年の思想と最後の行動との意味を考えるとき、神風連と蓮田善明の影響を見落すことができない。神風連も蓮田善明も、共に熊本の道統を身を以て鮮烈に生きた人たちである。（清水文雄『百日忌を迎えて』）

さらに園田直は、大正二年に熊本県で生まれ、陸軍軍人を経て、政界に身を投じた。園田は、羽賀準一に師事し、剣道と居合の遣い手であった。昭和四十一年、参院議員会館の道場で、三島のグループと園田が率いる国会議員団による親善剣道大会が開催される。四十五年一月、園田後援会の機関誌『インテルサット』に掲載するため、赤坂の料亭「岡田」で三島と園田と新田敞による座談会が行われた。座談の後、三島から「切腹の作法を教えてください」と依頼されて、園田がこれを伝授したという。

三島を取り巻く熊本人脈を整理すると、次のような顔触れとなる。

東文彦、清水文雄、蓮田善明、紀平悌子、福島次郎、河野司、荒木精之、森本忠、江藤小三郎（ただし曽祖父は、佐賀の江藤新平）、田中義三、園田直、益田兼利、佐々淳行……。

熊本を訪れ、神風連を調べる、といふこと以上に、小生にとつて予期せぬ効果は、日本人としての小生の故郷を発見したといふ思ひでした。一族に熊本出身の人間がゐないにも不拘、今度、ひたすら神風連の遺風を慕つて訪れた熊本の地は、小生の心の故郷になりました。（「荒木精之宛書簡」）

三島の前には、次々と神風連ゆかりの熊本人が立ち現れた。少年期――東文彦、清水文雄、蓮田善明は、平岡公威を励まして「作家・三島由紀夫」を誕生させた。青年期――紀平悌子は三島と「オアシス・オブ・ギンザ」でダンスに興じ、福島次郎は三島と「ブランズウィック」で妖しい空気に浸った。壮年期――河野司は三島の二・二六事件に対する認識を深めさせ、荒木精之と森本忠は三島に神風連の精神を灌ぎ入れた。決行の前――江藤小三郎の自決は三島に決断を迫り、田中義三の行動は楯の会の蹶起計画に示唆を与え、園田直は三島に切腹の作法を伝授した。自決の日――益田兼利は楯の会に囚われて三島の自決の目撃者となり、佐々淳行は三島の遺体を現場で検証した。「作家・三島由紀夫」を誕生させ、三島文学を称揚し、三島を蹶起に誘い、三島に決断を迫り、三島の最期を見届ける……。恐るべき熊本人脈である。こうして眺めると、三島の人生は、大いなる意志によって、あらかじめプログラミングされていたような感がする。

　三島の死後、瑤子夫人は「九州がいけないのよ」と述懐したという。筆者にとって、夫人の言葉は永らく謎であった。今回、『奔馬』の背景を探ることにより、ようやくこの謎が解けてきたように思える。

（三島由紀夫研究家）

【参考文献】

（1）『定本三島由紀夫書誌』島崎博・三島瑤子編　一九七二年　薔薇十字社
（2）「『豊饒の海』創作ノート」（『決定版三島由紀夫全集　十四』二〇〇二年　新潮社）
（3）『神風連とその時代』渡辺京二　二〇〇六年　洋泉社
（4）『神風連のこころ』森本忠　昭和十七年　国民評論社
（5）『僕の詩と真実』森本忠　昭和四十三年　日本談義社
（6）「三島由紀夫のロゴス」森本忠（「日本談義」昭和四十六年三月号）
（7）「日本談義」昭和四十一年十月号
（8）「私は三島さんに切腹の仕方を教えた」川口良平（「二十世紀」昭和四十六年二月号）
（9）『書肆三代』河島昌扶　一九七七年　舒文堂河島書店
（10）『松山守善自叙伝』松山守善（『日本人の自伝　二』一九八二年　平凡社）
（11）「解説」色川大吉（『日本人の自伝　二』一九八二年　平凡社）
（12）『神風連血涙史』石原醜男　昭和五十二年　大和学芸図書
（13）『神風連烈士遺文集』荒木精之編著　昭和十九年　第一出版協会
（14）『東文彦　祖父石光真清からの系譜』阿部誠　二〇〇五年　太陽書房
（15）『筑前玄洋社』頭山統一　一九七七年　葦書房
（16）『克堂佐佐先生遺稿』佐々克堂先生遺稿刊行会編　昭和十一年　改造社
（17）『濟々黌百年史』昭和五十七年　濟々黌百周年事業会
（18）「跋にかへて」神谷俊司（『神風連・血史』木村邦舟　昭和五十一年　不二歌道会）
（19）『五・一五事件　一海軍士官の青春』林正義　昭和四十九年　新人物往来社
（20）『魂魄』湯川康平　昭和五十五年　講談社
（21）『湯河原襲撃』河野司　昭和四十年　日本週報社
（22）『父と娘の昭和悲史』紀平悌子　二〇〇四年　河出書房新社
（23）『世紀の自決』額田坦　昭和四十三年　芙蓉書房

三島作品の引用は、すべて『決定版三島由紀夫全集』（新潮社）に拠った。

座談会

劇団浪曼劇場の軌跡——舞台裏から見た三島演劇——

■出席者　宮前日出夫・西尾榮男・松本　徹・井上隆史・山中剛史

■平成二十四年十二月十五日

■於・ギャラリー・リフレ（渋谷区千駄ヶ谷）

斎藤征利 写真展
劇団浪曼劇場(1968-1972)の記憶
日本演劇史に、今もなお見えざる足跡を刻み続ける —幻の劇団—
2012年
日時 11月13日(火)~12月20日(木)
午後1時~5時開館／日祭日休館
会場 ギャラリー・リフレ(千駄ヶ谷)
入場無料
「わが友ヒットラー」
1969年1月
劇団浪曼劇場旗上げ公演

■浪曼劇場写真展

松本　三島由紀夫の晩年の演劇活動を考えますと、中心はNLTと浪曼劇場と組んでの仕事になりますね。国立劇場や帝劇の仕事があり、これまではそちらに光が当たっていたと思いますが、より本質的な仕事となると、こちらでしょう。そう思っていたので、この斎藤征利写真展「劇団浪曼劇場の記憶」が開かれると知って、早々にお邪魔して、企画責任者の宮前さんにお会いして、西尾さんを加えたお二人に、写真展の会場でお話をうかがう機会を頂きました。ありがとうございます。今日改めて拝見して、浪曼劇場の活動が一目で見渡することができて、有難いですね。写真は全部でどれくらいあるのですか。

宮前　撮影したもの全部で八千カットくらいありますが、そこから選んで展示しています。じつは私たちは、これをデジタル化して永久保存しようと始めたので、こういう写真展をやろうとまでは考えていませんでした。でも作業を進めるうちに、関係者だけにでも見せようということで、今回の写真展の開催になりました。

松本　このギャラリーのスペースに、コンパクトに要領よく展示されています。

西尾　結局、三年半の活動でしたから。逆にそれだけの期間でしたから、これだけの写真が残ったのです。斎藤さんも写真家として世に知られる前でしたし。

山中　斎藤さんは、劇団付きのカメラマンといってよろしいのでしょうか。

宮前　浪曼劇場が出来た時、紹介してくれる人があったのがきっかけです。まだ、劇団として本公演の実施前でしたので、じゃあ公演の時は撮ってくださいね、とお願いしたのですが、結果的に浪曼劇場の公演は全部、撮影することになったのです。しかし、今思えば一人のカメラマンが全ての公演を撮影した意味は大きいですね。

井上　それで、このような素晴らしい写真撮られたんですね。

宮前　亡くなられた演出家の和久田誠男さんが、浪曼劇場の舞台写真がないか、と以前言って来たことがありましてその時に斎藤さんを捜したのですが見つからなかった。それから三年くらいしてから連絡先が分かったんです。もう少し早くわかっていれば、新版全集にも掲載できたかもしれないのですが。斎藤さんは写真を段ボール箱に入れて保存していましたが、何度も引越ししていたそうです。本当になくなってしまう寸前だったんです。

■制作の現場で

松本　これまでわたしたちは、舞台上なり演出で、三島演劇の一翼を担って来られた方々にお話を伺って来ています。俳優では村松英子さん、中山仁さん、演出では和久田誠男さん、それから文学座の戌井市郎さんですが、今回はＮＬＴから浪曼劇場へと制作者としてその演劇活動へ加わり、舞台を支え、その成り行きを見て来られたお二人に、これまでとは違ったお話をうかがえるのではないかと思っています。

宮前　今回の座談会のお話を頂いた時に、劇団関係者でこういった話のできる方はいないかと考えましたが思い当たらず、西尾さんに相談しました。実は浪曼劇場というのは特殊な劇団で、三島由紀夫さんと演出の松浦竹夫さんの二本立てで運営されました。ある作品に関してならいいのですが、劇団全体となると、分かる人がいなかった。そこで私と西尾さんでということになって。西尾さんは、ＮＬＴの頃からいろいろとコーディネートしてくれていまして、劇団員ではなかったのでプログラムなどには名前が出ていませんが、要するにアドバイザー的な存在でした。舞台監督が研究生だと、そういう人たちを指導したり、いろいろと手助けしてもらって来たのです。今となれば当時の事をよく知る生き字引的存在です。

松本　失礼ですが、西尾さんはお年はお幾つですか？

西尾　昭和十六年生まれです。僕は元々、中央大学の仏文だったんですよ。戸張智雄先生が恩師なんです。それと学生時代、早稲田の安藤信也さんが日仏学院で演出論の購読をしておられた。その教室に出たことから、同人会の方がフランス現代劇のレパートリーをさがしにいらしたのが演劇の世界との関わりの最初ですね。

松本　私は昭和八年生まれですが、ずっと大阪におりまして、三島さんが亡くなった時も新聞社におりました。大阪は文学座がよく来ていたんで、文学座の舞台はよく見ました。ただし、浪曼劇場の出来る前くらいから仕事がなんとなく忙しくなって、浪曼劇場はまったく観てないんです。雲の最初の「真夏の夜の夢」（昭38・3）は大阪毎日ホールで見ていますね。福田さんの姿は、その時に見かけました。

西尾　僕は「真夏の夜の夢」の後に、雲に入りました。実は私の母方の叔父が旧制浦和高校で福田恆存を教えていまして。父の方も一時期、千田是也さんや村山知義さんと関係があって、わりと演劇に近いところにいました。最初はずっと左翼リアリズム演劇の方にいて、そういうのが嫌になった時期に、じゃあ福田さんのところで、となりました。けれど、そこも少々嫌になってやめた経緯があって。それでＮＬＴが出来た時に、舞台裏を取り仕切る人間がいなかったので、頼まれてやっていました。僕は三島さんの文体に惹かれて、面白いと思ったんです。

井上　宮前さんはすごくお若く見えますが、失礼ですがお幾つですか？

宮前　私は二十一年生まれで、今年六十六です。

山中　演劇は学生時代からでしょうか？

宮前　大学は中退しましたので、本格的な演劇との関わりはＮＬＴに入ってからですね。

山中　「鹿鳴館」（昭42・6）のＮＬＴのプログラムから、お名前が出ていますね。

宮前　そうですか。すると多分四十一年の後半からですね。僕が二十一、二歳くらいですね。制作の手伝いでしたが、僕が入った時、ほかに人がいなくて、どうしていいか解らなかったんですが、歌舞伎座の支配人だった池谷栄一さんにかわいがられて彼から制作の基本を教わりました。後からいろいろな人が制作部に入ってきましたが、学生の運動部と同じで、一日でも早ければ目上という関係でした。年上の人もいましたが、結局、僕が全部やるということになりました。

井上　私は三十八年生まれでして、舞台は見ていないのです

宮前日出男氏

が、舞台写真はいろいろと拝見しています。これだけ多くの写真を一望すると、立体的に感じられて、時代そのものが浮かび上がって来るようですね。

山中　私の場合は井上さんよりも更に十歳下でして、浪曼劇場解散後の生まれです。

西尾　僕はずっと演劇業界の仕事をして来ましたが、浪曼劇場という劇団は、結局、日本の演劇史からは消えているんですよ。ＮＬＴは、賀原夏子さんが一生懸命やって、劇団として存続しているでしょう。

井上　消えたといっても、ある意味では純粋に永久保存されているようなもので、鍵を開ければいろいろ出て来ます。

宮前　そうですね、却って新鮮だと思いますよ。この写真を初めて見る人が「こういう芝居は、今どこでもやっていないですよね」と言うんです。これだけでわかるかなとも思いますが、何か感じるんでしょうね。

西尾　さらに、ビデオでも残っていれば一番いいんですが。

■ギャラ、マネージメント

井上　ちょっと立ち入ってお聞きしたいのは、三島由紀夫は文学座を出てＮＬＴを始め、そして今度は浪曼劇場を始めた。とはいっても、劇場はすぐに押さえられないし、ネットワークも簡単には作れないだろうし、お金も無かったことだろうし、実際大変だったと思うんですね。

西尾　劇場を持たないと芝居ができないですから、それが出来たのが俳優座、前進座でしょう。そういう世代があって、次が浅利慶太さんですよ。本当に苦労したのは浅利さんでしょう。新劇史から見ても劇団四季は異端児だし。俳優がどうすれば食べられるようにするかということで、それで日生劇場が存在できた。浅利さんの考えには、劇場を征するぞという思いがある。

井上　今、四季劇場はすごいですからね。しかし、浪曼劇場はお金とかロジスティックスとか、そういう部分で展望が見通せなかったと思います。にもかかわらず、これだけの舞台が出来たのは奇跡的だったとも言えるのではないでしょうか。

西尾　やっぱりそれは売れた役者がいたことです。売れた役者がいたから、それで公演に人を引っ張ってこれる。だから、浪曼劇場は借金をしたとか、役者にノルマかけたようなことはありませんでした。

宮前　細かくいうと、映画・テレビなどの出演料から、三十％のマージンを払ってもらいました。中山仁さんとか村松英子さんとか売れている俳優がいましたからその収入は大きかったですね。そして、マネージメントを受け持つ株式会社鹿鳴を作りました。

西尾榮男氏

井上　山中湖の三島文学館に、三島のＮＬＴの覚書のメモがありまして、山崎（春之）さんかな、はっきり判読できないんですが、その方の署名があって……。

西尾　浪曼劇場が出来た時のことですね。山崎さんは寺崎嘉浩氏の母方の叔父さんの駿台予備校の理事長です。出資するとかの話ではなくて、駿台予備校から事務所や稽古場を提供していただいたと聞いています。

山中　最初は御茶ノ水の杏雲堂の裏の駿台で、後で事務所と稽古場が六本木に移ったんですか？

宮前　正確にいうと四回、事務所は変わっていますね。

山中　参考として浪曼劇場の年譜を作ってみたのですが、如何でしょうか？

宮前　そうですね、昭和四十三年四月の劇団設立時は、六本木のアマンドビルの三階でした。オーナーの社長さんが後援して下さいましたね。これは多分、村松剛さんの関係だと思います。

松本　ＮＬＴでの最初の三島さんの芝居は「サド侯爵夫人」ですね。

西尾　宮前さんがよく知っているように、「サド侯爵夫人」は丹阿弥（谷津子）さんのご主人の金子信雄さんのプロデュースなんです。主役で丹阿弥さんに宛てて書いています。初演は金子信雄プロデュースで、浪曼劇場での再演は違っています。

山中　浪曼劇場とはどう違うのですか？

宮前　ＮＬＴの公演では池谷栄一さんがやりました。丹阿弥さんの評判がよくて……。僕はまだ加わっていなくて当時は知らないのですが。

西尾　それで、金子さんと丹阿弥さんが劇団を出て、今度はマールイという劇団を作る。俳優座にいらして、初代の国立劇場の舞台課長をされた大木靖さんがずっとマールイの演出をやっていました。僕がＮＬＴと関わりになったのは、金子さんと大木さんとの関係で、誰かいないかっていうところからたまたま関わりになった。それがＮＬＴとのはじまりです。

宮前　それから経済的な面でいうなら、営業ですね。そのためにマネージャーが何人かいて、映画、テレビへ役者の売り込み、つまり出演の営業するわけです。公演は収支トントンでいきました。

西尾　結局ＮＬＴと浪曼劇場と通して、実際に演劇の制作に関わっていたのは松竹にいた池谷さんという方と、それから宮前さん。それから、文学座の戌井市郎さんのご子息の戌井裕一さん、この三人です。他には日生劇場から来た森千二さんがいましたが、浪曼劇場の旗揚げの後にすぐ大阪万博に引っ張られていったんです。だから「わが友ヒットラー」の時に森さん、宮前さんのお二人で制作をやられていたようにお聞きしています。

宮前　そうでしたね。その後、制作のほとんど私がやっていました。ところで、話は変わりますが、当時はどこの劇団でも出演者にギャラは払わないのが当たり前でしたが、変ですよね。それを改革しましたね。劇団員のランクが、同人、準同人、研修生とあって、確か、同人に三千円、準同人に二千円、研修生に千円を出演料として支払いました。当時としても少額であったとは思いますが、でも十回やるとそれなりの金額になりましたね。

山中　それはワンステージごとということですか？

宮前　そうです、ワンステージ幾らということです。

井上　その辺りは三島由紀夫さんはどのくらいタッチしていましたか。そういう基本的なマネジメントの部分とか。

宮前　三島さんは稽古の時はあまり稽古場にはこなかったですね。ですから、マネジメントやギャラだとかとうのは殆ど興味がなくて、どちらかというと松浦さんがそういうことはやっていましたね。

井上　三島さんが文学座を出たってことは、ある意味でとても無謀なことで、一緒についてきた役者さんに対する責任が三島さんの肩に掛かってくる筈なんだけれども、そのへんのことは、あまり……。

宮前　考えていなかったでしょうね。劇団のためにどこかから金を借りたということは、少なくとも自分の知る限りではなかったです。ただ後援者はたくさんいたと思います。必ずしも金銭ではなくて、物質的な面とか稽古場とか、それはやはり大きいです。稽古場も、今なら家賃三十万円位のスペースが一年間無料。となればそれは大きいですから。それから、何故三年間で芝居をこれだけの本数やれたかというと、結局劇団という組織だから出来たということですね。その頃、新劇の劇団の入場料は大体七百円から八百円くらいでした。それを僕は千円にしたんですよ。それで、観客の動員に影響は無いのか松浦さんからも指摘された記憶があります。他からも言われたのですが。結果として何も問題なかったですね。入場料を千円にしたら、他の劇団もみんな千円にしましたね。

山中　浪曼劇場が改革の先鞭を付けたということですね。他の劇団も助かったのではないですか。

西尾　東宝劇団も劇団四季もプロデュース公演なども。今はコマーシャルベースで考えますよね、でも劇団の体制というのは、出演者もスタッフも極端なことをいえば金がかかっていません。やはり一つの運動ですから、役者は自分がマスコミで売れたら劇団に金を入れるべしと。そういう収入などで、劇団の通常部分、例えば事務員の給料などを支払うわけですから。ならば劇団を一つ立ち上げるのに、金が要るかといえば、要らないわけです。

松本　でも、お二人のような方は、他に収入があったわけではないでしょう?

宮前　一般の会社員と比べたら薄給でしょうね。しかし仕事の性格が違いますし、それと役者や演出の人たちと同じように、一つの演劇という運動体を支えているという意識がありますから。

井上　運動体としてのエネルギー、一種の精神性ですね。

西尾　それから現代演劇協会附属演劇研究所だと、演出部と文芸部に所属する者には少しだけ給料が出ていました。そういう風に福田さんはやりました。それで、いま森ビルのある当時の箪笥町に、福田さんがロックフェラーとか財界から集めた金で土地を買って稽古場を建てたんです。それに役者からは一銭も出していません。

宮前　浪曼劇場では一公演、十回（平均）上演していました。例えば、紀伊国屋ホールの場合、四百二十六席（定員）ですから、合計四千席（百%）として、ペイラインを七十%ぐらいと考え制作をするわけです。当たり前ですが収入に対し支出のバランスがとれていれば赤字はあり得ないわけですし、公演としては成立するわけです。ただそのためには収入源の公演チケットをどう売るかにかかっています。今でもそうでしょうが、何かやるときに切符を売るのは大変な作業です。当時、多くの劇団では、ノルマ制をとっていましたね、しかし、浪曼劇場では基本的にはノルマはつけませんでした。そうしなくても大丈夫だったんですね。

西尾　そう。文学座系はそういうノルマほとんどありませんでした。他の劇団では、最低限のノルマみたいのはあったと聞いています。

宮前　その通りですね。だから切符をノルマで売らせるのは、ある意味モチベーションを低下させてしまう。役者を育てようと思ったら、ノルマなんか課してはいけない。逆にいえば、ノルマをつけなければ成り立たないなら劇団ではないと思います。結果的に浪曼劇場でのやり方でうまくいったと僕は思っています。

松本　金の計算ができない私には、よくわかりませんが、市場経済を超えた、なにか大変なことをされておられたようですね（笑）。

西尾　これは劇団の成り立ちの違いだと思います。浅利さんの劇団四季は、元々慶應の劇研から出てきた劇団の流れで、みんなで切符をさばいて……という感覚。浅利さんも、あそこまで行くにはすごく苦労しているわけです。だから基本は切符の売り上げです。ＮＬＴでも浪曼劇場でも、売った切符代でとりあえず全部の公演経費を出す。それで幾ばくかのギャラが払えればなおいい。つまり普段から役者に給料を払うわけではないですから。

井上　では、スポンサーの出資とかは……。

西尾　ブロードウェイのミュージカルのように、この作品をやるので幾ら出資して下さいとか、会員組織の株式会社を作るから幾ら出資して下さいとかはなかったです。スポンサーといっても、精神的な部分のつながりで、公演には何枚切符を買って下さいといったものです。

宮前　浪曼劇場の運営上必要になり、株式会社鹿鳴という法人を作りましたが、出資をさせる目的も最初にはあったかもしれないですね。僕はそういう立場にいませんでしたから、鹿鳴を作った時にどういう形をめざして作ったのかはわかりませんが……松浦竹夫さんは色々やりたい方でしたから、たぶん出資系も含めて……、マネージメントのためだけではなかった気がしますね。

■松浦竹夫と演出部

西尾　松浦さんはアメリカへ行っていて、かなりブロードウェイの方法を吸収したと思います。そいうのは表に出てきませんが、松浦竹夫演出のミュージカルは結構あるんです。「泥の中のルビー」（八木柊一郎作、昭35）、「見上げてごらん夜の星を」（永六輔作、昭35）とかね。宮前さんが言っているのは、ストレートプレイだけではなく、ミュージカルをもっと大きなスケールでやろうとしたら、ものすごく金がかかると松浦さんもわかっていたので、色々考えたのだろうけれども、実際には金は集まらなかった……（笑）。

宮前　劇団にマネージメント能力がなかった、と言うことですかね。

井上　松浦竹夫さんと三島由紀夫さんとは二人三脚というイメージが強いと思いますが、実際のところ、二人は……。

宮前　外面的には確かにそうでしょうが、やっぱり違いますね。それを一番感じたのは、三島さんは松浦さんに何も言わずに死んでしまった。あれは松浦さんが年に一度ミュージカルを見にブロードウェイへ行っていた留守中でしたしね。

松本　和久田さんと話した時も話題になったけれど、三島は没後の「サロメ」の公演を、松浦さんではなく和久田さんに託した……。

西尾　演出家というのは自分で何でもやりたいんですよ。これは宮前さんと考えが違いますが、演出家というのはそこに材料があれば何でもやろうとする。

宮前　私もその話は、和久田さんから聞いていました。三島さんと松浦さんとは実際どうだったのかという話も色々したこともありましたが、やはり彼自身としては、「サロメ」でそういうことがあったというのが、もう嫌気がさしたと言っていましたね。やはり演出家というのは何があっても俺がやるんだというエゴの塊、エゴが強ければ強いほど有名になるわけですから、そういう意味でいえばごく自然のことですが。

井上　そのことは私も和久田さんから伺って、考えさせられました。いずれにせよ、三島演劇の演出家として松浦さんの存在は大きいですし、それだけに今後検証すべき点も多いですね。

西尾　アートシアターで「弱法師」と「班女」を上演した時、演出家と役者の意見が合わなくなって、役者から反旗を起こされたことがありました。そういうことは、劇団の中だけだから許されるわけです。そうなると、もう松浦さんが出て行くしかない。演出は他の人の名前でも、実際は松浦さんがやったというケースもあるし。「皇女フェドラ」もそうでしたね。

宮前　「皇女フェドラ」はね、寺崎嘉浩さんが演出していますが、結局松浦さんです。この劇団は、すべて演出家・松浦竹夫さんがやっていましたね。「サロメ」の時は演出としての名前は出ていませんが、公演責任者という形で関わっています。

西尾　NLT、浪曼劇場は他の劇団と非常に違いまして、普通、劇団の演出部というのは基本的に舞台監督要員が取り仕切る。でもNLT、浪曼劇場の演出部は、演出家になりたい人たちだけです。だから、舞台裏のことがきちんと出来ない……。

井上　そのなかで、堂本正樹さんはどういう感じだったんですか。

宮前　堂本さんという方はご自分の確立した世界をお持ちでしたね。蝎座で三島さんの「三原色」を演出しましたが、若手男優に、嬉しそうに演技指導していたという記憶がありますね。劇団の総会には演出部として出席していましたが、特に発言するわけでもなかったと思います。

山中　そうすると、演出部が演出をやりたい人ばかりで、しかし松浦さんというメインの演出家が既にいて……。

宮前　そうです。結局どうなるかというと、回しようがない。演出補（助手）、舞台監督として参加は出来ますが、みんな自分が演出をやるチャンスをどう作るかということだけを狙っている。もちろんサロン公演などはやっていましたが、結局、稽古としての公演ですから、入場料を取ってお客さんに見せることはなかった。その時にたまたま渋谷ジァンジァンの話があって。あそこは最初の頃、詩の朗読会をやっていましたが、社長が劇団を訪ねてきて芝居ができないだろうかと相談がありましてね。ちょうど渡りに船でした。だって演出家はいっぱいいますから。それで研修生を中心に始めたんです。ジァンジァンで芝居をやったのは、浪曼劇場が最初だと思います。

山中　ジァンジァンでやった実験公演ですね。「〇〇の夕べ」とか……。

宮前　ええ、かなりの頻度で公演しましたから、それで段々と定着していきましたね。それから劇団としては新たな観客の開発にもなったと思います。

山中　ほかにも、田中基さんという演出部の方がいらっしゃいましたね。浪曼劇場の終わりの方で「地球はまるい」を演出された。

西尾　田中さんと和久田さんと私も、三人ともほぼ同世代で、和久田さんは早稲田の出で、和久田さんは一見すると慶應仏文のタイプ。田中さんは早稲田タイプに見えますが慶應なんです。

宮前　私は「地球はまるい」の時にはもう浪曼劇場を辞めていました。まあこういう流れというのは、劇団のなかの内部政策でやることが非常に多いですね。とにかく機会を与えねばならないというのは、劇団に限らず組織はみなそうじゃないですか。だからその組織に入った人間に、演出の人は演出のチャンスを与える、役者には舞台のチャンスを与えるのは当然だと思います。さっきのジァンジァンが、浪曼劇場の提携公演という形で演出も若手中心で制作しました、あそこで浪曼劇場の演出家として出来たからもう辞めてもいいという人もいましたね。

山中　そういう方もいらっしゃったんですか。つまりキャリアが欲しい、と。

宮前　そうなんですね。浪曼劇場で演出をやったということが重要なんですね。

■NLT脱退

松本　そろそろ結成の頃のお話から順序立ててお聞きしたいと思います。浪曼劇場が出来て、最初はどうしたんですか。

宮前　NLTを脱退したのが、昭和四十三年の四月十七日ですね。脱退後、取り敢えずの連絡場所を確保しました。場所は六本木交差点の角にあるアマンドの横から階段をあがって、確か、三階でした。部屋は、ロッカールームみたいな狭い部屋でしてね（笑）。机一つでもういっぱいになるような。でも拠点がないとどうしようもないので。劇団の総会が出来るわけでもないですけど、そこを一応の連絡場所にして。一ヶ月か二ヶ月くらい居たと思います。それから山崎さんのご厚意で、御茶ノ水の駿河台に移転しました。そちらは取り壊し寸前の木造家屋でしたが、広かった。

西尾　木造二階建てね……。

宮前　それで、一階を事務所にして、二階を稽古場。といっても、本読みくらいしか出来ないですが。

西尾　そこへ移って立ち稽古が出来るようになった？

宮前　ええ。出来ましたね。

そういえば、「劇団関係者全員立ち入り禁止」にして、日曜日に三島さんが楯の会の集まりをやっていましたね。

山中　前に葛井欣士郎さんからうかがったんですけれども、各種の訓練とかは蝸座でもやっていたみたいですね。

松本　NLT脱退の経緯をもうちょっと詳しくお聞きしたいんですが。

西尾　僕は近くで見ていたのですが、浪曼劇場が出来た時のNLTからの脱退騒ぎは、東横劇場で「若きハイデルベ

松本徹氏と宮前氏

ルヒ」と「黒蜥蜴」をやっている最中でした。

宮前　四十三年の四月ですね。東横劇場での公演中でした。芝居がはねた後、渋谷のとん平の二階に集まってね。呼ばれて行ったから、もうなんか皆さんがいて、つまり脱退組だったわけですね。

山中　それはもう突然という感じでしたか？

宮前　予兆はありました。でも、みんなを集めて、さあというのはその時が初めて……。

西尾　でも、私の見ていた範囲では、和久田さんは関与していなかった……。

宮前　脱退届をＮＬＴへ持っていったのは和久田さんでしたけれど。彼はその時、ＮＬＴを脱退するという発想はなかったですね。賀原夏子さんのところにいるつもりだったから。それで、同人とかランクが上の役者たちみんなが彼に声をかけて「来いよ」ということになった。みんな三島由紀夫さんと松浦竹夫さんの芝居に出たいですから、そちらへ行くわけです。元々それがやりたくて入ってきた人もいますから。でも文学座からの人は必ずしもそうではなかった。その線引きは確かにありました。例えば奥野匡さんとか青野平義さん、賀原夏子さんとか。

松本　その席に三島さんはいたんですか？

宮前　三島さんはいません。松浦竹夫さんだけです。

西尾　どっちかといえば三島さんは積極的に動くのではなくて、乗っていく方でしたね。全部お膳立てされた上に乗ったような、そんな気がしますよ。

宮前　見方を変えれば、そんなことはどうでもよかったのかもしれない。要するに自分の作品を完璧にやってくれる演出家、いい役者がいればよかった。劇作家はそうじゃないですか。だから仲のよしあしとか、思想がどうとかとは、それはそれで大切な問題でしょうけれども。三島さんはＮＬＴでも何も問題はなかったような気がしないでもない。

松本　ご本人も、そういう文章を書いてますね。

宮前　だから無理矢理だったような気がしますね。むしろ松浦竹夫さんの路線だったような感じがします。この分裂で一番かわいそうだったのは研究生たちでしたね。誘ってはもらえない。でも自分たちは行きたい。かといって、行くことは裏切りになるわけです。それでいらないよといわれたらＮＬＴに帰れない。じゃあ自分はどうすればいいのかという人たちが結構いました。それが一番かわいそうでした。

西尾　雲の時みたいにね、時間をかけてやったことではないからね。

松本　だけど、雲に関しては、三島さんは大分恨んでいたみたですね。誘ってくれなかったから。

西尾　芥川さんをはじめとする役者、それから演出部の流れは、三島さんの戯曲にあんまり関係なかったと思います。雲のなかにいたからわりますが、あの場合も緻密にやったから成功したというのではないんですよ。雲の時は、梨田善昭さんという制作プロデューサーと、事務局長の向坂隆一朗さんが、二人で色々準備をしたんだね。

宮前　結局、戦略的に考えていたのなら、そういう資料などの持ち出しも可能ですね。当時コピー機もありませんから手書きで写したりして。浪曼の時はどうしたのかな。

西尾　手書きでやったんでしょう。私はその時にたまたま和久田さんと話していて、これでは演出部が全部いなくなってしまう、その年に入った男の子二人しか残らないと言った。で、私は劇団員ではなかったので「西尾さん、後でＮＬＴの面倒は見てやって下さいよ」って言われて面倒をみたわけです。ＮＬＴの再起第一回公演の舞台監督は私がやりました。二回目までやったかな。私はそういういい関係だったから資料を提供してあげたらって劇団の人間に言いましたけどね。私は心情的には和久田さんとか田中さんに近い感じでしたから。ＮＬＴからの脱退は決して計画的にやったことではないよね。

松本　じゃあ松浦さんの思いつきというか、そういう……。

西尾　焚き付けたのは何人かいますけどね。

宮前　松浦さんは純粋な人ですから、焚き付けられたら「そうだそうだ」って（笑）。要するに燃えやすいタイプですから。

■第一回公演「わが友ヒットラー」

山中　そういう風にして別れて、第一回公演の「わが友ヒットラー」（昭44・1）までかなり長い空き時間がありますよね。もちろん、劇場の問題での空き時間だったわけですが、こうしたタイムラグが、新しい集団にとっていい意味にも悪い意味にも影響したようなところがあるのではと思うのですが、如何でしょうか。

宮前　空き劇場がなかったという事はありました。しかし、劇団の旗揚げ公演は三島作品をやる。と方針は決まっていましたから特に問題はなかった思いますね。

松本　では実際に稽古がはじまったのはいつでしたか?

宮前　原稿が上がれば即という感じです。あれはいつ書き上げたのかな……。

山中　初出は「文学界」昭和四十三年十二号月で、十月には脱稿しています。ただ、NLTで二月にやった「デリケイト・バランス」のプログラム巻末にある公演ラインナップには十月の公演として予告が既に出ているんです。

西尾　そうなると、三島さんにとっては、その段階でしたから、それを第一回に持ってきたのですね。

松本　あの「わが友ヒットラー」は、役者に当てて書いていますよね。

宮前　当てていますね。だからいずれにしてもNLTでは出来ない。ヒットラーは村上冬樹さんに当てているし。浪曼劇場の役者に当てています。

松本　どうなんですか。三島さんのなかではこの役者はいいとか物足りないとか、そういうのあったんじゃないですか。

宮前　それは分かりません。ただ、ヒットラーを演った村上冬樹さんが、稽古の途中からどんどん神がかって、まるでヒットラーが乗り移ったみたいになって、もう目を見張るような感じでした。

松本　確か、中村伸郎さんが、三島さんはとうとう日常を描かなくなったというようなことを仰ってて……だからやっぱりここで三島さんの芝居はちょっと変わったと思うんです。

宮前　変わったといえば、意味は違いますが、三島さんは一回入れた原稿は直さないんです。しかし「わが友ヒットラー」は結構直しが入っている。そういう記憶があります。本読みは三島さんご自身がされ、和久田さんがこの本読みを録音しました。……全集に入ってませんでしたか？

山中　音声の巻のCDに入っています。和久田さんに提供していただきました。

宮前　場所は最初に借りた駿河台の稽古場の二階でした。窓を全部開けてやった記憶がありますから、暑い日だったと思います。秋口に入って原稿があがってすぐやったと思います。

松本　三島さんは大喜びだったようですね。

宮前　その時は劇団員全員が集まりました。旗揚げ公演となるわけですから皆さん真剣でしたね。役者も演出も、この芝居に自分がどう関われるのか、といった思いは別として、やっと目標が定まったという安心感、安定感。そういった意味で、劇団としての一体感はありましたね

山中　録音は、劇団員がみんな聞いているなかで、稽古場での本読みをそのまま同時に録音したものですよね。

宮前　そうです。大変貴重な資料だと思いますね。

ところで、役者はこの本読みの段階で役づくりに入っていますよね。三島さんの芝居は動きが少ないですから、例えば、この台詞で止まってどう芝居出来るかって、三島さんが読んでるの聞きながら考えてますよね。

西尾　三島さんの浪曼劇場での芝居は、今でいうテキストレンジーをしていませんから、おそらく今、新国立劇場などで

やるとしたら、演出家はテキストレンジーするかもしれない。でもやっぱり三島さんの芝居の魅力は、文体の美しさにあると思います。私は兵庫現代芸術劇場に関わった時に、芸術監督の山崎正和さんが私に「好きな作品と好きな役者を選んで一本上演するならば何を選ぶか」と聞かれた時に、三島作品しか興味がないと答えました。私は山崎さんの反応を見て、敢えて三島作品と言ってみましたが、「三島作品というのは私のなかでは近代古典だ」というんですよ。つまり現代劇ではないと。そういう演劇史的な見方をする人もいるんですよ。

山中　前に中山仁さんにお話をうかがったときに、三島演劇の台詞は句点から何から何まで一字一句間違えないように、とにかく厳密にするようにと厳しく言われたと仰ってたんですね。

西尾　それはあると思います。やっぱりそこまで意識していないと、あの美しさはなくなってしまう。

松本　次に第二回公演ですが「サド侯爵夫人」と「わが友ヒットラー」の両方をやったんですね。これは何か意図があったわけですか。

宮前　男だけの芝居と女だけの芝居とを交互にやろうということです。それからNLTの時「サド侯爵夫人」を全員男性でやるという話もあったんですよ。

山中　これは堂本先生からうかがったんですが、それで北見治一がその気になっていたのに、男だけでやる話がなくなってガッカリしたという……。

宮前　そうです。結局は実現はしなかったのですが。完成度の高さからいうとやはりこの男性だけの芝居と女性だけの芝居ということになると思いますね。

■三島由紀夫全戯曲上演プロジェクト

宮前　実は私たちは三島由紀夫全戯曲上演にもチャレンジしています。西尾さんにも協力していただきまして。やっぱり浪曼劇場がなくなったので。ずっと西尾さんと二人でいつか三島作品の全作品を上演したいという話をしていました。まだ和久田さんほか、浪曼劇場のメンバーが元気な頃で。現実的にはお金もかかるし、劇団ではないので簡単ではありませんが、そういう気持ちだけは持っていました。それでいよいよやろうと西尾さんを中心にして、「サド侯爵夫人」を国立博物館でやりました。

山中　平成十七年十一月にやった公演ですね。観に行きました。

宮前　あの公演は、演劇的な評価としては全くされませんでした。でも三島由紀夫の全戯曲作品をやろうという考えは、まだ生きています。

山中　初演と同じ装置でやってましたよね。衣装や髪型なんかはちょっと前衛的な感じにして……。

宮前　そうですね。美術は初演と同じ秋山正さんのデザインにしました。

松本　しかし、ちょっと会場がよくなかったですね。場所はものすごくいいのですが、天井が高いから響いてしまって、台詞が聞こえてこない。

宮前　もともと劇場ではないですから仕方ないですけど。あそこでやりたいという思いがありましたから。

山中　上演前に博物館のファーサードにプロジェクターで映写したり、イベントとしても面白かったですね。

宮前　あそこ全体を会場にしてみたのです。

西尾　私たちは宮前さんと一緒にやってきて、電通だとかある程度スポンサーを集めて「サド侯爵夫人」やる時に、上演権承諾の問題がありました。三島さんにはラジオドラマで「ボクシング」という作品があって、この芝居は出来るのではないかって思って、やろうとしたんですが、やっぱり引っかかったのは上演権の問題でした。

宮前　厳密に上演権や著作権を守る、というのは結構なんですが。でも他で上演されてるのを見ると、台詞をカットしたり、変えたりしている。それでオーケーしているんです。残念ですね。

松本　全戯曲上演は野心的な企てで、ぜひ続けてやって頂きたいですね。この会場に展示されてる舞台写真に写っているのは、三島さん自身がその目で見て、よしとした、まあいってみれば最も基本なかたちですね。それをそのまま踏襲するだけでは駄目で、工夫しなければならない。

井上　逆に言えば、これらの写真は、今後三島作品に関わろうとする人間が立ち返ってゆくべき原点を伝えるものとして重要だということになりますね。

松本　だからこそ、こうした写真展は貴重な企てであり、われわれも喜んでやって来て、お話を聞くんですね。ところで（山中に）、「サド侯爵夫人」の浪曼劇場の上演は、これ一回だけ？

山中　NLTで初演、再演があって、浪曼劇場で一回で、三島さんの生前には三回やってますね。

松本　その三回それぞれ違っていますか。

宮前　違っています。俳優が変わっている、そういう意味で変わったというのがまずあります。

山中　演出とかの面ではどうでしたか？

宮前　われわれが国立博物館でやった時は、浪曼劇場で演出部にいた岸田良二さんの演出ですが、彼は松浦さんがどういう演出をしたかを事細かに演出ノートに取っていた。だから彼の場合、新機軸は出せなかった。変えるならば、演出で変えるよりも、役者で変わっていくという気がしました。

松本　三島さんの場合、台詞は動かせないから、演出の工夫は限定されるでしょう。

宮前　限定されます。結局役者の表現力、役者がどう理解しているかになりますね。

西尾　ＮＬＴも浪曼劇場も松浦演出ですから。ＮＬＴの丹阿弥さん、浪曼劇場の松村英子さんの部分は、松浦さんの演出自体は変わってないですから、役者の持つ表現力の違いだけです。すると、もともと丹阿弥さんに当てて書いてるから、その分村松さんが不利になるというのはあります。

松本　僕はその後にやった、芥川比呂志さんが演出したのを観ましたが。あまり成功しているとは思わなかった。

西尾　芥川さんの演出は、私の私見だけで言えば、演出補の岸田さんの演出です。あの頃芥川さんは病気だったから、もう演出できる状態ではなかったと思います。

■「薔薇と海賊」

松本　次は「薔薇と海賊」ですか。

山中　「薔薇と海賊」だけプログラムが他と違います。これだけ大きいのですが、何か特別な意味があったんですか。

宮前　この時だけこういうプログラムにしたのは、イラストレーターの沢田重陸さんという方にお願いして。何か新しい試みをと、思い切ってこれにしました。

西尾　この時期には、こういうスタイルのパンフレットを他の幾つかの劇団でもやっていましたよ。

宮前　蝎座なんかでも、変形のプログラムを作ってましたね。

松本　ここで「薔薇と海賊」を再演するというのは松浦さんがいい出したんですか。

宮前　演出部会というのがあって、そこで決めるというか発表されますが、もちろん松浦さんです。

山中　松浦さんは、昭和四十年だかにアメリカの大学に行って、そこで向こうの学生を使って「薔薇と海賊」を上演していますね。なにかこだわりが松浦さんにあって、それが浪曼劇場での「薔薇と海賊」の上演になったのかとも思いますが、どうでしょう。

宮前　この時期に何故「薔薇と海賊」だったか、記憶にないのです。なんとなくこの流れになっていましたね。

山中　これだけ、それまでの流れとカラーが違いますよね。

宮前　違いますね、確かにそう。もしかしたら松浦さんが幼稚園生の娘を出したかったからかなあ（笑）。

西尾　なぜ、この作品を上演すべきかという、理屈はないんだね。

山中　松浦さんのオールビーなどのアメリカ作家の路線と、三島さんのロマンチック路線と、その二つの系統で見ていくと、ここに「薔薇と海賊」が来るのはちょっと唐突に見えますね。

松本　例えば「皇女フェドラ」は、そういう意味ではどうですか。

宮前　意味は色々考えられますが、ひとつには演出家対策があったと思います。多数の演出家を抱え演出のチャンスは皆無に等しい状況でしたから、させなければならなかった。

井上　それと、ロマン派演劇をやりたいという理屈が結びついたのですか。

宮前　結びつきませんね。この演目を選んだ時はそういった理屈はあったかもしれません。しかし、劇団の運営上の対策も重要な課題であったと思います。研究生などは役がつかない。特に演出はそうですね。

松本　三島さんが舞台を観て泣いたという話があります。三島さんにとっては、亡くなる直前に「薔薇と海賊」が上演されたのは忘れられなかったでしょう。それから「サロメ」にいった。

宮前　何故「サロメ」の前に「薔薇と海賊」をやったのか……。その時、三島さんのなかにはもう終わりがあったのかも知れません。そう考えると、「薔薇と海賊」に意味があるのかなとも思いますが、わからないですね。

西尾　あまり色眼鏡で見ない方がいいとも思います。純然たる戯曲があって、それに対して役者やスタッフがどう作り上げていくかという過程の問題でね。

宮前　そうですね。歴史は、いろいろと考えて理屈をつけるじゃないですか。でも、実は単純なことでそうなっていることはいっぱいあるはずです。

松本　だから、こういう作品が浪曼劇場で上演された文脈とか経緯を、事実に即してキチンと記録しておけば、後は後の人が解釈すればいいのです。それが個々の作品が持っている意味を発見する手がかりになるはずです。

■俳優と演出家

西尾　例えば「鹿鳴館」という芝居を考えれば、もともとは杉村春子さんのために書かれ、それから新派でやってNLTでやって、という段階があった。それに非常に意味がある作品かと思います。一種の色眼鏡で考えるのは限界というか、そういう部分があると思います。

山中　NLTで「鹿鳴館」のような旧作を上演したのは、三島さんのいうシアトリカル演劇という考えがあって、杉村春子さんのようなキャラクターの、そういう演劇にマッチした役者を劇団で育てていくために、これらの作品でレッスンを積み重ねて行くといった意図はあったのでしょうか。

西尾　私はそういう意図はないと思います。基本的に劇団は演出家がいて役者がいて、それでどういう路線をやっていくかで、育てるという意識はないですよ。役者の側からも、自分がこの役をやれるかやれないか、ということしかない。

井上　表向きの答えとしては、役者を育てたい、と言うかもしれないけど（笑）。

松本　三島さんには、村松英子さんを育てるという意識があったのは確かでしょ？

西尾　いや、僕はないと思いますよ。

宮前　育てるということはないと思いますね。書くことだけでも大変なエネルギーを使うと思います。

西尾　やはり育てるというのは、演出家なりプロデューサーなりが、どういう役を与えてそのなかで役者がどう演じていくかだから、作家が育てるというのはないですよ。

宮前　敢えていうなら、自分の作品で当てて書いて、そのなかで演じさせることが育てるということになるかもしれませんが。

松本　だけどやっぱり、村松さんの存在は……。

宮前　難しいですねこれは、「育てる」と思う人とがいて、「育ててもらっている」と感じている人がいる、それでいいのかなと思います。三島さんと村松さんを考えるとき、教える、教わるという一般的な関係を超えて、もっと高次な精神性を伴った、師弟関係であった。と言えるのかもしれません。

井上　なるほど。中村伸郎さんはいかがでしたか。

宮前　中村伸郎さんは、私が出会った頃には役者として完全に確立していましたから、何かに影響されることはないので、そういう意味ではもうパーフェクトだったのではないですか。

西尾　あの人はどこへ行っても変わらない人だったね。

井上　もうその頃から酒はすごかったんですか。

宮前　酒好きでしたね。「朱雀家の滅亡」でこうやってる（写真パネル見ながら）中村さんと、ジァンジァンで百人くらいを相手に「授業」をやっている中村さんは全くぶれていない。同じなんです。

西尾　宮前さんの言う通りだと思う。あの人はどの劇団へいっても同じだと思います。ただ自分が思う役をやれるかやれないかです。

松本　やっぱり三島さんにとっては信頼できる役者って感じですね。

西尾　それで、あれだけお金を持っていても、演劇のことにお金を出すという人じゃない。

宮前　ほんとうにそうだったね（笑）。

山中　浪曼劇場が出来る時でしたか、一時期「三島由紀夫劇団」っていう話があったようですね。中村伸郎の手立てでスポンサーを探して……。

西尾　そういうことは私はないと思います。例えば、中山仁さんのところに子供が生まれた時は、伸郎さんが自分のお金で大盤振る舞いしましたよ。お金を使うのはそういう時だね。ジァンジァンの「授業」をやった時にお金は一銭も使わないでやろうって。お金を出すのは簡単だから。

宮前　でも劇団のためには貢献してくれました。

西尾　実質的にね。精神的にいろいろしてくれます。でも芝居にお金を出すから自分が、という人ではない。

宮前　芝居をやるためにお金を出す。ということはなかったと思います。でも、たくさんのスポンサーを紹介してくれましたね。ご自身が大企業の大株主でしたし、ともかく人脈がすごかったですね。企業のトップの方を紹介してもらって、訪ねて行くとお金がもらえる（笑）。

松本　中村さんには、俺の芸は売れる、売らなきゃいけないという強い意識があったんでしょうね。だから芝居をするためには金を出さない。役者としてのプライドですね。三島さんは、いい役者たちに当てて書くことが出来たんだ。

西尾　松浦さんは劇団の解散によって、今まで築いてきたものを全部崩された。

井上　そういう点でも、三島さんが死んだ影響は大きい。

西尾　でも、松浦さんが悪かったと思う。例えばね、三島作品ではなくても他に上演する作品はあったじゃないですか。松浦さんはミュージカルの演出家としては数段上だったしね。彼は若い頃に宮城まり子の「泥の中のルビー」という作品をやった。そこでの松浦竹夫さんは演出家としてすごかった。ですから松浦さんは別にいろいろな路線があったんです。

宮前　松浦演出というのは人間の演出なんですね。歌舞伎しかやらない人とかいますけれど、松浦さんは何でもやれる器用な人でした。それで人間的に好かれる、この人のいうことなら聞こうと、どのジャンルの人にも思わせてしまう一種のカリスマ性がありました。

西尾　松浦さんが演出したミュージカルは幾つかありますが、それ超える人はいないのでは。「泥の中のルビー」も大した話じゃないですが、その後の「聖スブやん」（野坂昭如原作、昭43）はものすごく出来がいい。

宮前　僕も、「聖スブやん」は最高だと思います。それから宮城まり子さんの「泥の中のルビー」は創作ミュージカルとしてはホントに出来がいい。

松本　松浦さんを見いだしたのは、文学座の長岡輝子さんでしたね。推薦して「鹿鳴館」（昭31・11）の演出をやらせたようですね。

宮前　まだ若い二十代の時ですね。

西尾　長岡さんという人は、杉村さんよりもっとシャープだったんだろうね。……（仕事の都合で退席）

山中　浪曼劇場の上演史を見ると、やっぱり松浦色が濃厚だなあと思います。結局書き下ろし、役者に当てて書いたのは「わが友ヒットラー」だけですね。「皇女フェドラ」とか「クレオパトラ」とかは、僕はずっと三島さんの意向だと思っていましたが、一面、演出家対策というのがあったわけですしね。

宮前　大変微妙なところですが、実際はそのような対策もあったと思います。

井上　そういう意味でいえば、第二回公演で「サド侯爵夫人」と「わが友ヒットラー」を交互にやったのもそういうつもりがあったのでしょうね。

宮前　あると思いますね。演出だけでなく役者も、ダブル、トリプルで出演させています。

山中　松浦さん独自のオールビー作品などを上演する時は、同じ劇団のはずなのに三島さんがプログラムに文章も寄せていないとか、そういうものなのかなという気もしたのですが。

宮前　プログラムは全て田中基さんが編集していましたが、誰に執筆を頼むかは、全部松浦さんの指示でしたね

山中　「聖セバスチァンの殉教」を三島さんと共訳した池田弘太郎さんも在籍されていましたが、池田さんはどのような存在でしたか。

宮前　そう、三島さんとの関係ですね。誰が池田さんを連れてきたのかな……。

井上　紹介したのは村松剛さんでしたね。

宮前　そうですか。僕は個人的にも池田さんとつき合いがありましたが、劇団内の役割でいうと、例えば「皇女フェドラ」とか「クレオパトラ」の翻訳です。

井上　そう伺うと、当時のことが、ああこういう感じだったんだな、とリアルに想像できます。さっき伺いましたが、森秋子さんとご夫婦だと聞いてビックリした。三島由紀夫さんにとって池田弘太郎さんは大事な若い人の一人でしたね。

宮前　楯の会とまったく違う、文学的な意味で必要な人です。和久田さんが三島さんと親しかったという意味とは全く違うつき合い方であったと思います。

松本　三島さんの場合は、フランス文学を考えないといけないけれども、晩年においてはこの人がそれを代表する存在なのかな。

山中　外国文学、特に仏文関係のブレーンというか。翻訳がなくても、いろいろ情報が入ってくると思いますし。

■追悼公演「サロメ」

松本　追悼公演の「サロメ」については、和久田さんからかなりうかがいましたが、何かご記憶にあれば。

宮前　そうですね。「サロメ」の公演ポスターは三島さんがデザインしたのです。その打ち合わせでご自宅へ行きました。三島さんとはそれが最後になりましたね。

あの時は……十月に入っていたかな、蒸し暑い日で「暑いから外でやろうよ」ということで三島邸の庭でやったのですが、ロココ調のガーデン用の素敵な椅子とテーブルがありましてね。その時は私と一緒に制作をやっていた戌井祐一さんも一緒でした。しばらくして体にぴっちりしたポロシャツ姿で出てきてその椅子に座ったのですが、もう夕方だったんですね。三島さんが夕焼けに包まれ、真っ赤に染まっていました。その時、三島さんに日が射しているに関わらず、なぜか影のように見えましてね、一瞬ですが老人の顔に見えたんです。それが非常に強い印象として残っています。奥さんの瑶子さんがジュースを出してくれましたね。打ち合わせは三十分ほどで終わったのですが、三島さんに「これからどうするの」って聞かれたので劇団に帰りますというと「じゃ一緒に車に乗せてくれよ」とそれで水道橋に行きました。水道橋には後楽園ジムがありましたからね「先生、これ（腕の筋肉を出す真似）ですかって」いったら「ああそうだよ」って。まだ高速道路

もない時代ですから一時間少々かかりましたが、何の話をしたのか憶えていないですが、車のなかでけっこうワハハワハハやっていましたね。

井上 その老人的なイメージというのは、車の中ではなかったのですか。

宮前 その時はなかったですね。三島さんは「若い」という事に拘っている印象を持っていたので……、西日を受けた顔は強烈な印象として残っています。

山中 一緒にこれ（腕の筋肉を出す真似）やろうというお誘いはなかったですか。

宮前 一緒にやろうというのは、和久田さんが誘われたらしい（笑）。

松本 「サロメ」の評判はどうだったんですかね。

宮前 「サロメ」に関しては、急遽追悼公演という形で。いろいろな経緯があって和久田さんが演出をしました。確かにこれは芝居としてはそれ自体の評価うんぬんよりも、センセーショナルでしたから。確かにお客さんはたくさん来ましたけれど、制作としては複雑な思いを抱きました。これでいいのかなと……。今なら逆にどんどん煽って商売にするでしょうけど。とてもそういう気にはなれない……。複雑な感じでした。地方公演でもお客さんはいっぱい来ましたから。

山中 今までの浪曼劇場のファンと客層が違ったのではないですか。

左より，山中剛史氏，宮前氏，井上隆史氏

宮前 明らかに違いました。ヨハネの首が出るところなど、事件そのままですから。

井上 お香を焚くのは、どこでも同じようにやりましたか。

宮前 ええ、基本的には同じように焚いたはずですが、消防法の問題もあるんで、焚けなかった劇場があったかもしれませんが。

松本 それで、三島さんが死んだというニュースが入って来た時は？

宮前 松浦さんがその前日にニューヨークへ行った時で、劇団には主だった人は誰もいませんでした。結局、立場上私が対外的な対応をする状態でしたが、情報が全然入ってこない。主だったところには、みんな私が電話していますが、村松英子さんが書いた本のなかにも、私が電話したという記述がありました。

山中　すぐに三島宅に行かれたんですか？

宮前　いや、対応でそれどころじゃないです。記者は劇団にも来ましたし。みんな同じことを聞きましたね。最後にいつ来たか、楯の会の会員は来たかって。実際、来たことはあります。森田必勝さんとか紹介されました。

山中　公演にではなくて？

宮前　公演ではなくて劇団に来たんです。西麻布の稽古場ですね。「サロメ」はそこでオーディションをやってましたから。

松本　文学座の時とはかなり違っていたでしょうね。

宮前　「サロメ」という芝居はどうやってもそんなに面白い芝居だとは思わないですけどね。なんでやったのかな、……。

山中　和久田さんが演出補というのは生前から話あっていて、NLT、浪曼劇場を通して初めての三島さんの演出でしたよね。松浦さんがいながら、これだけなぜ自分の演出ということになったのか、やはりちょっと不思議ですね。

宮前　私も考えたことがありますが、わからないですね。

松本　自分の演劇とか文学のはじまりは、「サロメ」から始まったという意識があるんでしょうね。だから終わりにはやっぱりこれだと。そういう決めつけをしていたのかもしれない。

宮前　「皇女フェドラ」をなぜ選んだのか、ということよりは、意味がありますね。何かのメッセージなのかもしれない。「サロメ」をやろうと思った時、三島さんの中には次の行動イメージはあったと思います。

松本　首を切られての最期っていうのも、あったでしょうね。しかし、三島さんの書いている芝居と「サロメ」とは全然性格が違う芝居ですね。だからどこで繋がってるのか、これが全然わからない。それから浪曼劇場について考えるのに、われわれは三島さんのことだけで、他は考えなくていいのかな。

山中　そんなことはないと思います。逆にいうと、三島作品ばかりがクローズアップされてきて、それについては細かい記録もありますが、松浦さん主導の芝居とか、三島さん以降の「ヴィーナス観測」とか「地球はまるい」とかほとんど情報が残っていなくて、何があったのかもよくわからないのです。

松本　三島さん以後も考えなくてはいけないですね。かなり変質したのでしょう、三島さんがいなくなって。

宮前　何をやっても色あせて見える。主柱がなくなってしまったのですから……。やはり劇団にとって三島さんの存在は想像以上に大きかったのですね。七十二年に上演された「地球はまるい」ですが、これを僕はやっていません。「朱雀家の滅亡」までで、「地球はまるい」の時は退団してもういませんでした。実はこれをやっていたことさえ忘れていました。ただここまで来ると全く違う劇団です。そういった意味で、劇団浪曼劇場は「薔薇と海賊」で終わったのかもしれない。

松本　まだまだ伺いたいことも沢山ありますが、かなり長時間になってしまいました。劇団の懐事情から制作の現場など舞台裏の貴重なお話を中心に、今まであまり知られていなかったお話をお聞きできて、嬉しく思います。また、こういう写真展の会場でお話をうかがえたのも、意味あることだったと思います。今日はお忙しいところを本当にありがとうございました。

【プロフィール】

宮前日出夫（みやまえ　ひでお）

昭和二十一年生まれ。昭和四十一年にＮＬＴに入団。昭和四十三年、劇団浪曼劇場設立メンバーに参加、三島由紀夫追悼公演「朱雀家の滅亡」まで制作を担当。三島由紀夫全戯曲上演プロジェクト「サド侯爵夫人」では制作を務めた。現在（株）ミューズクリエーション代表取締役。

西尾榮男（にしお　てるお）

昭和十六年生まれ。中大仏文科中退後、同人会、現代演劇協会・劇団雲を経て、ＮＬＴ、劇団浪曼劇場を外部アドバイザーとして側面から支えた。三島由紀夫全戯曲上演プロジェクト「サド侯爵夫人」ではエグゼクティブプロデューサーを務めた。現在、（株）綜合舞台代表取締役。

【斉藤征利写真展「劇団浪曼劇場（1968―1972）の記憶」】

会期：平成二十四年十二月十三日～二十日

場所：千駄ヶ谷・ギャラリーリフレ

■劇団浪曼劇場：年譜■

1968年４月	劇団浪曼劇場創立
1969年１月	**第１回公演「わが友ヒットラー」**農協ホール
２月	「わが友ヒットラー」名鉄ホール／京都会館／毎日ホール
（月・場所不明）	第１回研究公演「ロング・クリスマス・ディナー」「ハッピー・ジャーニー」（ワイルダー作）
４月	第２回研究公演「わが町」（ワイルダー作）紀伊国屋ホール
５月	**第２回公演「わが友ヒットラー／サド侯爵夫人」**秋田県民会館／新潟市民会館／農協ホール
５～６月	サド侯：農協ホール／藤沢市民会館／毎日ホール／弥栄会館／名鉄ホール
８月	第３回研究生公演「血の婚礼」（ロルカ作）草月会館
９月	実験劇場「道化と王」（ゲルドロード作）稽古場
10月	**第３回公演「皇女フェドラ」**紀伊國屋ホール
11月	実験劇場「女人渇仰」（岸田国士作）、「班女」（三島由紀夫作）、「ままごと」（インジ作）稽古場
12月	実験劇場「同志の人々」（山本有三作）稽古場

1970年２月	浪曼劇場俳優養成所開設（開講４月）
～４月	**第４回公演「クレオパトラ」**紀伊國屋ホール／毎日ホール／名鉄ホール／弥栄会館／徳島文化センター／高知高新ホール／横浜青少年センター／千葉文化会館／藤沢市民会館
４月	実験劇場「かくてベタニアまで」（ジロドゥ作）新稽古場
５月	**第５回公演「ヴァージニア・ウルフなんか恐くない／デリケイト・バランス」**ヴァージニア：紀伊國屋ホール／毎日ホール　デリケイト：紀伊國屋ホール 実験劇場「女人渇仰」（岸田国士作）、「同志の人々」（山本有三作）西麻布稽古場
６月	ヴァージニア：名古屋東別院青少年ホール／京都会館小ホール
10月	**第６回公演「薔薇と海賊」**紀伊國屋ホール
～11月	奈良文化会館／毎日ホール／名古屋勤労会館／弥栄会館／藤沢市民会館
10月	俳優養成所研究発表会「特急寝台車」（ワイルダー作）、「女ばかりの村」（キンテーロ作）、「ゆりかごの歌」（シェルラー作）牛込公会堂
1971年２月	**第７回公演「サロメ」**紀伊國屋ホール
～３月	名鉄ホール／毎日ホール／京都会館第二ホール
３月	三島由紀夫の夕べ：「葵上」「船の挨拶」／「唄うにんじん」ジァンジァン 俳優養成所第一期生卒業公演「自由少年」（田中千禾夫作）豊島区民センター
４月	性についての奇妙な夕べ：「ままごと」（インジ作）、「クラップ氏の最期のテープ」（ベケット作）ジァンジァン
５月	ポエムジカ「月の光に唄っていた」ジァンジァン
６月	**実験公演（第８回公演）「ヴィーナス観測」**（フライ作）草月会館 戦いと微笑みの夕べ：「ゲルニカ」「戦場のピクニック」（アラバール作）ジァンジァン
７月	夢魔こそ人生の夕べ：「ナイロンの折鶴」「通り過ぎた雨」（堂本正樹作）ジァンジァン
８月	T・ウィリアムズの夕べ：「財産没収」「浄化」ジァンジァン
９月	**三島由紀夫追悼公演（第９回公演）「朱雀家の滅亡」**紀伊國屋ホール／名鉄ホール／毎日ホール／京都会館第二ホール 聖なる幻想の夕べ：「リュクサンブール公園のアルス」（ワインガルデン作）ジァンジァン
1972年３月	俳優養成所第二期生卒業公演「自由少年」（田中千禾夫作）日本青年館
４月	**第10回公演「地球はまるい」**（サラクルー作）紀伊國屋ホール 劇団浪曼劇場解散

（山中剛史作成）

未発表

「豊饒の海」創作ノート⑪

翻刻・井上隆史（本号代表責任）
工藤正義
佐藤秀明

暁の寺　戦後篇

〔三島由紀夫文学館所蔵ノート「暁の寺　戦後篇」は、『決定版三島由紀夫全集』第十四巻（新潮社、二〇〇二年一月）に、「『暁の寺』創作ノート」の「（四冊目より）」として翻刻されているが、八二一ページの「終戦後間もなく東京高裁で裁判長やつてゐて」以降は、ノートに挟まれた原稿用紙二枚に書かれたものである。ノート本体における未翻刻箇所は、略地図二点（「有楽町駅　日劇　朝日新聞社　新幹線　高速道路　阪急デパート　交番」と注記されたものと、無注記のものの二点。筆記具はブルーブラックのペン）で、これは八二一ページの「終戦後間もなく東京高裁で裁判長やつてゐて」の前に挿入される。これにより「暁の寺　戦後篇」はすべて翻刻されたことになる。〕

第四巻ｐｌａｎ

〔三島由紀夫文学館所蔵ノート「第四巻ｐｌａｎ」の翻刻である。このノートは『決定版三島由紀夫全集』第十四巻（新潮社、二〇〇二年一月）に、「『天人五衰』創作ノート」の「（一冊目より）」として翻刻されているが、ノート末から巻頭に遡る形で書かれたものを活字化したものである。今回の翻刻は、ノート表紙裏から始まる**【翻刻A】**、『決定版三島由紀夫全集』第十四巻八四三ページの「第一　第二　第三　が単なるお話の羅列で全体的必然性なし。」の後に挿入される**【翻刻B】**、『決定版三島由紀夫全集』第十四巻「『天人五衰』創作ノート」の「（一冊目より）」の末尾に続く**【翻刻C】**であるが、**【翻刻A】**以外は、すべてノート末から巻頭に遡る形で書かれている。なお、今回翻刻部分に朱書き箇所はなく、朱書き以外の筆記具の違いは、ここでは注記しない。これにより「第四巻ｐｌａｎ」はすべて翻刻されたことになるが、**【翻刻A】**の一部の人名はプライバシーに配慮して□□とした。〕

【翻刻A】

四中隊長――平松三佐
　寺本一尉
　松浦一尉
　岩本二曹
二中隊長――細波三佐
　大北二尉
　西山三尉

△3月1日（日）
　□□――〔この行抹消〕
□□――〔この行抹消〕

□□―肥瘠症、

△□□―□□タイプ、声小さい、

写真部で論争する時大きな声出して止らない

□□―葵で会つた。母親の影響。

◎□□―父も兄も防衛庁、眉うすけれど、志士顔

□□によく似てゐる

△□□―□□の弟、森田さん今にも死にさうな、

□□―□□タイプ、裏切りものの話

機械好き、軽い、軽井沢、

登山好き、

○――――――――――○

○□□―古賀、生長の家

腕弱し、背高

○□□―丁稚的心情主義、

近眼メガネなし、

○□□―眉うすし、

大仏的顔、大人しい、

○□□―農夫風、――拓大――目小さし、

○□□―（赤ら顔の、口の辷る

米軍基地問題。

【翻刻B】

○三月一日（日）夜　学生面会

◎三月二日（月）夜、学生〃〃、三尉二名来訪

◎三月三日（火）夜　平松中隊長と鱒釣り、

雪ふりはじめる

◎三月四日（水）一日、雪、牡丹雪、くずれて雨まじりとなり、学校道場の屋根より、雪中、雪くづれ落ち、四時、御殿場中央病院へ五中隊長（頭二十針）を見舞に行くに、すでに雪やみ、五〔「五」抹消〕四時半頃、あたりは乳色の濃い霧に包まる。この日降雪の為、体力検定中止、学校で銃剣術

【翻刻C】

4／21

中卒以上（高卒二割）
高等科二年
司厨科一年
漁船科三ヶ月

Sandwich System　商船大学、

△運船省*〔「運輸省」の誤記〕海技大学

△職員、部員**、（普通船員――免状不要）

＊ 海技免状（士官）

→種類

甲――
乙(*)――
小型――

今度の入学生から乙の免状を持つた職員も

（＊）乙二の免状も無試験でないこう〔「ないこう」抹消〕内航といふことになる

＊＊普通船員

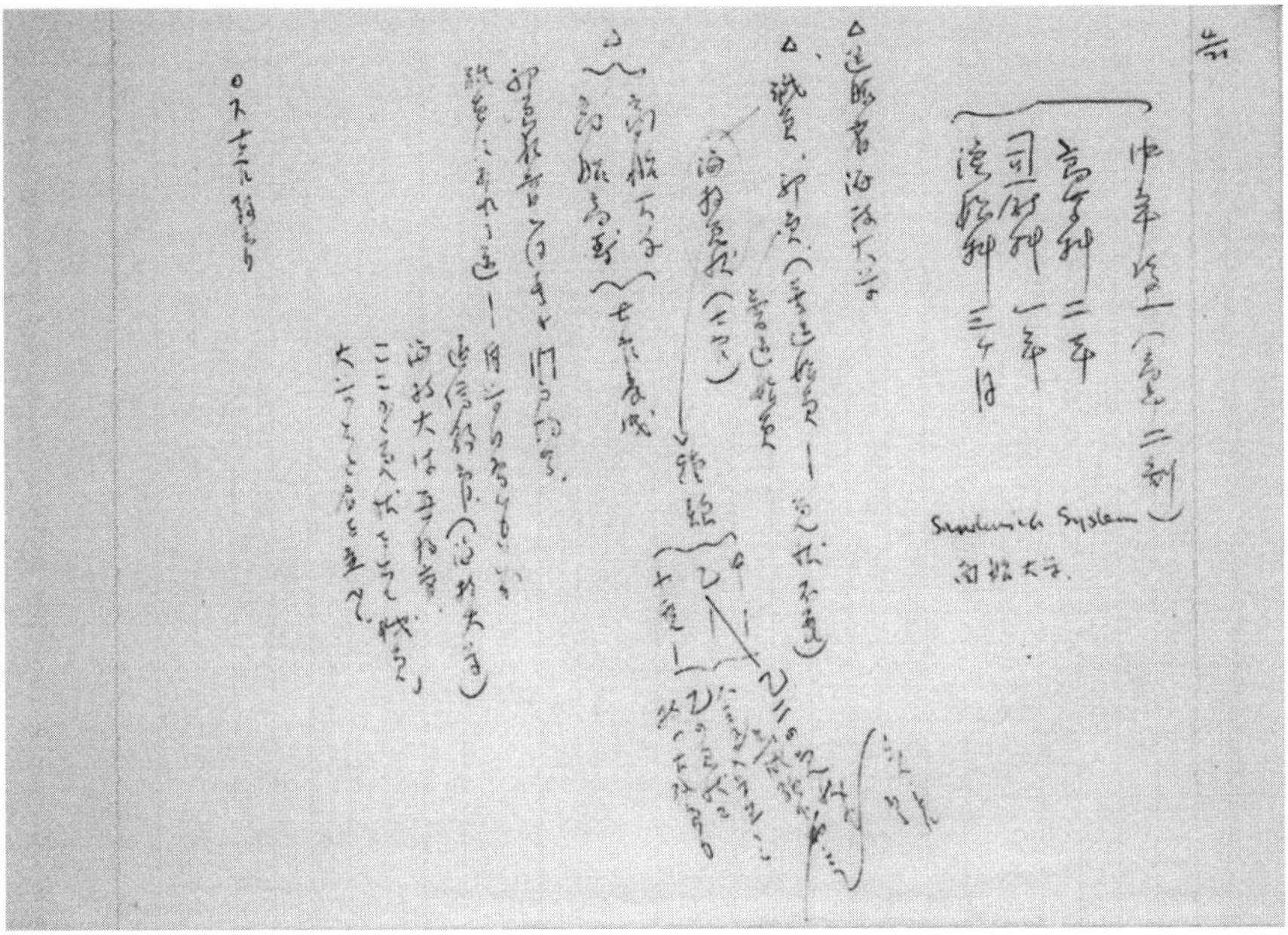

△｛商船大学
　商船高専｝士官養成
部員教育ではあるが門戸均等、（海技大学）
職員になれる道――自学自習でもいいが通信教育、
海技大は海技育。
ここから免状を出して職員。
大学出と肩を並べる。
○下士官教育

全校　17・5才
中卒すぐだと15～15半　卒業17～17半、
中卒出上級生と高卒出新入生

◎船内勤務――当直
ブリッヂ当直
（デッキ、の普通船員の当直
エンジニヤの当直
20トンの機動艇で船舶実習。
◎船船信号所〔「船舶信号所」の誤記〕――海上保安庁　三時
小屋――船〔「船」抹消〕灯台の近辺
港の入口にあり出入港のチェック
組織立つて管理、
港口はハーバア・マスター（港長）の指示に従つて、何番岸壁
につけよ、の指示。

〔一部破損〕

△当直勤務──→監視業務
部屋も一人部屋に変る。
人間関係薄くなる。

◎外航船──学校在学年数を経験年数とみなす。
無教育者は船にのせぬ（大手はのせぬ）
十八才未満、未経験船員は労働協約の関係あり、定
員に入れぬ。
◬清水*「航路標識**事務所」＝灯台
所長　西尾美文
静岡県清水市三保一〔「一」抹消〕二一〇九
電話（〇五四三）三四―〇七一八
〒四二四
△海上保安学校（灯台科）中卒すぐ入る
*公安〔「公安」抹消〕港湾管理事務所（県）
〔ここに「港湾管理事務所」の地図。「三保」、「清
水」、「久能」と注記〕
**出入港チェック
△貨物船出入港、
△船舶〔「船舶」の誤記か〕動静──代理店サーヴィス等
代理店から船舶の動静をきき
荷役を早めるための仕事
タグ・ボートの手配
パイロット関係探し
パイロット事ム所と連絡

隻料の維持費を決めてある。
船多かつたからいくらでなく、月いくらで決める
どこの船かわかる
視界わるくても船名よめる時とよめぬ時あり。
ファンネル
海難
二年一寸。どらの経験なし。
駿河湾内一望。
24時間やつてゐる。
家の清水──名古屋、横浜、定期船連絡
スピードの換算──→何の船かわかる。
モールス信号、──発光信号、
船名きく。
通信士三級免状──モールス信号。
水産学校無線科
三
○東洋信号通信社
○秋山私設所長
秋から冬視界よきゆゑ仕事やり易し、春霞、入梅、颱風で悩ま
される。
無線電話──第一回ニュース
発光信号
密輸──怪しきもの下ろす。
船の衝突
サイレン、銅羅によつて連絡

○清水港、――
日本の重要港湾、30何ヶ所、
船が清水港に入る迄　名古屋、横浜の中間港
名古屋、横浜の出港時刻を連絡する
御前崎の附近に来ると
一部の船からは入港通報入る。
それから視覚信号
入港一時間か一時間半前に目で船体確認、
視〔「視」抹消〕信号所前→三保灯台
刻々と各関係官庁　関係海運業者に連絡、
静岡県と、清水市から
船船〔「船舶」の誤記か〕動静通信に関する委託
→各海運業者は受益業者として会員になつてゐる
県市の委託金と各海運業者の月々の信号所維持費によつて賄つてゐる。

清水か田浦〔「田子の浦」の誤記か〕に入る船は全部しらせる。

信号所の連絡たより。
①税関、等は stand by。
②検疫所
③入国管理庁
④海上保安庁
⑤その他は、港湾管理者（県）
⑥各船主、船の代理店
荷役業者　｝海運業者
⑦70社清水港にあり。

水先人（パイロット）
通船（この船とゆききする）
タグ・ボート
船食屋
クリーニング屋　｝関連一切

「船のどつちが先に入つたか」の審判官をやる也。

三保の先端まで来て、更に、六号の岸壁につける時　先に来た方が接岸できる。ここで一寸でもおそくなると荷役ひどくおくれる。

第三者（利害を含まぬ）として、連絡する必要あり。

船が自分の会社に有利にしたい。

通信所で、鼻の差でも、こちらが先といふ線を決め、そこで通信する。何時何分何秒に通過。

最後まで競争すると事故起きやすい。


日本船と外国船は勝手ちがふ。日本船要領よく内側へ入る。

中立の立場で公平。

商業上の関係で、船名何丸かと云はないと、受入れの stand by おくれる故。

信号送るが、視界わるいと catch できぬ故、無線を送るか、予定時刻で、推測する。

対策は、レーダー設置。横浜などハ、無線通信系で船を探しにゆく。清水は小港ゆゑ、推測。（何マイルゆゑ入るころだ）

＊

信号所の位置――船との間離れすぎてゐる。

応答せぬこと、あまりなし。
灯台のはうへ位置を変へんといふ案あり。
レーダーの場合、競争する場合、どちらがどの船かわからぬ。
影のみゆゑ、まちがつた船を連絡すると、推測するよりもつと悪
し。
倉庫の荷を出すのも、大問題。
実際に目で見る。

＊

60社等、〔「60社等、」抹消〕税関はどの船も連絡とる。外国航路
の場合は、これらすべてに連絡。ソ連の船、支那の船来る場合、
水上けいさつ、海上保安庁の関係で変つてくる。
各代理店は、US代理等、それ〴〵分れてゐる。
（横浜では信号所に十いくつ電話が並んでゐる）
清水港は船少ない。一人か二人でこなしてゆく。
必要船では30船も連絡。
昼夜通しで連絡とつてゐたが、荷役関係で「夜間荷役」少なくな
り、船夜入り、朝 Pilot 入つて接岸。
夜間入つた船の時間をつけておき、朝連絡。
△ヒルマ――予定をとりつゝ、仕事助ける。
　ここは四人でやる。一人が8時間。（一日）〈当直、明け、休
み〉
○無線＊、発光信号――無線通信士の免状なくても出来る。
免状　海上自衛庁〔「自衛隊」の誤記か〕通信士。
海運関係の目であり耳である。

（東洋信号から連絡が来なけれバ出ない。
責任重し。――出航船の場合も、今清水を出た、と横浜へ連絡
　をとる。
＊モールス、

▲問題ハ、――入出港のコントロール、
海上保安庁との関係あり。
入港出港を許可する権限なし。
今入つて来ると危険といふのは目（ま）のあたりに見るが、入つては
いかん、出てはいかん、といふことはできぬ。
出港、入港、ぶつかる場合
タンカーと客船、接触してはいかん、
海上保安庁の見張所もない場合ハ東洋信号が入港をとめた場合
もあれど、いい結果が出たり、悪いと、越権行為になる。
使命感。
○昭28年＊―清水信号所開設、
　その前ハ灯台の職員にきいて、船が通＊＊つたときく。
　商行為ゆゑできぬといふことになり、断られた。
○半官半民的。
動静通報。遭難船発見。避難船。〔「。」抹消〕誘導。
犯罪未然に防ぐ。公共的な仕事もあり。
△数字にあらはれぬ仕事＝遭難
今月は何十隻は数字。
　＊一、二年前に、外国船入つて来て、海へ物落したら
　しい。漁船がこれを拾つた。夜落す。ひろつて何気
なしに引上げてきた。ピストルを持つた連中が、よ

こせとやつて来た。ひろつてゐる現場の写真をみせつけておどす。三国人。

＊＊船舶通過報

○入出港予定──→防衛庁。

○12月31日

香川県小漁船が信号所前でテンプク。テンプクしたのを見ぬ。何か流れてくる。テンプクした船の船底にしがみついて三人で流れてくる。発光信号機で、ヒルマ出した。船にのつて、シャツを一生けんめい振る。保安庁と水上けいさつ、消防署と連絡して五時間後に救出。

◎月末忙しい。

決済の〔「の」抹消〕その他、の関係で船多し。外航船も月末迄に入港の契約あり。

第四巻　月蝕

〔三島由紀夫文学館所蔵ノート「第四巻　月蝕」は、『決定版三島由紀夫全集』第十四巻（新潮社、二〇〇二年一月）に、「『天人五衰』創作ノート」の「（二冊目より）」として翻刻されているが、その未翻刻部分のうち、**【翻刻A】**は八四九ページの「電報は海岸局から知らせてくれる」の前に、**【翻刻B】**は八五八ページの「〇六月十日（水）」の前に挿入される。これにより「第四巻　月蝕」はすべて翻刻されたことになる。なお筆記具は、朱書箇所以外はブルーブラックのペンおよび黒鉛筆であるが、ここでは朱書き箇所のみ注記することにする〕

【翻刻A】

1970．5．1(金)快晴、信号所、伊豆を走つてゐる車が見えることあり──冬、6、7帖の家

〔ここに信号所の模式図〕

〔ここに信号所から見た風景の図と方位を示す記号〕

山々

デリックの間に埋まる船〔傍線、朱書き〕

町と港の間を車走る。

すぐ目の下は自動車道路　材木の車とほる。その向う、青い新式の瓦屋根の家々、家々の間にはみだす緑　自動車のクラクションの音、

清水港

手前の町にはコヒノボリ光る。矢車チラく光る。〔囲み罫、朱書き〕

高圧線──銀の塔、青空に白い磁器の碍子（ガイシ）〔傍線、朱書き〕

＊東に富士　雲の中、白くほんの少し頂上のガッチリした固い図形が、白い石ころ〔「石ころ」抹消〕巌を雲上に放り出したやうに見えてゐる。

＊〔囲み罫、朱書き〕

苺のビニール栽培の曇つた屋根のみ周辺をとりまき、大きな、脱皮直前の〔「脱皮直前の」抹消〕蠶のやうな半透明の体、縦横につながり地を埋める。〔傍線、朱書き〕

コンクリートの苺の農家、二階建洋館
海　黒い貨物船

1038

◎port serviceから電話　（11時15分）　タンカオーヨーは天野です
予定は三日の12時です。
○…信号です、はい、どうも、合計ね、…

山々
清水港、赤いデリック、紅白の煙突　白いサイロ
富士〔この部分に富士の模式図〕雲の上に仄かに見ゆ　幻に見ゆ
〔ここに信号所の部屋の模式図と方位を示す記号〕
最新東京港図
最新横浜川崎港図
スリッパ立て　クツヌギ
清水港航空写真集成図（まつくらな湾、白い町）〔傍線、朱書き〕
○エキスパンダー
望遠眼〔「眼」抹消〕鏡　×15
本棚
LLOYD'S REGISTER 1968-69 A-L REGISTER OF SHIPS
M-Z

LLOYD'S REGISTER LIST OF SHIPOWNERS 1968-69
LLOYD'S REGISTER APPENDIX 1968-69
日本船名録　国際信号書（和英対訳）
Indication d'Appel call signs DISTINATION〔「DESTINO」の誤記〕DE LLAMADA
船舶台帳　株式会社東洋信号通信社20冊

投光器
cfB
望遠鏡　×30
電話　電話
cfC
ガス・ボンベ
炊事の水屋
掃除道具
戸棚〔「戸棚」抹消〕
青い懐中電灯
高くなつてゐる　仮眠室、畳一帖　フトン、（菊もやう赤地）
背広、ズボン、
所長　藍綬褒章をうけ、44年11月20日「賞受けて責いや重し海守る」、とある色紙

黒盤 cfA

cfA.

清水港在港船						
日の出埠頭		興津第一埠頭		豊年		折戸（1区）
1		1				
2		2		日軽		加古川
3	豊隆	3				新江
4		4		鉄岸		
5		5				
6		興津第二埠頭		江尻	国友	3区
富士見埠頭＊		6				
1		7		日銅	MARYLISA	
2		8				2日軽
3	八海＊＊	9		金指		LIANGA
4		10				13トン
5		11		船溜		丸井
6	らんぐーん	12				昭徳
7		13		共発		銀海
						東都
				ドルフィン		
				袖師		

＊＊＊

◎望遠鏡の中は大きな円の中がかげろふのユラメキで水中の如し、
＊もとは石炭埠頭といつてゐた。
＊＊17100トン　赤い煙突の白いチップ運搬船、大きいので二つの間に入る。
＊＊＊緑いろの黒盤

○11時35分、
HKマリーナを、日の出で名古屋ね、

○4日、コーユーね
横浜
シンボジヤ　Kラインで名古屋、

東の窓：クッキリとした山々、目の下はやはり苺の畑、
ところどころビニール光り
その間に、電信柱、
青いコンクリートミキサーが光りを青くグル〳〵ミキサーを廻
しながら走つて来る。
11時25分、赤いスクーターで郵便屋来る。
時計カチ〳〵なるのみ。
＊

＊〔囲み罫、朱書き〕
〔ここに、窓外の図。以下のように注記。「松、茶の
段々畑、雲白い顔のぞける、団地の赤や白のベロリと
舌を出したふとん干し　切られたあとの風化した木、
砂地」〕

CfB.
出る時は、「安全なる航海を祈る」。
海岸局〔「海岸局」抹消〕◎海岸局から船〔外国船〕呼出しても
出ない時たのまれることあり。その時〔「その時」抹消〕代理店
から電報打ちたい時、出るやうに投光器で信号、
〔ここに国際信号旗〔文字旗〕の図〕
〔26号台風で鉄塔や屋根〔百米先の田圃にあつた〕飛んで行つて以

来、これを使はぬ〕
3年か4年前のこと。
代表旗｜数字旗
〔ここに国際信号旗（代表旗と数字旗）の図〕

△11時45分tel 出航船ハイ〳〵どうぞ。ホーリューは豊に隆ね、ハイ　ラワンは、加古川、ハイ、1日の夕方、八海が3日、八海どこ？　新興は？　豊隆？　エ？　新興は3日ね。2時迄計算しますから。 〈入港船（四月分）の計算、〉

＊

＊〔囲み罫、朱書き〕

[7月26日]

[4月230隻——日本船155ハイ　外国75ハイ]→関税事ム所、

cfc　電話番号の黒盤、

電話番号の黒盤

鈴与（外）	52	1378
（内）	52	4503
	52	0005
青木	52	2111
天野	52	2151
清和	52	4191
日通	52	3116
清倉	52	2113
日の出ン	52	8673

日検（荷物） (日本検数協会) 沿岸	
船内	
検数	
回漕	
全日検	
海事検定	
新日本	

PILOT事ム所 {中井 三福 ⋮} 個人名前

船舶台＊
若富士
清見
浜
弁天
春海
小富士
[備埠 新東]＊＊

管理事務所 (海岸局) 税関 入関〔「入管」の誤記か〕 検疫 保安部 水上警察 通船 東海ワッチ
日本軽金属 豊年石油 小野田セメント 日本鋼管 金指造船 三保造船 東洋燃料 杉山木材 (積荷の枠を作る)

＊ T ag 呼出し、の交換台（transiver で呼出す）
＊＊清水埠頭（タグをもつてる会社）

船代理店　川崎汽船　Inter Ocean Everett
三星　太平　タンカー
信濃屋（食料品）小原（お茶）清水船食　不二クリーニング
あとは関係漁船　海王丸　盛秋丸　共和丸　長膳丸　福丸　盛勇丸　昭和漁

NYK：日本郵船
TSK：東洋船船〔「東洋船舶」の誤記〕
YSL：山下新日本 line
USL：U.S.Line
SML
PTLK
SMAC
MAC.
MOL：大阪商船、三井船舶

○代理店
鈴与（代理店）
扇興、徳山、東洋航、JMC、萬野、40社位ゐを代理してゐる。
山下新日本でも、鈴与ばかりでなく、他も代理。
入港予定の一時間前ぐらゐから見てゐる。日本船舶名鑑で（K.K. 日本船船研究所〔「日本船舶研究所」の誤記か〕）しらべる。

Fusashima No. 2 第二房島丸 船舶番号87773	甲板数　１層 航行区域　遠洋 信号符号　JISV 船籍港　神戸	起工60・9 進水61・1 竣工61・4 船級 NK	船主、国洋海運 船体製造者　日立向島 建造番号　S.No.3907 運航者　飯野海運
総トン数4576.19 純トン数2778.20 重量トン数6902.19 満載排水量9279.69	寸法（m） 全長116.50 登録長110.08 垂線間長109.00 型幅16.00 型深9.00	平均吃水（m） 満載6.99 軽荷2.10	水槽（t） FW536 ディプタンク（m） SW393 船底構造—全部二重

無線電信 A_1 500 無線機器 A_2 400 船舶電話 A_3 20 Rr.DF	主機製造者 日立桜島　1951年１月 主機製造番号 No. Ⓑ650VTBF110 D 3000ps	速力（Kn） 満載12.5 最高15.6 航続距離3940	燃料種類及消費 航海（t） 10 燃料収容量（t） 751

〔ここにファンネルマークの図　次のように注記〕
Funnel Mark　エントツ　黒　赤　黒　旗　赤

○朝九時出勤
勤務引継——横浜や名古屋の出港状況　予定すでに出てゐる、
勤務内容——その日の午前中に、代理店から何時ごろ入つたかきいてくる。月はじめから。
自分の事ム所と連絡して、入出港予定をきく。
今日の予定　第二房島　16時頃ヨコハマから来る。
横浜から清水迄115浬
12ノットで来ると9時間30分で来る

名古屋N 138浬	
12	11.30
13	10.40
14	9.50
15	9.12
16	8.40
17	8.10
18	7.40
19	7.15
20	6.54

Yokohama 115浬	
12	9.30
12.5	9.12
13	8.48
13.5	8.25
14	8.15
14.5	7.55
15	7.40
15.5	7.25
16	7.10
16.5	6.55
17	6.45
17.5	6.30
18	6.20
19	6.00
20	5.45

高圧線のところまでふつうのスピード　高圧線から中は、落す。

ベールグレーン　8574　9466
載貨門　0　船艙数　4

（貨）　艙口　寸法及び数
8.58×7.50
14.70×7.50
14.70×7.50
油〔「油」抹消〕
8.40×7.50

（油）ならタンク別容積

荷役装置（原動力）
デリック—ウィンチ
（力量（t）×数）
8×2　8×2　8×2　8×2　8×2　8×2

荷役ポンプ型式能力（㎥／h）
配管口径（㎝）
5×2　5×2　5×2　5×2　5×2　5×2

船型；船尾楼型
汽罐の型式・圧力・数
円罐10kg ①
発電機の種数容重　AC450V　8CKVA
その他特殊装置　ESAP
次期検査年月：㊥71.6
船齢　㊠73.6

＊
水平線ぼけてゐる、波おだやかで、〔「おだやかで、」抹消〕カモメ飛ぶ、多少クラくしてゐる、ふつう、チリ〱波頭立つ、色、は、茄子色に青、

◬船名を毎晩投光信号でたしかめる、「船名しらせ、」をモールス信号で、たしかめる、
○海は、目の前に〔この一行抹消〕
◎一時――「第二房島いつごろですか、十五時ごろ、出港は、夜半　次港は、神戸　ミッドナイト　神戸でいいんですね」
＊〔囲み罫、朱書き〕

発光信号、
平文又は符字で送信。信号符字の送信の場合は、最初に〝Y〟

U（私は貴局と国際信号書の信号で通信するつもりである）を送る。

本文中に、名称、地名があるときは平文のつづりで送信できる。

受信局は、各語または、各符字ごとに「T」符によって確認表示。

終信は　終信信号 $\overline{\mathrm{AR}}$ によって表示する。

これに対する解信は解信符Rによって応答。

モールス符号
1．文字符号

		数字符号
A ·—	N —·	1 ·————
B —···	O ———	2 ··———
C —·—·	P ·——·	3 ···——
D —··	Q ——·—	4 ····—
E ·	R ·—·	5 ·····
F ··—·	S ···	6 —····
G ——·	T —	7 ——···
H ····	U ··—	8 ———··
I ··	V ···—	9 ————·
J ·———	W ·——	10 —————
K —·—	X —··—	手旗符号
L ·—··	Y —·——	$\overline{\mathrm{AR}}$ ·—·—·
M ——	Z ——··	$\overline{\mathrm{AS}}$ ·—····
		$\overline{\mathrm{AAA}}$ ·—·—···

○発光信号
トツートツートツー（呼出し三回＝外国船）
トントントンツートン、トントントンツートン、
トトトツート（三回呼出し＝日本船）
⇒

応答（了解）
外船　ツートトトン〔トトトン抹消〕
——
日本船は、ツー
船名〔「船名」抹消〕——

本文
◎外船
①（今から文を打つ）
—・・・—
What name？〔「What name？」抹消〕
② What　相手は——
・ ・— —・・・・
・ ・— —
③ name
—・・— — —・
相手は—
④こちらは・・—・—・・
—・・・—（相手）
—（こちら）
⑤船名
⑥こちらは—を打ち、
○日本〔「○日本」抹消〕むかうは・—・—・
了解の意味で・—・

ニツチヨウマル

日本船

本文
①センメイハ
・—・—・
②向うは　—　船名が来る
③こつちは　—
むかう　・—・—・
こつちは　・—・
◎外国へゆく船なら、英語のはうがよし。・—・—・—

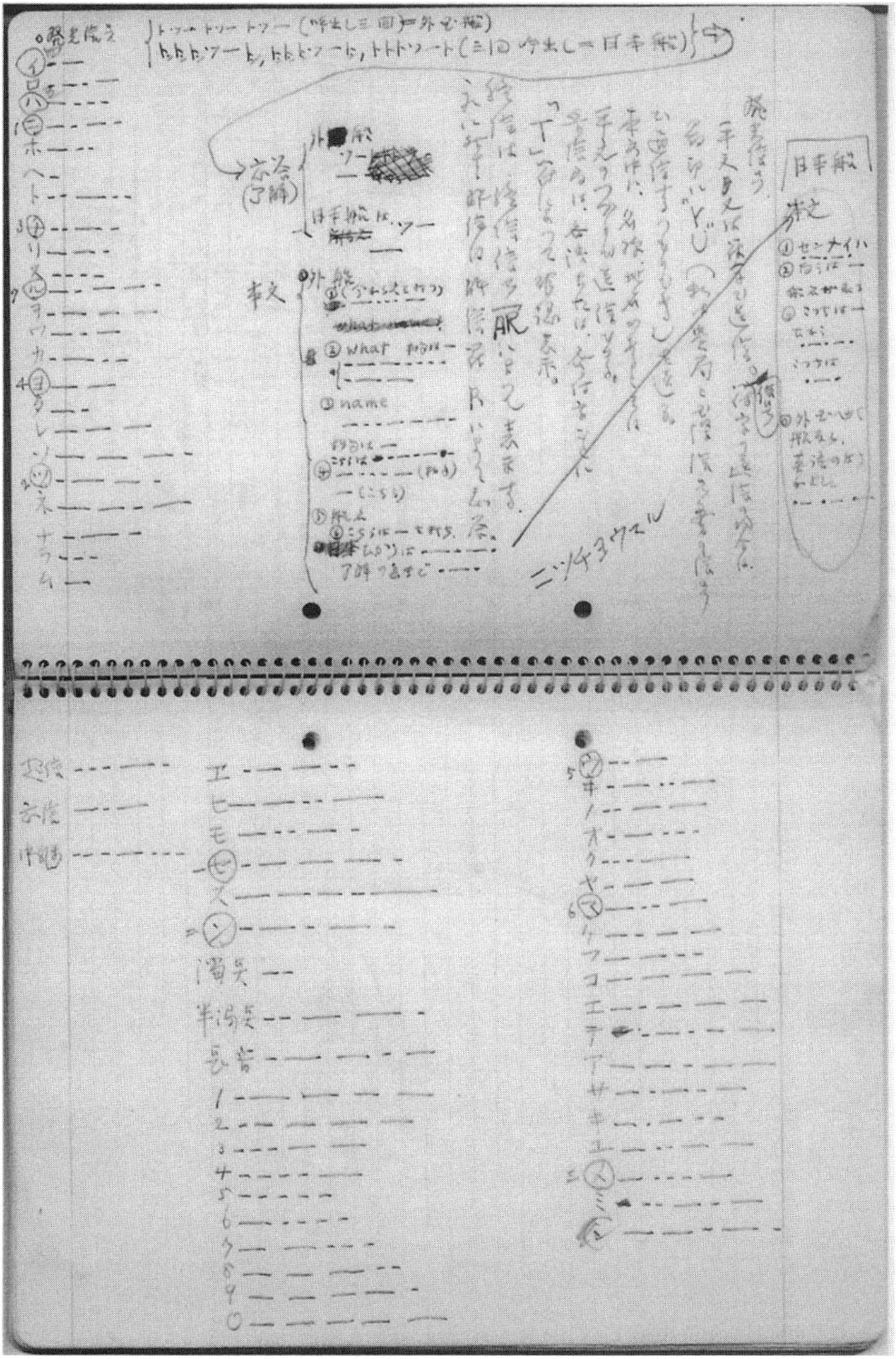
日本船
what
name
AR

四㋑・—
　ロ・—・—
五㋩—・・・
1 ニ—・—・
　ホ—・・
　ヘ・
　ト・・—・・
3 ㋠・・—・
　リ— —・
　ヌ・・・・
7 ㋸—・— —・
　ヲ・— — —
　ワ—・—
　カ・—・・
4 ㋵— —
　タ—・
　レ— — —
　ソ— — —・
2 ㋡・— —・
　ネ— —・—
　ナ・—・
　ラ・・・
　ム—

5 ㋒・・—
ヰ・—・・—
ノ・・— —
オ・—・・・
ク・・・—
ヤ・— —
6 ㋮—・・—
ケ—・— —
フ— —・・
コ— — — —
エ—・— —
テ・—・— —
ア— —・— —
サ—・—・—
キ—・— —
ユ—・・— —
三㋱—・・・—
ミ・・—・—
シ— —・—・
ヱ・— —・・
ヒ— —・・—
モ—・・—・
一㋝・— — —・

ス— — —・—
二Ⓝ・—・—・
濁点・・
半濁点・・— —・
長音・— —・—

1・— — — —
2・・— — —
3・・・— —
4・・・・—
5・・・・・
6—・・・・
7— —・・・
8— — —・・
9— — — —・
0— — — — —
起信・・・—・
応信—・—
中継・・・—・・・

【翻刻B】

◎浜の堤防の下の一輪のヒルガホの鄙びた淡紅。
コーラのビン、カンヅメ、ペイン〔「ペイン」抹消〕リビング・ペイントの空カン、
永遠不朽のビニール袋、赤さびてクチャ〳〵になつた大罐
堤防の上の瓦礫の山。洗剤の箱。沢山の瓦。ベントウガラ。冷凍袋。栄養剤の箱。赤まむし。
「あぶない！　ここであそぶな」およぐな」しみずしけいさつの松の下の立札。松は、長いしべを立ててゐる。
〔ここに松の花の図。次のように注記〕
赤いウニやひとでのやうな花、松ぼつくり、

浜の道の両側は、東はビニール、温室。
小さい大根畑。大根の先端の白い花。
〔ここに大根の花の図〕
道の左右は、小松で区切らる。さびしい小さい大根の花。
△ビニールの中、石垣に、苺いつぱいみのる。ひつそりと、草かげに垂れてゐる赤い苺、ダランとした感じ。点々と白い〔ここに花の図〕花も葉のあひだに残つてゐる。蝿がとまつてゐる。ギザ〳〵の葉の上を伝はつて。

〔ここに事務所とその周辺の図。次のように注記〕
高圧線　白壁　Type室　事務室　緑のカーテン
空地　松　下の井戸から水をくみ上げ、ビニール・ハウスに水を潅漑する貯水槽。

○「農業車以外は通行を御遠慮下さい」駒越第二土地改良区

☆鉄骨と木の枠の温室跡。破れたビニールが、焦げたやうな汚れた色で、汚ならしく天井の竹の枠組から引つかかつてゐる。下は砂地、わづかに緑の雑草生え、半円の竹枠がいつぱいころがつてゐる。

◬砂の空地にころがつた白い窓枠いくつか、ガラスが粉々になつて、まだ忠実に空を映してゐる。その青い断面。真赤な葉の松の枯枝。

〔ここにビニールハウスの図。次のように注記〕

竹　木　鉄

下から飛石づたひに、赤さびた下水管をまたいで上る。

〔ここに屋根のついた立札の図。次のように注記〕

TOYO SIGNAL STATION

株式会社　東洋信号通信社　清水港事務所

事業種目

1、入出港船舶動静通知

2、海難事故発見防止

3、海陸信号連絡

4、海上気象連絡

5、入出港船舶歓迎歓送

6、其の他、船舶関係一切

事務所｛横浜、東京、川崎、千葉、横須賀、
鳥ヶ崎、石廊崎、清水、名古屋、神戸、
日の御崎、

海の匂ひがふんだんにあふれた家うちはしんとしてゐた

この左に赤さびた非常梯子がコンクリートの基底に伝はる。

この入口から見る清水港すぐ向うに、人家の彼方に見ゆ。

いくつかのサイロ、工場の煙突。錯雑した港の船、クレーン、デリック、山々の手前にギッシリつまつた港の構築物、林立する白いマスト。鉄材のあらはな地帯。

すぐ下が自動車路。一車線。木造の便所。赤い鉄の梯子。赤い鉄の手すりがコンクリーの基底につたはる。上つたところ、らんかんのないコンクリー。

「東洋信号清水港事務所」と消えかけた大きな表札。そばに積算電力計。薄みどりのペンキを塗つたドア。

○日本船舶名鑑より、

△船首楼*、船尾楼**は平甲板型、

△三島型、

△凹甲板型

△船首尾楼付一層甲板型

△船尾機関凹甲板型、

◬平甲板型——タンカー（アフター・エンジン）

△遮浪甲板型

△全通甲板型

雄琴丸、旺洋丸、第三松島丸、星光丸、利根川丸、きえふ丸、

立栄丸、千歳川丸、筑紫丸、天龍川丸

○六萬トン級のタンカー、

（油）{
富山丸　67511.83
ジャパン・ヒヤシンス　97403.95
ジャパン・ジャスミン　67403.71
山寿丸　70970.51
〔「（油）」、タンカー名、トン数など、すべて抹消〕

◎清水に入るのはタンカーなら三、四万トンのみ。
***バースがドルフィンで、清水は大きい船入らぬ。
一万二、三千トンの貨物船が限度。大抵アメリカ船。

*前ブリッジ
**アフター・エンジン
***日の出と富士見、定期船。

◎糖蜜運搬船　さんかろす10861　甲板一層
扶桑海運、3583.41トン　船尾機関凹甲板型
○冷蔵運搬船　珠洋丸10074　二層〔「二層」抹消〕一層
甲板型
大洋商船3411.08総トン
○トロール船　第七十一あけぼの丸
日露漁業、3401.55トン　遮浪甲板型　3種漁船
◎ボーキサイトの廃液を伊豆沖へ捨てにゆく船、「羽衣丸」*（ボーキ船）2965.71トン　日本軽金属の持船のボーキ船、千六百トン位の1695〔「千六百トン位の1695」抹消〕トン位ゐの船（船尾機関凹甲板型）（前ブリッジ　アフター・エンジンもあり）今出てゆく。
◎清水市の工場、
（チップ（おがくづ）を貯蔵するサイロ。
大昭和製紙の紙の原料。田子浦によく入つてゐる。
武田薬品の化学肥料。
◎アスファルト槽船　第七あすざん丸　沿海、興栄海運789.55トン　船尾機関型
田子の浦、大昭和製紙が開拓した港湾へ入る。

{ お茶
チップ
油
木材 } 搬入
楽器
オートバイ**（浜松）} 搬出

◎自動車運搬船（マツダ、ニッサン）

ジャパン・ライン3470.78トン、凹甲板型、甲板4層、
搭載台数　中型409台
○セメント・タンカー（第十菱洋丸）　三菱セメント1086.
38　前ブリッジ　アフター・エンジン
○LPGタンク船
田子の浦へよくゆく。清水へは入らぬが連絡する。第十いづみ丸。一層甲板。日本ガスライン。船首楼は凹甲板型。
○コンテナー船　最近やつと脚光を浴びる。やつとバース作つてゐる。日の出の三号にコンテナー用の桟橋〔「桟橋」抹消〕クレーンを作つたが、定着してるので、船のはうを前後に動かして荷揚。平甲板型のアフター・エンジー多し。

　*赤泥投棄船
**ふつうの貨物船。

五月三日（日）
旧三月二十八日
月齢〔「月齢」抹消〕

月齢		27.0
日出前		4.54
日入後		6.33
月出	前	3.12
月入	後	4.05
満潮	前	3.38
	後	4.15
干潮	前	9.59
	後	10.07

（清水港）

五月二日
5 30PM（日入より約三十分前）
——伊豆半島はかすかに墨絵の模様見ゆ。
海はいちめん薄墨いろ。
冷たい灰青色で粗鉄（あらかね）の如し。
船は左方の沖に一パイ、黒い小さな貨物船のみ。
苺畑に人あり。背負ひ籠に苺を満載せし女二人。
薄墨で黒ずんだ海。しづしづとかはり左*へ流る。
ずつと永いスジを一杯ひき、石女の帯の如し。

海は暮色を帯び、喪をまとふ。永き巨大な喪章として、まだ緑あきらかなる曇り空の夕べ**の上に無言で鎮圧せり。鎮めの海なり。

　*東
**夕食

◎きのふも沖にタンカーずつと止つてゐた。水上警察、保安庁チェック。川崎から出たリベリヤ船、大島のはうへ〔「大島のはうへ」抹消〕船倉にガス溜り、大島のはうで抜く筈が、流されて来て、アンカーの打てる処まで来たらしい。
本日十六時ごろ出航して行つた。怪しい船。沖にぽうーつと午後のあひだ見えたり。幻の如し。右方に見えたり。

○〜〜〜〜〜〜〜〜〜〜○

◎日本平のはうへ日が沈む。（今日は曇りて見えず）
△午後六時四十分連絡*あり、日東丸の入港を告ぐ。
△21時日東丸——基隆より直入、一層　大日海運4244.04

トン、Fannel Mark 東京海事、（運航者）一般に知られてゐるはうをファンネル・マークにする。

アフター・エンジン凹甲板型、

△七時十分日すでに暮れ、ビニールハウス一面に霜置きし如し。
20パイあまりの漁船一せいに帰つて来る。〔「帰つて来る。」抹消〕出漁。

焼津より来り、興津沖へゆくなり。

白すをとつてゐる季節。

このへんも休みは地曳網をやる。

ここ二、三週間、しらすがよくとれる。赤や黄緑の灯＊＊を一杯つけ帰つてくる。

左舷と右舷、赤と緑をつけてゐる。

左舷：赤　右舷：緑

出漁をいそぐマスト・ランプの赤や緑

＊管理事務所から公務電報が「何時入港」と船よりありし、と連絡せり。外船は打たぬ。日本船のみ打つ。

＊＊マスト・ランプ

伊豆半島の灯見えぬ。霧に包まれて。ポツリと一つ灯るのみ。

狂女来る。〔この一行朱書き〕

○〰〰〰〰○

9時入港の筈（今夜は沖待ち、——3のGで。）
接岸（バース）、明朝ゆゑ、検疫十七時以降やらぬ故明朝七時検疫、
八時三番目の鉄塔のところへ来しときの時間を控へておき、バースの順番をきめる。（直入船は早い。一時間も）

（一番奥にはラワン船の着く貯木場があり、手前右側にはタンカーのつくドルフィン・バースがあり、その奥に日の出バースがあり、といふ具合）、
マスト・ランプの明りをパッと肉眼で見て、パッと明りを見る、そのカンを養ふ、そして望遠鏡にとびつき、船の入りしを知る、
ワット数、（一キロワット）の発光機の、探照灯用の100V1000Wの灯の、バタ〱をハンドルで操作する（信号別頁）
夜の海の中に、赤い舷灯とブリッヂの灯の窓のつらなり見えてくる、ブリッヂのところの発光機から、信号来る、モヤのかかる夜の海の彼方の、パチ〱といふ明りの点滅。日東丸と打つて来る。
（鳥ヶ崎のはうへゆくと、忙しくて大変）
出航船の場合は、お尻を向けてゐる故、なか〱出ない。

〔ここに発光機の図二つ。それぞれ「双眼鏡」「ハンドル」と注記〕

ヨコハマ本社から電話がかかつてくる。20時20分、二番ですね。

バタ〱遮光板（？）がはためく。

（巨船は、マスト・ランプの下のブリッジの灯の固まりでそれと知る。沖には漁船の灯も見ゆ。

土肥あたりの山頂、山裾にちらばる灯も見ゆ。

20時20分、管理事務所へ連絡電話　ヨコハマ出港船、淡田、 20時20分出てますから、おねがひします　小泉です

横浜行の出港船は、こちらから連絡。向うからは、名古屋と横浜からそれ〱出航船連絡あり。

視界不良の為、夜、船ここへ乗り上げしことあり。発光信号＊チカ〳〵させてゐた。こちらからは見えなかつた。こちらの発光信号を灯台とまちがへ、ザザーといふ音で乗り上げた。タグ・ボート手配して二十分後座礁せずに離れた。砂浜のあと、すごい危裂（「亀裂」の誤記）つきたり。五、六年前のこと。

＊船を確認する意味なりしが、何気なくやつてゐた。
〔この部分に発光機の図　次のように注記〕
Handle　ウラ　トツ手

漁船は船名打たず、「山本富士子」などと打つて来る。千トン位の船はマスト・ランプの間隔で判断すると、確認の意味で打つてみると、向うは小さい漁船で山本富士子と打つて来る。

◎外航扱の船のみ対象　夜間は漁船見ない。
○夜、予告ない船入つて来ることあり。夕方ごろ、こちらのバースあいたとき、急に、大阪、神戸から出て、こちらへ向ふ船あるときハ、名古屋、横浜なら連絡あれど、大阪、神戸なら連絡なき故、予報なしに来る船もあり。
○夜の海の向うへ、パッ〳〵と光りを届けてやる。ブリッヂの明りから人の心こちらへ向けられる。
△夜八時四十分、風全く治まる。
○〰〰〰〰〰○
◬台風の時は避難船多し。窓枠から雨水吹き上げる。

◎日本海員掖済会
中央区明石町一番29（541）4661―4　振替口座　東京9790
国際信号書　¥3500
午後十時、東の窓からは清水市の灯がよく見えた。（うしろの道は県道――久能街道）
有度山（うどさん）
西側の山のむかうに久能山がある。　有度山
清水市〔「清水市」抹消〕
（日はその西山へ沈むなり）
清水市の港の灯は、チラ〳〵ときらめく。
（うしろに日立寮があり、そこで飲んで海へ出てゆく
酒のみの　ヨーイ〳〵と歌うたふ声。
明日は雨、海上ハ浪高く見通しも悪からん、と天気予報あり。
ラヂオはカンボジヤでの米軍の行動が解放戦線の行動〔「行動」抹消〕司令部、軍事補給処、病院等を十月迄回復不能に陥れるであらう、と報じてゐた。
◎10時半、風全く止み、ぬくとく、（月夜は海面照らす故Mast Lamp見えぬ。マスト・ランプ探し出すのがむづかしい）曇つてきて、視界わるくなり、伊豆の灯も見えなくなる。海までゆく自動車あり。すぐ引返す。
◎夜間の灯火について
1、檣灯（マスト）
海上衝突予防法で「マスト灯」と呼ばれるもので　もつぱら航

行中の動力船に限つて使用するもの。マスト灯は20点（225度）を照らす。視認距離は5海里以上でなければならぬ。しかし40屯未満の動力船でハ3海里以上なら可。

2、舷灯〔ここに船と舷灯の図〕

航行中の船舶がその船首の方向を示す舷側にかかげる事に定められてゐる一対の灯。右舷側は緑灯。左舷側は紅灯として、舷灯の視認距離は2海里以上でなければならぬが、小形船*では、一海里以上のものか、又ハ、視認距離一海里以上の両色灯を使用しても可。

〔ここに舷灯の図。次のように注記〕

緑光　着色ガラス（緑）　着色ガラス（紅）　紅光

3、三色灯

底引網で漁撈従事中の動力船が航行中にかかげる。（紅、白、緑）2海里以上の視認距離。

4、操舵目標灯。

他船を曳いて航行してゐる船舶、又ハ曳かれてゐる船舶のうちで最后部に曳かれてゐるものを除いた船舶が、その後方に曳かれてゐる船の操舵の目標とする為、船尾灯の代りに使用し得、煙突又ハ後部マストのうしろにかかげる。

7、白灯、

全周（360度）を照らす。**

停泊中の船舶〔「船舶」の誤記か〕
水先船、
漁撈中の漁船
｝など、

8、紅灯

全周。2海里。（水先紅灯は3カイリ）

水先動力船
運転不自由船
特殊作業従事中の船
乗り揚げてゐる船
｝

9、炎火　他船の注意喚起のため、又、漁撈中の船、水先船など。

＊船の船首尾線上にかかげる。〔ここに船と両色灯の図〕

＊＊
甲種――視認距離　3カイリ以上
2種――　〃　2　〃
イ種――　〃　不規定

◎航行中の動力船は、マスト灯、舷灯、船尾灯をかかげねばならぬ。

〔ここに動力船の図。次のように注記〕

長さ45.75米以上の動力船　船尾灯　紅　緑

◎停泊中、

前部のもつとも見えやすい位置に白灯をつける。

航行中の水先動力船
停泊中の水先動力船の灯火、
｝船尾灯はかかげない。

〔ここに水先動力船の図。「甲白　水先紅灯　2・40米以上」と注記〕

○――――○

Anchor

〔ここにアンカーの図。「STOCK ANCHOR（common anchor）」と注記〕

〔ここにアンカーの図。「STOCKLESS ANCHOR」と注記〕

25米（一節）8分位で錨をあげ。錨をあげるのに30分以上あげ

〔「あげ」抹消〕かかることはない。

（投錨の際の船員）

〔ここに投錨の際の船員配置図。「①②　WINDLASS　③④④」と注記〕

①Chief mate 一等航海士　総指揮

②BOATSWAIN,BOSUN　甲板長（水夫長）直接の指揮者

③Carpenter　船匠（大工）WINDLASS の操作、チェイン切りを担当

④Sailor　ボースンの命をうけ水を出したりチェインを切る。

投錨法

(1)単錨泊　前進投錨、
(2)　〃　後進投錨
(3)双錨泊　前進投錨
(4)　〃　後進〃〃

◎Fannel〔「Funnel」の誤記〕Marks

1、Swedish East Asia Line〔ここに煙突マークの図。「黄　黄（王冠）青」と注記〕

2、諾ノルウェー　WILH WILHELMSEN LINE〔ここに煙突マークの図。「黒　青　赤」と注記〕

3、英国　BANK LINE LTD.〔ここに煙突マークの図。「黒　黄」と注記〕

4、Everett ORIENT Line Inc.（会社は比、船は利）〔ここに煙突マークの図。「Eの字赤　黄　E　青　黄」と注記〕

5、スェーデン　Johnson Line〔ここに煙突マークの図。「黒　黄　青　J　黄　黄　黒」と注記〕

6、独乙　Hamburg Amerika Line〔ここに煙突マークの図。「黒　白　赤　オレンヂ」と注記〕
FRANGFURT〔「FRANKFURT」の誤記〕8959
Hamburg　9008
Hannover　8974

7、ノルウェー　Inter ocean Shipping corporation
KNUTSEN LINE〔ここに煙突マークの図。「赤　赤　黒」と注記〕

8、デンマルク　MÆRSK Line〔ここに煙突マークの図。「青　白　黒　七芒星」と注記〕

9、アメリカ　STATES LINES INC.〔ここに煙突マークの図。「赤　白　青　赤」と注記〕

10、オランダ　ROYAL INTER - OCEAN LINE〔ここに煙突マークの図。「赤　黒　青　黄の王冠」と注記〕STRAAT

11、（アメリカ）〔「（アメリカ）」抹消〕？　BFAR LINE（San

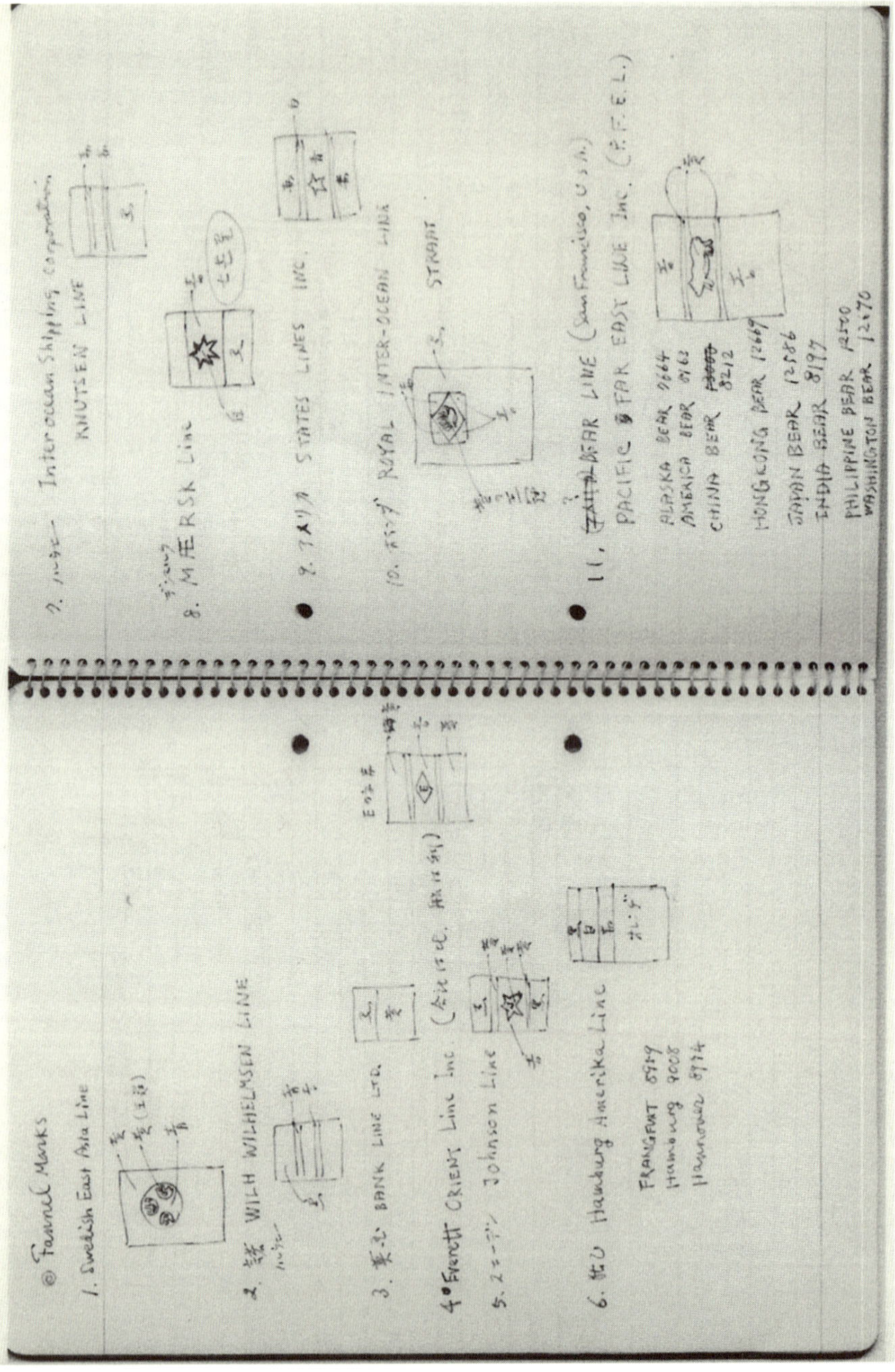
Funnel Marks
1. Swedish East Asia Line
2. WILH WILHELMSEN LINE
3. BANK LINE LTD.
4. Everett ORIENT Line Inc.
5. Johnson Line
6. Hamburg Amerika Line
FRANKFURT 8959
Hamburg 9008
Hannover 8974
7. Interocean Shipping Corporation
KNUTSEN LINE
8. MÆRSK Line
9. STATES LINES INC.
10. ROYAL INTER-OCEAN LINE
STRAAT
11. BEAR LINE (San Francisco, U.S.A.)
PACIFIC FAR EAST LINE Inc. (P.F.E.L.)
ALASKA BEAR 9664
AMERICA BEAR 9162
CHINA BEAR 8212
HONGKONG BEAR 12669
JAPAN BEAR 12586
INDIA BEAR 8197
PHILIPPINE BEAR 12520
WASHINGTON BEAR 12470

Francisco, U.S.A.）
PACIFIC FAR EAST LINE Inc.（P.F.E.L.）〔ここに煙突マークの図。「青　黄　青」と注記〕
ALASKA BEAR　7664
AMERICA BEAR　8163
CHINA BEAR　13000〔「13000」抹消〕8212
HONGKONG BEAR　12669
JAPAN BEAR　12586
INDIA BEAR　8197
PHILIPPINE BEAR　12500
WASHINGTON BEAR　12670

◎灯光標識：海上保安部

(赤)　(青)
風雨注意報
。————。

(赤)　(赤)
強風注意報
。————。

(青)　(青)
大雨注意報
。————。

(赤)　(赤)　(赤)
暴風｛雨／雪｝注意報
。————。

(青)　(青)　(青)
大雨／雪警報

○水先人が乗らなければならない船舶
- 外国船　G／T　300以上
- 日本船
  - 外航　G／T　300以上
  - 内航　G／T　1000以上

水先人不要の船舶
1、海上保安庁の船
2、国鉄の連絡船
3、防衛庁の船
4、海難救助に従事する船
5、内航定期客船
6、横浜では4回以上の航海実施の認可を得た船長のいる船

○船のLLOYD番号（LLOYDの register book の number）

○〰〰〰〰〰〰〰〰○

(点)　方位角単位　point
〔この部分に方位角単位の図。「360°（0°）　32　2　4　6　90°　8　180°　16　270°　24」と注記〕
全周360°を32等分　一直角を8等分　1点は11.25°　船首を基準として「船首2点右」といふように呼ぶことあり。

○信号部事務日誌
社長、取締役、部長、部長代理、課長、当直者の印

勤務者

展望状況

時刻	06	10	12	15	18	24
天候	晴	〃	〃	曇	〃	〃
風向	／	／	sw	〃	／	／
風速	／	／	3m	5m	／	／
視界	悪	〃	ヤ、良	〃	不良	〃

	入港船	出港船
総隻数	3	7
国籍別内訳		
日本	2	5
ノルウェー	1	
デンマルク		1
リベリヤ		1

Ⓢ信号符字点附通知書

			船質	G/T	所有	用途	
JAIK	汽	おーすとらりあ丸	鋼	24044	大阪商船	コンテナ	新造
JAMK	〃	新江丸（シンコー）	〃	10479	林兼造船	賃	〃

○信号符字取消通知書＊

JAEU	汽	宝洋丸	鋼	5314	同和海運	国籍喪失

＊理由 国籍喪失
- 沈没
- 解撤
- 独航機能撤去
- 職権抹消

○信号符字及び無線呼出符号の国籍別符字列配分表

	頭文字		
アメリカ合衆国	AAA—ALZ	フランス	FAA—FZZ
スペイン	AMA—AOZ	日本	JAA—JSZ
パキスタン	APA—ASZ	インド	ATA—AWZ
オーストラリア	AXA—AXZ	ポルトガル	CSA—CUZ
フィリピン	DUA—DZZ	リベリア	ELA—ELZ
ソヴエト	EMA—EOZ		

△横浜出港通報記録簿——

		出港時	受付時	A	P	回	管	先方——当方	
20/26	山里	1714	1719	OK	OK	OK	OK	水口	K

◎社旗と煙突

㊇を白字で抜いた神戸の八光汽船、同じく㊇を赤で白地に描いた社旗。

[ツル]を白字抜きの煙突。社旗は白地に赤。

〔ここに社旗と煙突の図。「黒　住友金属鉱山。社旗は白地に赤」と注記〕

〔ここに社旗と煙突の図。「黒　これを白字に藍に書いた社旗は八

馬汽船。」と注記〕
〔ここに社旗と煙突の図。「大阪商船」と注記〕
〔ここに社旗と煙突の図。「黒　メガネのやうな　東京　東西汽船」と注記〕
〔ここに社旗と煙突の図。「白象　黄いろい月　黒　黄いろい下弦の月に乗つた白象のファンネルマークは大阪造船所。」と注記〕
〔ここに社旗と煙突の図。「赤　青　生田海運（神戸）」と注記〕
〔ここに社旗と煙突の図。「ただ白い星のみ　Everett Star Line San Francisco U.S.A.」と注記〕
〔ここに社旗と煙突の図。「London の Prince Line Ltd.」と注記〕
〔ここに社旗と煙突の図。「緑　Canadian Transport Co.LTD.」と注記〕

○深夜十二時四十五分
濃霧〔「濃霧」抹消〕視界すこぶる不良、何も見えぬ、風ピタリと止む、どんよりしてゐる。気温も高い。

○年齢のごときく
十七才で、モールス出来るか？
中学を出ると十五才。
〔この行抹消〕
符号を知つておいて試験、正規の授業に入つて音にふれてゆく。
（符号と音とミックスさせて学んだのが小泉氏）
無線学校は三年。モールスを知つてゐれば二年で中退、十七才。
国家試　無〔「国家試　無」抹消〕通信士免状。（一級、二級、三級、）
〈県立補導*訓練所は二年〉

○2時半
＊大工、佐官
◎県立補導訓練所二年で卒業した。草薙にある。中卒の学歴。無線士三級の免状はとれる。

ここから書く、
△2時半――天空に星あり。電話ありて、淡田（三時着の筈）が四時に着くといふ。
2時ごろから、漁船あまた興津沖の白すをとりて、前を通りて右へいそぎ帰る、焼津へ。朝の市に間に合ふやう。帰着五時前なるべし。お互ひにマイクで叫ぶ声、すぐ近くにきこゆ。エンジンのひびき、次々と海上を辷り、帰りゆく。

（小泉君、十二時前仮眠、一時とびおき望遠鏡をのぞき、又眠り、二時頃起きて夜食、又眠る）
△3時半――月出るべきに、空薄曇りにて何も見えず、ただ、後方の団地の明り、清水の灯明るきのみ。裏にカジカ仄かに啼き、一番鶏かすかに鳴く。冷気つのる。四時の船未だ見えず。北の方、横雲ほの白むのみ。
△四時五分前
あたり白みかかり、ビニール・ハウス白くなる。粟田丸入つてくる。
前方マスト灯と後方マスト灯との距離の大なること、近くの小さい船の、二つの灯の距離の小なると比ぶべし　右舷の赤い舷灯も見*ゆ、
発光信号にたちまちこたへて、舷灯のすぐ左より　おそらくワ

ッチの航海士の応信ならんか、粟田丸と船名を告げたり。

望遠鏡をのぞくに、発光信号はじけ出て、間隔よみがたし。光度強すぎると、ツートンがくっついて見える惧れあり。

＊部屋の角の柱に妨げられ、一寸発見おそいと、光りが届かぬ。

△四時二十分

すでに空青み、朝雲の形あいまいに空に見ゆ、あたりは青きかはたれ也。

四時半――東の空ほのかに赤らむ。雲の上にかすかに〳〵ほのかな紅ゐあり。岸との間の境界しつかりして来て、紅い灯のついた漁船ゆき、水の色もかすかに見ゆ。灯の水への投影もわづかに見ゆ。目前のコンクリートすでに歴然たり。紙上に字すでに書きうる明るさ也。二分たち三分たち、すでに明るさ増し、波の筋目も明らか也。

四時四十五分、〈朝焼け〉

日の出十分前の朝ぼらけの美しさ　雲、やはらかに、バラ色に重なりて、その間の青みがかつたところ、フラゴナールの絵の如し、（伊豆の山なみ、冬はクッキリ見えてそこより来迎）

バラ色の横雲、夢のごとく棚引き、日に近きところきめ〔「きめ」と再度書き直し〕こまかき雲に、遠き山腹の如きもやうあらはれ、幻の国土の如し。その上煙りたる紅ゐ〔「その上煙りたる紅ゐ」抹消〕その上煙りたる紅ゐあり。下方の薄鼠いろの海に臨める　バラ色の国土の岸辺の山の裾を見る如し。バラ色の国ひらく也。4．52分

眼下の緑鮮明になり、冷たき東の朝風来る。高圧線＊の電線は、日の出の空へ向つて集斂す。いよ〳〵4．54の日の出の刻限に、紅ゐの色うすれゆき、青き雲に吸はれゆく。日の姿見えず。薄曇りの一日はじまる也。紅ゐは薄れ、日は〔「日は」抹消〕光りはほのめき拡散す。たゞ上空に絹糸の如く光る雲散らばるのみ。上空高く〔「上空高く」抹消〕

＊白き碍子、曙に白くくつきりと見ゆ。

△五時五分

東の〔「東の」抹消〕曙の雲はすでに空に拡散され消えて、雲うすくて地平をおほふに、第二の鉄塔の途中、太陽見ゆ。洋紅色の、唇の如き日の出也。

薄ずみ色の雲の間より〔ここに雲と雲ごしの太陽の図〕やがて歴然と洋紅の夕日の如きメランコリックの日の出。紅い月の如し。

その右方に長く長く、黒き蛇の如き雲長く引きたり。雲の御簾ごしの紅き太陽。やがて又雲上下より閉ざして、洋紅の光る唇の如く薄い皮肉な唇の冷笑の如き太陽は消えてゆく。唇は消えてゆく。ます〳〵薄い唇。ます〳〵ほのかに。日は雲の中に佛陀の、カンボジヤのバイヨンの佛の唇のやうに薄い唇は消えて灰色になる。

却つて、上空のはうが明るくくすんだ光りに充ち、（駿河湾、ビニールを捨て、海藻の上に引つかかる故、小魚が寄つて来ない）

△五時十分〔「△五時十分」抹消〕

（月光の晩、ハウスに照りかへし、消防署で、見てゐて、煙も出てゐて火事と云はれ、さにあらざりし）

△五時十五分――第二の鉄塔の上に、今度は、や、黄金色の日の

割れ目見ゆ。
△五時三十分――Pilot 松田自宅への Tel.
「ホンコン・マーチャント、視界不良で確認できませんでしたから、もう入港してると思ひますから、よろしくお願ひします」
△五時五十分――「ホーコン・マーチャントは入つてない」といふ電話あり。
「電報は夕方きいたら、代理店では五時といふ電報入つてゐたといふんですがねえ」
PILOT 五〇才
△六時――トタン運搬船入つてくる。はじめて日、雲におほはれて、高くのぼり肉眼で直視しうるほどの弱き円光を放てり。
◎清水市桜ケ岡*――バス20分　港南線忠霊塔 Bus Stop 止りでバスを下りて、三保、久能山別れ道のつきあたりから、県道へ上つて勤め先へ来る。
＊2DK、アパートに住んでゐた。五棟のアパート。
二三年は田圃多かりしに住宅地ふえつつあり。
○六時十分――
日強くなり、東の海、金らんの帯の如く輝けり。ビニール・ハウス、ギラ〳〵かがやき出す。
電話「入港船ですがね、日東、粟田……それから香港マーチャントですかね、確認とれてゐないんですが」
船舶台〔「船舶台」抹消〕「若富士さん、日東丸ですがね、入港してをります*」
＊Tag boot の呼出し。
Tag は三のGで連絡する場合もあるがほとんど信号所で連絡することがふつう。
○〰〰〰〰〰〰〰〰〰〰○
山へのぼるとコジュケイ鳴く。（キジ放し飼ひ。）（タクシー野兎をひけり）
3.53　4.13　4.25　[4.33]　[3.20分]
プロパン〔「プロパン」抹消〕都市ガス
｛12500
共益費用250（水洗）、
6畳4畳半、*
水屋
風呂附
二階建
東向きの窓から富士正面、正面高圧線よこぎる　近所分譲地、畑、建つたのが去年、新らしい。新建材の壁　サッシュの窓
〔ここに戸棚の図。「笹の葉もやうガラス　板」と注記〕
｛六畳：薄紫の壁――杉天井
四畳半：緑いろの壁――杉天井
天井は張柾　材木は米材
アルミ・サッシュ窓（紅葉　蔦もやうのガラス　内側障子）
＊皿の棚　プラスチックの戸棚
二階へ外から自由に入れる。外のテラス青い天井。（敷金：家賃

の三ヶ月分）
〔ここに部屋とその周辺の図。「東窓　北　畑―みかん畑（分譲地）青い建材の住宅、―おかみさんの井戸端会議」と注記〕
（有土山〔「有度山」の誤記〕麓の裾のベッド地域）
〔ここに部屋とその周辺の図。次のように注記〕
バスで清水へ、清水駅
富士山　←
日本鋼管のクレーン（三保）三保のクレーンの頭。天気よければ沼津までぼんやり。
高圧線、
東窓　東　南　西　北窓　北
龍爪山　山々
静岡は山裏、
〔ここに部屋と周辺の図。次のように注記〕
こんもりした森　南の白い四階のアパートの先に火葬場　一キロ　火葬場の火見えぬ。材木集積場　一杯の材木　4000坪の逞しい木の断面、北〔「北」抹消〕
南　テラス　北〔「北」抹消〕西　Ⓝ　東　4帖
半　入口　キッチン　便所　風呂場　6帖　窓　窓
二階テラスから日本平*のホテルの灯はつきり見える
自動車道路のライトの点滅よく見える。

＊テレビ塔（民放とＮＨＫ）の赤い灯。
田圃を埋めて作れり
｛犬歩いてゐる。
　雀立つてゐる。
建てかけの家
（清水のネオンはここから見えぬ　国道筋のネオン赤くぼうつと空映ゆるのみ）
玄関の洗濯物
◬大沢川に火葬場、〔「火葬場」と書きかけて抹消〕水源は、ホテルの下のはう、ホテルの真北、
◬赤インクと青インクの手紙。
「けふはあなたの口からひどい言葉をきいてあなたは偽紳士*とわかつたので軽蔑します……己惚れは御禁物!!!」*
＊〔二箇所〕肝腎のところ赤、
三百六十五通の日記風の手紙。

象のやふな目、鼻は小さく口は大きい。ツタンカーメンの髪。
○「日本を永遠に捨てる」――イタリー人に惚れられてゐる。
その両親が白血病で今にも命わからぬ。死ぬまへの老人のためウソの結婚の約束をした。

「ローマへ行く」（三週間でかへる）「東横線沿線にアパート」

「私は癌で死ぬ」
◎ネクタイの三本　一本づつもつてくる。

イタリーではネクタイをもらふのは恋人もワイフもゐないといふ証明。
淡田さんは私をだましました。

◇「豊饒の海」ノート翻刻に際しては、三島由紀夫文学館の協力を得た。記して謝意を表する。
◇今日の観点から見ると、差別的と受け取られかねない語句や表現があるが、著者の意図は差別を助長するものとは思えず、また著者が故人でもあることから、翻刻者の判断により底本どおりとした。本誌掲載の創作ノートは、以後も同様の扱いとする。

鼎談

「こころで聴く三島由紀夫Ⅱ」アフタートーク

「葵上」をめぐって

■出席者　宮田慶子・松本　徹・佐藤秀明（司会）
■平成25年7月6日、7日
■於・山中湖村公民館

「こころで聴く三島由紀夫Ⅱ」が平成二十五年七月六日と七日の二日間にわたって、山中湖文学の森　三島由紀夫文学館の主催により、山中湖村公民館で開催された。今回は第一日目、午前はレクチャー＆演劇ワークショップで講師・篠本賢一、午後はリーディング「班女」演出・小林拓生、出演・神保麻奈、竹田りさ。短編と詩の朗読・好村俊子、栗山寿恵子、松本紗奈美。

第二日目はリーディング「葵上」演出・宮田慶子、出演・橋本淳、河合杏南、山崎薫、北澤小枝子。アフタートーク「三島演劇の可能性―『葵上』」宮田慶子（新国立劇場演劇芸術監督・演出家）、松本徹（三島由紀夫文学館館長）、佐藤秀明（近畿大学教授・三島由紀夫文学館研究員）が行われた。

初日は天候にめぐまれなかったが、両日とも熱心な入場者が多く、昨年に引き続いて盛況であった。今回のアフタートークは、佐藤秀明が司会した。

■若い俳優たちによる

佐藤　トークに入る前に、リーディングをしていただいた俳優の方々の紹介を演出の宮田さんにお願いしたいと思います。

宮田　今日は本当に集中して聴いていただいて、ありがとうございました。私からも深く御礼申し上げます。リーディン

左より，宮田慶子氏，松本　徹氏，佐藤秀明氏

■プロフィール
宮田慶子（みやた　けいこ）
演出家、新国立劇場演劇部門芸術監督。
昭和三二年（一九五七）東京生れ。学習院大学国文学科を中退、青年座研究所を経て、青年座に入団。「セイムタイム・ネクストイヤー」で平成二年文化庁芸術祭賞、「MOTHER」で平成六年紀伊国屋演劇賞個人賞、「ディアー・ライアー」で平成一〇年度芸術選奨新人賞を受けるなど、受賞多数。オペラ「沈黙」を手掛けるなど幅広く活躍、三島作品は「朱雀家の滅亡」を平成一九年と二三年の二回演出。

グという形はなかなかご覧になる機会もないかと思いますが、舞台の戯曲をお芝居ではなく、台詞を、俳優が台本を読むという形で、戯曲の魅力を何とかお伝えできたらなという試みの形でございます。今回は若いメンバーでまいりました。あたたかく見守っていただいて、本当に感謝しております。では、まだ舞台が終わったばかりで、緊張の震えがやっととれたばかりのようですが……。お言葉に甘えて一人ずつ紹介させていただきます。葵とト書きを読みました北澤小枝子でございます（北澤さん登場。会場拍手）。看護婦を演じました山崎薫でございます（山崎さん登場。会場拍手）。生霊となって現れた六条康子を演じました河合杏南です（河合さん登場。会場拍手）。そして、若林光を演じました橋本淳でございます（橋本さん登場。会場拍手）。

今、楽屋に帰って、「ふう……」と（笑）。ものすごく緊張していたようでございます（笑）。どうもありがとうございました。（出演者は礼をして退場、会場から大きな拍手）。

佐藤 橋本淳さんのファンがずいぶんいらっしゃるということで、若い女性の姿が見えます。今日は、『近代能楽集』の内の一つ「葵上」でしたが、松本さんから感想をお伺いしたいと思います。

宮田 お手柔らかに……。

松本 始まる前に、「今日は、悪口言わせてもらいます」と言っていたんですが、若い人たちが三島の台詞に真正面から取り組んで、生きた言葉にしてくれているのを聞いて、それだけで感激しました。いま、生きた言葉にしてくれている、と言いましたが、それが容易でないのは言うまでもありません。血のにじむような訓練を重ねた成果ですね。宮田さんの、さぞかし厳しい、しかし行き届いたご指導の下での。ただし、そうして口にしている台詞は、当の人たちにとっては未経験、これから経験しなければならない人生の一番厄介な、男と女の葛藤です。僕なんかはもう卒業しちゃって、そんなことあったかなという感じですが、その厄介なところを、くっきりと声にしてくれているんですね。それだけに何とも複雑な思

「葵上」の舞台

いをしながら、うかがいました。後半からはだんだんと迫力が出てきて、あの若さで六条御息所の何とも高貴で、嫉妬に狂う女を、そして、あの憎たらしい色男、光源氏をちゃんとやってくれるんでね。そして、葵上の呻き声のすさまじさ。もしも、人生でああいう声を耳にしたら、私は本当に逃げ出したくなります（笑）。そんなこと思ったり感じたりして、充実した時間でした。宮田さんの演出家の色々な側面を僕は見せていただいていますけど、ある意味で、

前回はどちらかというと厳しい、意地悪な宮田さんを拝見したと思ったのですが……、今日は、やさしくも行き届いた宮田さんを見せていただいたと思っております。

宮田 ありがとうございます。

佐藤 宮田さん、何かお言葉がございませんか。

宮田 昨年は「弱法師」を持ってお伺いさせていただきまして、その時も、本当に何て三島さんの本は難しいのだろうと痛感したんですが、今年も本当に難しかったですね。もちろん、まだ若いメンバーで男と女の愛を演じなくてはならないということもあって、稽古場ではいろんなことを話し合うんです。「男と女の愛っていったい何なんだろう」とか、「そもそも人を愛することと自己満足や自己愛とどう違うのだろう」とか。これは決して可哀そうな六条康子の物語ではなく、やはり、こういうふうになっていってしまう愛の本質にかかわるはずですね。愛されたいと願うのは、愛情ではなくて、自己愛でないかとか、そんなことを若い人たちといろいろ話し合いながら、作ってきた芝居です。そこらへんが一番厳しく、難しいところかなと思いました。『近代能楽集』は、上演前の館長のお話にもありましたように、今回の「葵上」も四十分程のものなんですが、まあ、その中に色々なものが凝縮されているんですね。本当に手強いなと、改めて思いました。

佐藤 私はですね、今日の「葵上」を拝見しまして、野球のピッチングで言いますと、ストレートしか投げない、そういうピッチングをされたなと感じました。変化球を使わず、ストレート一本でいきましょう、というような。戯曲の言葉を非常に丁寧に追っていく、気持ちのよいリーディングでした。言葉を語るだけの台詞劇に今日は仕立ててくださったんですが、そうなりますと、ト書きにあるように、実際の舞台は病室という非常に殺風景な閉ざされた場所ですね。そこへいきなり外の象徴とも言うべきヨットが出てくる。このところなど、今日のリーディングと違った演出をなさるんではないかと思われ、知りたくなります。そのあたりのことを、よろしければお聞かせください。

■ヨットの出し方

宮田 全く仰るとおり、私が演出するなら、ヨットをどう出すか、そのところに一番頭を悩ませるだろうと思います。この作品もいろんな演出がなされ、舞台一面が帆船の帆のようなもので覆われたり、ト書きに比較的忠実にちょうどベッドを隠すぐらいの大きさのヨットの帆が出たり、全くただの白い布がストーンと落ちてくるとか、拝見した中にはそんなものがありました。ちゃんとした舞台演出は、わたしはまだやったことがないんです。もし演出をするとしたら、うんと小さなもので、お客様の想像力によって大きく見せるとか、それこそ、お能の基本に帰るのじゃないですけれども、くるりと一つ回って見せると、別の空間へ行くというような、それに近い手法がとれたら素敵だろうなと。その辺を目指すんじゃないかと思いますが。

佐藤　お能の舞台でしたら、小袖をそっと置く。それが、病人の葵となるような、そんなことになりますね。それと匹敵するような形でヨットの帆を出すことをお考えになられているのかなあと、伺いました。松本さんは今までいろいろな舞台で「葵上」を観てこられていますが、どうですか。

松本　初演の舞台を観ています。装置は芥川比呂志でした。当時、芥川は健康がすぐれず、役者ができなかったので、装置で名を出して置こうという配慮からだったらしいですが、ヨットは、私らが若かった時代は、最大の憧れの的でしたね。最も素敵でカッコイイもの。その実物がスーと舞台に出てきた時の衝撃は忘れられないですね。それ以降いくらヨットが出てきたり、オートバイや自動車がでてきても、たいして驚きやしません。

宮田　やっぱりね（笑）。

松本　三島の好きな歌舞伎の舞台では、小舟は勿論、大型の船がいくらも出ます。そういう意味で、今日のヨットの出ない「葵上」の舞台が新鮮でした。あそこで時点が過去へと変わり、男と女として睦みあっていた情景になるのですが、それが台詞のやりとりだけで、あざやかに出ていて、本当にこれはすごいなと思いました。幻のヨットもありありと浮かんできましたね。しかし、あの時代、観客が予想もしないヨットを出したのは、のちのちにいろんな影響を与えたんじゃないでしょうか。

宮田　そうですよね。最初に佐藤先生がお話になられたように、病室という殺風景な、全くただのマッチ箱のような空間の中に、湖の水面を思わせる、そして自由の象徴であるようなヨットの帆が現われる。全く別物を持ち込み、全く違う世界に入る。能に倣って、どこまでも行くんだ、という一つの挑戦なんだろうと思うんです。

松本　当時の新劇の世界では、とんでもない出来事だったんでしょうね。

宮田　そうですね。リアリズムの演劇が多かった時代ですから、かなり衝撃的だったと思いますね。

佐藤　もともとは『源氏物語』がオリジナルですけど、六条御息所と葵上の俥争いの関係で牛車が出てくる。ここでは高級車になっていますね、台詞の上だけですが。『源氏物語』の流れからすると、ヨットではなく、自動車のほうが自然じゃないかと思うんです。

宮田　なるほど。

佐藤　それをヨットにしてしまった。たぶん風を、外気を感じさせるものを入れたかったのかなというように感じましたけれど。

■不思議な看護婦

松本 病室の閉鎖性を強く意識すると、そういうことになるかもしれないね。それよりも厄介なのは、看護婦の存在じゃないですか。「リビドォの亡霊」だなどと言い出す。

宮田 不思議な看護婦さんですよね(笑)。

松本 不思議な看護婦で、正直あの場面が嫌いだったんですよ、僕はまじめですからね。

宮田・佐藤 (笑)。

松本 「リビドォ」なんて言われると恥ずかしくて逃げ出したくなるんです。ですけど、精神分析は、二十世紀最大の問題ですね。性という最も悩ましく不可解なものを、科学的に解明し治療してみせるという立場ですね。それに三島は真正面からぶつかりながら、ちゃかして見せている。だから、あそこには笑いがベースにあるはずで、われわれ観客はそういう態度で見るのが本当かなとも思いました。

佐藤 そこを宮田さんに伺いたいんですが。私もいくつかの「葵上」を見ていますが、どうもあそこが浮いてしまうというか、何かおかしな感じになってしまうんですね。今日は、そこを落ち着かせよう、落ち着かせようとしているように感じられて、それが妙に良かったんです。つまり、この人は知的なレトリックを撒き散らす看護婦さんですよね。こういう人が看護婦でいてもいいんじゃないかという感じが今日しました(笑)。

宮田 こんな人がいらしたら、知的でいいですね。

佐藤 看護婦さんがああいうレトリックを撒き散らしていますが、彼女には彼女の私生活があって、病院の院長さんや若い先生と性的な関係を持っていたりしているかもしれない。そこに若い若林光がやって来ると……。

宮田 そわそわする。

佐藤 ええ。知性も人間味もある看護婦という感じで、良かったと思います。

宮田 そうなんですよ。不思議なんですけれども、今仰ったように、精神分析で性的コンプレックスを抱えている人間たちを、この病院で預かっていて、それを分析して解放してあげればいいんだと言っている。でも、本人が言ってることは、結局、コンプレックスもただの欲望の変形ですから、そんなものは解放して、囚われないでいますよと言って、それでいて、そんなことをやっていること自体の滑稽さというか、それをあらわしている存在だなというふうに思いますね。

松本 三島さんは、中学生のころからフロイドなどを読んでいるんですが、結局のところ、精神のゴミ箱をひっくり返すようなことはいい加減にしろ、といった立場になるんですね。僕も大賛成で、根本にはそれがあると思うんです。だけど、その精神分析によって二十世紀という世紀が作り出した、ひどく抽象的な、エロスもセックスも理知的に処理可能とする特別な空間、病室を構築してここに差出し、そのなかに『源氏物語』の六条御息所のドロドロとした恋愛を置いてみるっていう、そういう構造だと思うんですけどね。

佐藤　私たちは、制服を着ている人ってとっても苦手ですね。その制服のイメージですぐ作っちゃうんです。看護婦さんだって、それぞれの個性がありますし、それぞれの生活を持っているんですけど、看護婦と言われただけですぐ制服を思い出して、そして、もう無個性にしてしまって、職業という形で見てしまうということがありますね。

宮田　うん。わかります。

佐藤　ところが今回のを見ていると、この人は看護婦ではなくて、ちゃんと個人として生きている人なんだって、そういう感じがしまして、そこは非常に入ってくる感じがしました。

宮田　ありがとうございます。うれしいです。

■台詞のない葵の存在感

佐藤　それから葵がすごかったですね。呻き声が……。

宮田　よかったです（笑）。

松本　あの効果ね、すごいですよ。間合いの取り方、声そのものもすごいし、その前に狐の声が出て来るでしょ。それが伏線になって、見事に生きてますね。

宮田　なるほど。嬉しいですね。狐がね、雞の首を裂いて……。

松本　音とそのイメージの効果を存分に生かしています。

佐藤　たぶん、実際にお聞きになった方も耳に残っていると思いますけど、これまで葵は忘れられているんですけど、あの声で他の役者さんに勝ってしまった（笑）。

松本　「葵上」での葵の存在感は、もともと希薄なんですがね。

宮田　葵っていう役は台詞がないんですものね（笑）。

佐藤　それに寝ているだけ（笑）。

宮田　そして、呻いているだけ（笑）。

松本　一番最後にベッドから落ちるんですが、いろんな役者がドーンと勢いよくやるんです。たけど、なかなか存在感が出せない。けれど、今日はうめき声ひとつで存在感が出ちゃった。これは役者の技量もあるでしょうが、やはり宮田演出の凄味かな。

■高貴な女の情念

佐藤　登場人物一人ひとりについて話を進めたいと思うんですが、六条御息所は、高貴な女性ということで、三島由紀夫は「ただあくまで、六条御息所の位取りが大切で、安っぽい嫉妬怨念劇であつてはならぬ。」と、初演のプログラムに文章を寄せています。「女の業」という文章では「『身分の高い女のすさまじい嫉妬の優雅な表現』といふ点では、諸外国にも例を見ない、日本独特の伝統の不滅の力に負うてゐるのである。」と。戦後では身分の高い女っていうこと自体、もうお話の中のことになってしまって、日常ではなかなか感じられなくなっています。つまりお芝居やお話の世界の中のことにしかなっていないんです。それを非現実的なお話でなくするにはどうするのか、そのところが大変難しいところではないかと思います。宮田さんにその辺の工夫をお伺いしたいと存じます。

宮田　一番難しいところですね。この戯曲の本当に難しいところです。仰られたように、今日の若い俳優は、高度成長期も終わってから生まれたような子たちですから、そういうことは見当もつかないんですね。そこで、自尊心というか、自分のプライドというようなところを拠り所に、自分が何を恥かしいと思うか、何をしたらみっともないと思うか、そういった僅かな自分の中の思いを増幅させていく。それを手がかりにしていくことしかないですね。もちろん俳優ですから、どんな身分も、どんな悪人も、どんな善良な人も、どんな時代の人間も演じなくてはならないので、僅かな手がかりを基に、そこを増幅していくしかないんですね。まあ、今回もどちらかというと、身分的なことは想像もつかないので、個人のプライドを基に話し合ったりもしました。

松本　なるほど、役者はそうして育っていくものなんですね。しかし、無責任な観客の立場から言えば、怨念とか嫉妬とかをほとんど知らない、初々しい若者が出てきて三島の台詞を喋る。その隔たりですね。生身の役者と台詞、その隔たり自体が面白いと、そういう見方もありそうですね。三島が築き上げていく、とんでもない嫉妬の劇が、彼女達や彼の上に将来どーんと圧し被さってくるはずだが、その時、どうだろうなと思ったり。

佐藤　何とも意地の悪いことを……（笑）。

松本　三島のお芝居っていうのは、リアルなものは求めなくていい。そして、このリーディングっていうのは、そういうことを求めなくても成立できる世界だと、演出家宮田さんのご苦労を、ある面ではないがしろにしかねない考え方ですが、成立するかもしれないと思うんです。若い役者の生身と、三島の高度に洗練された台詞が、大きく隔たり、対立する緊張感が、独特な力になる場合があるのではないか、と。

宮田　そうですね。さきほどの舞台の冒頭でも看護婦が「よくお寝(よ)ってらっしゃいます」と言いましたが、「お寝ってらっしゃる」という言葉は、今使わないじゃないですか。ですけど、美しいですね。「眠ってますよ」「お休みですよ」ではなくて、「お寝ってらっしゃいます」って言う。この言葉一つでもね、彼らはどうしても「オヨッテ」とはっきり言う。字でしか捉えられないからです。本来は千差万別な音色がある。その音色はやはり、おそらくその辺を本当は理解をしていると、リーディングでも出てくるべきだと私は思っていて、挑戦しているんですが。

佐藤　私は、「お寝っ(よ)て」というところをどういうふうに発音するのか、実は意地悪な耳で聞いて、館長とどっちが意地悪かわからないですけれど（笑）、何度も何度もここは練習したなと言う感じがしました。

宮田　いやあ……（笑）。

佐藤　普段、絶対使わないですからね。

宮田　使わないですね。

佐藤　「お寝って」っていうのを日常の言葉のように使うのは、やはり難しいですね。しかし、問題はこの一語だけにとどまらず、六条御息所を演じるなら、その他の全部もそれに合わせてやらなければならないんですね。それは大変な苦労だろうと拝見したんです。私はですね、『近代能楽集』の「葵上」を読みますと、男の声が聞こえてしまうんですよ。六条御息所の台詞が。美輪明宏がやったりしていますから、男がやった声が、活字から聞こえてしまうんです。これを生身の女性がどうやってやるのだろうと。男が女装をしてやれば、異次元の感じがどうしても出ますから、そこに高貴さというものを何か変換させて演じることができるんですが、生身の女性がやるとなると、これは酷な話ではないかと思って聴いていたわけです。（館長に向かって）男の人の声が聞こえてこないですか。

松本　あなたはディテールを大事にして、見ているね。僕はもうちょっと大ざっぱ。先走って、女性の役を男にして、光だけ女性にした方が面白いんじゃなかと思っちゃうね。光を絶世の美女が演じて、男の台詞を喋る。

宮田　なるほど。

松本　「葵上」の看護婦などはね、現実に存在しない人間ですからね。男の方がかえっていいなと思いますね。リーディングって、目の前の場面に縛られないでしょ、だからいろんな想像力を刺激してくれるんですよ。だから、あっ、これ男であったらもっとすごいかなと、目の前の役者さんにはちょっと申し訳ないなと思いながら、そんなことも思いますね。

宮田　考えてみます（笑）。

■六条康子と御息所と

佐藤　今回演じた河合さんは、お若い方なので、ちょっと中年のゴージャスな女性を演じるのは大変難しい。下手なことをやるとブルジョアの悪い女になってしまう。「葵上」には現に「ブウルジョア」っていう言葉が出てきますけれど、ここでの設定はブルジョアではなくて、高貴なということでしょう。しかし、日本ではごく一部にしか残っていない。その高貴な人とは、得るものは何もなくて、失うものだけを持っているような人じゃないかと思いますが、そういう彼女が一番大事にしている誇りを、ここで失うわけですよね。それをどう生身の若い女性が見せてくれるか。今日は、そこに興味がありました。

宮田　そうですね。今回は、河合杏南という、背伸びしてもまだまだ届かない者が、高貴な女性を演じて……。気をつけようと思ったのは、生霊となると、下手すると全編おどろおどろしい演技になる場合があります。その辺をどう抑えるか。それからヨットの場面になるのですが、あそこは彼女が仕掛けたトリックみたいなものでしょうが、ヨットでは、恋をした時のちょっと可愛い、初々しいと言いますか、年下の男性に、家の体面などありながらのめり込んでいく時の、ちょっとした可愛らしさとか。それから、僅かなんですけれども、最後に電話の声を通して、彼女の現在がフッと感じられる。あそこはおそらく、とうに恋に敗北して夫のところへ戻った妻なんですよ。あの最後の電話のところって。恋の敗北をした女のところに、かつての恋の相手から真夜中に電話がかかってくるっていう。このところ、上手くできたか分からないですが、ちょっとか細くやってもらっています。不安もたくさんあるんですね。こんな時間に電話がかかってきて、夫の手前という気持ちもありますし、彼女はとっても傷ついているはずなので、触られるのはとても怖いはずなんですね。光から電話がきて。その辺が今現在の六条康子の姿。だから大きく言うと、最初に登場した姿と、「捨てないで」と言い始めてからの康子。そして、ヨットに乗ってからの康子。そして、最後の電話の康子。

佐藤　四つ。

宮田　そうです。四つの康子の姿が、何となく追っていけたらなと。そういう構造的なことを演じられたらいいねって。

松本　(佐藤に向かって) 今、宮田さんが康子は夫のもとへ戻ったと仰ったでしょ。あなたはそんなこと考えたことある？

佐藤　ありませんね。新鮮でした。

宮田　やはり未亡人とすべきですか。

松本　『源氏物語』ではそうなっています。だから私などは、頭から康子の夫は死んでいて、一人寝の冷たい床でもんもんとしていると決めつけて来ているのですが、考えてみると、三島が書いたテキストには、ただ六条康子とあるだけですね。だから、現代劇として扱う場合、そういう解釈も可能と言えば可能ですね。道理で、今日の生身の康子の電話の声が、やさしかった。

佐藤　今日の声は大変結構でした。絶対に今日の声を支持します！ (笑) というのも、生霊はその人とは別なんですね。宮田さんがおっしゃったように、生活者としての康子と生霊とはなだらかに繋がっていて、それでいながら区別もされている。そのあたりのところが声で表現されていました。夫のもとへ帰っているというのには意表を突かれましたが、『源氏物語』の設定から離れた解釈による舞台があってもいいですね。書かれていないところは、今日において予想される設定を考えてよいはずです。

宮田　そうですね、私たちが現に生きているこの世界に、康子も光も葵も置いて、想像をめぐらせるのが前提だと考えています。

佐藤　その光ですが、どういう存在なんでしょう。ファンの方もいらっしゃいますが（笑）。何だか割合常識人ですね。

■若林光と光源氏と

宮田　そうですね。光源氏に生き写しって言うか、悩み苦しみながら、恋から恋へと渡り歩く男かなとも思ったりするんですけれど、どう読んでも、葵が病気で倒れたのを疎ましく思っていると、思うんですよ。

松本　うん、そういう感じ。

宮田　葵を好きで、いろんな経緯があって妻にもらったんだけれども、もらったらすぐ病気だし。「出張で忙しいのに、しょうがないから帰ってきましたよ」みたいなこと、初めに言うじゃないですか。何であんなこと言うんだろうって。まあ、戯曲っていうのは情報量が限られていますから、そこから根掘り葉掘り、重箱の隅をつつくしかないんですけれども、わざわざ三島さんがああいう台詞を書いているんですね。他のことでもいいんですよ。何か言いそうなことを言えばいいんだけれども、「全く大変です。一生懸命帰ってきたんですよ」って。あの時代だと、おそらく関西に出張していたんですね。午前中に仕事を済ませて、それから列車に飛び乗って、東京までだと十時間ほどかかって、やっと真夜中に帰り着いた。葵の方は入院しておそらく二、三日たってる。あの夫婦関係ってあんまり良くないんじゃないですか。ひたすら光が葵の面倒を看る形ですね。そして、彼は三回タバコを吸うんですよ。芝居の中で。その態度の悪さっていうと……（笑）。

佐藤　なるほど（笑）。彼も光源氏ではなく、若林光だということですね。

宮田　これはね、決して心優しい恋する男っていうんじゃないんですよ。もっともっとリアルだと私は思う。そして、「どうぞ私を捨てないで」と言ってすがりつく六条康子に、「とっくに捨てられたくせに」って言うんですよ。自分がやったことを、相手の受身のかたちをとって「とっくに捨てられた」って言う。彼の中には、捨てたという意思がちゃんとあるからですよ。そう考えると、かなり残酷というか、結局、自己愛なんじゃないかという話になってくるんです。彼は上昇志向をもって女を追いかけていきますね。だから、言い寄ってくる女はあまり好きではない。『源氏物語』の源氏もそうですけれど、自分が追いかけている女が好きなんですよね。そういう男だから、過去として清算してしまおうと望んだり、何か鬱陶しいなあ、足もとにまとわりつかれてて、と思っているような関係の中にいながら、最後の最後に六条康子を追いかけて去るんですよ。だから、葵は死ぬんです。ベッドから転がり落ちて。最後の「手袋を取ってちょうだい」という台詞は、よっぽど魅力的だったんだなと私は思うんですけど。

それでフッと捨てた女なのに、そのプライドの高さに引かれ、もう一回、病身の葵を捨てて出て行ったと思うんですね。だから、少なくとも、もう縋りついてくる女ではなく、手袋を取れと命令をする女。かつての康子に戻った姿というか、それでたぶん追いかけて行ってしまったんだろうなと。これは、私が女性だからというか、別に男性のことを恨んでたりしていないですよ（笑）、光という人は非常に、ある意味で自己中心的というか……。

松本　自己中心的で、極々平凡な男でしょうね。

佐藤　ああ、平凡な男ですか。

松本　うん。極々平凡な色男。そして、仰しゃるように、ちょっと冷たくもする女が好き。

宮田　あ、そんなもんですか（笑）、すみません（笑）。

松本　どこにでもいるような男ですよ。男は、まあ、あんなもんだと思っていればいい……。

宮田　そうかあ、夢見てちゃいけないですね（笑）。

佐藤　ここは解釈の幅があるところだと思うんです。つまり、光源氏の系譜を受けているのが若林光とするならば、彼は特別な人間であるという演出の仕方、解釈の仕方もできると思いますし、極々平凡な男で、一応妻は大事にする振りはしているが、それ以上でも以下でもないところで生きているというようにも解釈できますよね。

松本　まあね、男はみんなね、自己反省を込めて申しますと……（笑）

宮田　一晩考えましょうか（笑）。

松本　だけどね、「葵上」っていうタイトルだからね、光源氏を僕らは見ちゃう。これはもうしょうがない。

宮田　そうでしょうね。

松本　これも計算に入れて、三島さんは作っている。

佐藤　三島由紀夫は「日本文学小史」の中で、『源氏物語』を「物語の正午」というように、非常に上手い言い方をしていますけれど、つまりここには、優雅な核みたいなものが全部出ているみたいなことを言うじゃないですか。それは、光源氏が特別な人間だということを前提として言っているわけですよね。

松本　紫式部という女が描いた、宮廷に身を置いた女たちの理想の理想が作り上げた男なんですね。そういうシンボルを後ろに背負っている。

佐藤　だから、その背負っている人間としては、決して平凡ではないと思うんです。

松本　だけど、女が作った物語のなかの男だから、男のわたしには責任が持てない……（笑）。

宮田　お二人のお話は、一晩かかっても尽きそうにありません（笑）。

佐藤　私は、康子が目覚めさせちゃったと思うんですよ。平凡な若林光を、本来は特別な人間だと目覚めさせちゃった。

だから最後は生霊について行ったんじゃないかと思うんです。

宮田 そうですね。若林光は、あの頃僕はとても揺れていた。あなたの鎖が欲しかった。檻が欲しかったと言って……。まあ、思春期というか、若造の時の「俺は何者なんだ」みたいなところの揺れの中を、それをがんじがらめにしてくれたある一つのとてもハイソな空気感。たぶんそれが、とても彼にとっては、ガツンと別のカルチャーショックもあっただろうし、何か堅固なものに縛ってくれたっていうこともあっただろうし。そういった意味では普通の男ですね。悩める普通の男。それがちょっと嫌になって。締めつけられすぎても嫌なもんなんですかね。どうなんですか、男の人は。

松本 締め付けてもほしいし、自由にさせてもほしいし（笑）。

宮田 勝手ですよねえ……（笑）。

松本 勝手なんですよねえ。男も女も。だからドラマが尽きない。

■会場からの質疑

佐藤 それでは、会場の方からご質問を受けたいと思います。

質問者① 今日はリーディングをありがとうございました。宮田さんに質問させていただきます。若い役者に三島演劇を教えられる中で、苦労される点と、すでに三島演劇を体験された方を演出されるのとどう違うか。そして、今後三島演劇をやっていく上での可能性についてお伺いしたいのですが。

宮田 とても大事なことを今、ご質問していただいたと思います。仰るとおり、若い俳優にとってはとてもハードルの高い戯曲ばかりです、三島さんのものは。ひょっとすると今や三十代どころか四十代でも、こうした言葉を口にするのは大変かと思います。特に日本の演劇は、ここ十五年、二十年でそうなったんですが、日常会話をメインとする台詞が多くなりました。そのため非常に平易な言葉しか使わない。自分達の少ないボキャブラリーで済ましてしまう戯曲が多くなったんです。そして、そういう言葉しか口にしてこなかった俳優が多くなったんですね。ただし、戯曲の歴史は大変古いし、その中で、単なる会話の言語としてだけではなく、文学的な言語として、そして音声学的な言語として、様々な角度から戯曲の言語は検討され、工夫されてきているので、やはりそういうものにきちんと出会うということは、特に若い俳優にはとても大切なことだと思っております。そうしないと、私は、簡単な言い方をすると、演劇は貧しくなると思っています。やはり言葉の豊かさについて、言葉を使う職業に就いている以上、心していかなければいけないし、俳優もその豊かな言葉をしっかり表現できる技術、そしてある意味では、ちょっと背伸びをした言い方をすれば、知性というか、そういうものを養っていかなければいけないなと、本当に思います。勿論、これらの分野は訓練しないとできないと思っていますので、早くから触れてほしいなと若い俳優には思っています。三島さんの戯曲に触れたことのないような俳優でも、まあ、商売できてしまうところが現状ではありますので、説得が大変だったりしたりします（笑）。だから、これがどう美しいか。そして、日本語って一つの言葉に対して、こんなにたくさんの音色があるんだっていうようなことを説得しながら、やっています。しかし、いい俳優はやはり耳がよいので、ある程度説明すればついてきてくれるようになります。そして、自分が実際に舞台でそれを台詞として吐き出してみると、中身が充実していないとしゃべりきれないんだということを実感します。そうすると、やはりこの三島さんの戯曲は、生半可な思いだけでは、とても無理なんだってことがわかる。毎年は大変だけど、何年かに一遍、自分をいわゆるブラッシュアップというんですかね、自分のサビ落としをするために、もう一回やりたいということは言ってくださいます。

佐藤　ありがとうございました。他にいかがでしょうか。

質問者②　今日のリーディングの、特に女性の登場人物の台詞の感じが、すごく自分が読んでイメージしていたのと違って面白く聞かせていただきました。六条康子という高貴な女性の高貴さを出すための自尊心というものが大事だと仰っていましたが、その部分について、男性の方からでしたら、ちょっと違うのかもしれないなと思うのですが、そこをもう少し詳しくお聞きしたいと思います。

宮田　なるほど。結構じっくり話すと何時間かかかりそうですね（笑）。たぶん仰る通りだと思いますね。そこが根っこのすべてではないかもしれないけれど、かなり大きく影響してくるかもしれませんね。女性のプライドって何だろうと考えながら、康子という人にいろいろと思いを巡らせます。

おそらく彼女自身もそれなりの御家柄の出なのだと思います。でも、女の立場で、感覚で考えると、年下の男に走るようなことをやった時、家柄の良さってあまり通用しないような気がするんですよ。勿論、若い男がそのことをターゲットの一つにして近寄って来たと分かったとしても、じゃあそのことを男に対して振りかざすかっていうと、それは逆に自分のプライドを貶めることになる気がするんですよ。その時、康子って自分は裸の女として、何がプライドの根拠だろうってすごく悩んだりするように思うんですね。だから、その時に、自分は、女は生まれてこのかた、嫁に行くまでは親の庇護のもと、親がいい家だったら、何となくその傘の下にいて、自分はただこの家に生まれただけなのに、自分も何だか偉い人のように、周りも扱ってくれる。ましてや、いいところにお嫁にいって、旦那さまが偉い人だと、自分もまた偉い人のように周りが扱ってくれる。でも一体自分は何者なんだろうということを、多分、この若い男と出逢って、初めて考えさせられたんじゃないかなあと、私は思ったんですけれど。

そこで、彼女が拠りどころとしようとしたのは、決して家柄ではない。彼女が庭の話を一生懸命しますよね。きっと、彼女のなかの美意識なんだと思うんですよ。もちろんそれは別荘の庭という、非常に恵まれた環境でしか見えないものだけど、水に溺れる紫陽花をイメージする、そういう感覚ってやっぱりすごいなと私は思っていて。そういうものを愛でる感覚の中に、自然の持っている美しさであるとか、そういうものを自分がぐうーっと取り込んでいるうちに、彼女の美しさへの想いというのが一つの、何というんですかね、自分の拠りどころみたいな、自分が自分らしく思える大きな拠りどころになるんじゃないかなと思うんです。彼女が青い屋根についで話しますが、あれは決して屋敷の大きさを競っているわけではなくて、青い屋根が光に当たると、とても美しいっていうことを一生懸命伝えようとしていますね。きっと、そういうものをいかに自分はたくさん見ているかとか、それを愛でる素直な気持であるかとか、そういうものが彼女の骨格になっているのかなあ……とは思ったりしています。

質問者②　ありがとうございます。庭の部分の台詞は、私も気になっていたので、今お話が聞けて良かったです。ありがとうございました。

佐藤　もう少し質問を受けたいのですが、残念ながら予定の時間になりました。宮田さんを囲んでのトークを終了させていただきます。ありがとうございました。最後に、松本館長から、ごあいさつを。

松本　今日は、本当にありがとうございました。宮田さんのお話は、じつに微妙な、人間の感性、感覚、そして、記憶の襞にも立ち入ったもので、快い驚きも感じつつ、伺いました。それは「葵上」だけにとどまらず、わが国の演劇の今日から未来にかけて考える上でも、貴重な示唆に富むものだと思いました。もっともわたし自身は、失礼になるかなと思いながらも、あえて勝手なことを申し上げました。お許しください。去年に引き続いて、こうした時間を持てたことは、大変、うれしく思います。こうした充実した会は、三島文学が輝いている限り、続かなければなりません。それには宮田さんのお力添えと、何よりも会場の皆様のお力添えがなくてはなりません。今後ともよろしくお願いいたします。

資料

三島由紀夫の不道徳教育講座

犬塚　潔

「不道徳教育講座」は昭和33年7月から昭和34年11月まで週刊明星に連載された。三島由紀夫の随筆の中でも人気の高い作品である。この作品について検証する。

刊行本

単行本「不道徳教育講座」（写真1）は、昭和34年3月に中央公論社より出版された。装幀は佐野繁次郎。挿絵は横山泰三。黄色の帯に「文壇の鬼才　教育界に進出す」とある。初版本には「知らない男とでも酒場に行くべし」から「空お世辞を並べるべし」まで30篇が収録されている。

ついで昭和35年2月に「続不道徳教育講座」（写真2ａ）が出版された。装幀は佐野繁次郎。挿絵は横山泰三。黄色の帯に「三島由紀夫さんはとうとう映画俳優になりました。三島ファンはみんな俳優三島の失敗を楽しみにしています。教訓『人の失敗を笑うべし』」とある。「続不道徳教育講座」には「毒のたのしみ」から「おはり悪ければすべて悪し」まで40篇が収録されている。献呈署名本が残されている。（写真2ｂ）

その後、昭和37年に正続を合わせた新書版（写真3）（装幀・佐野繁次郎、挿絵・横山泰三）が出版され、昭和44年5月に、横尾忠

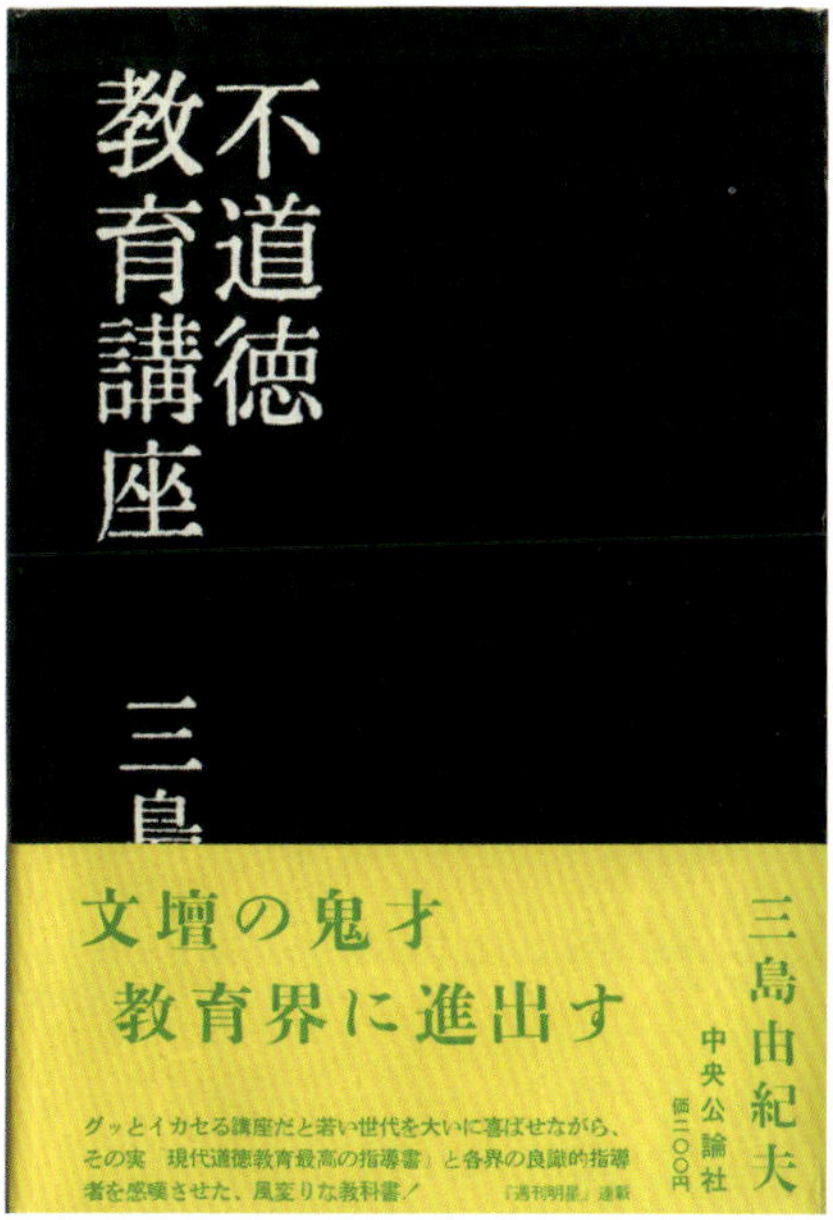

写真１　不道徳教育講座　初版本（1959）

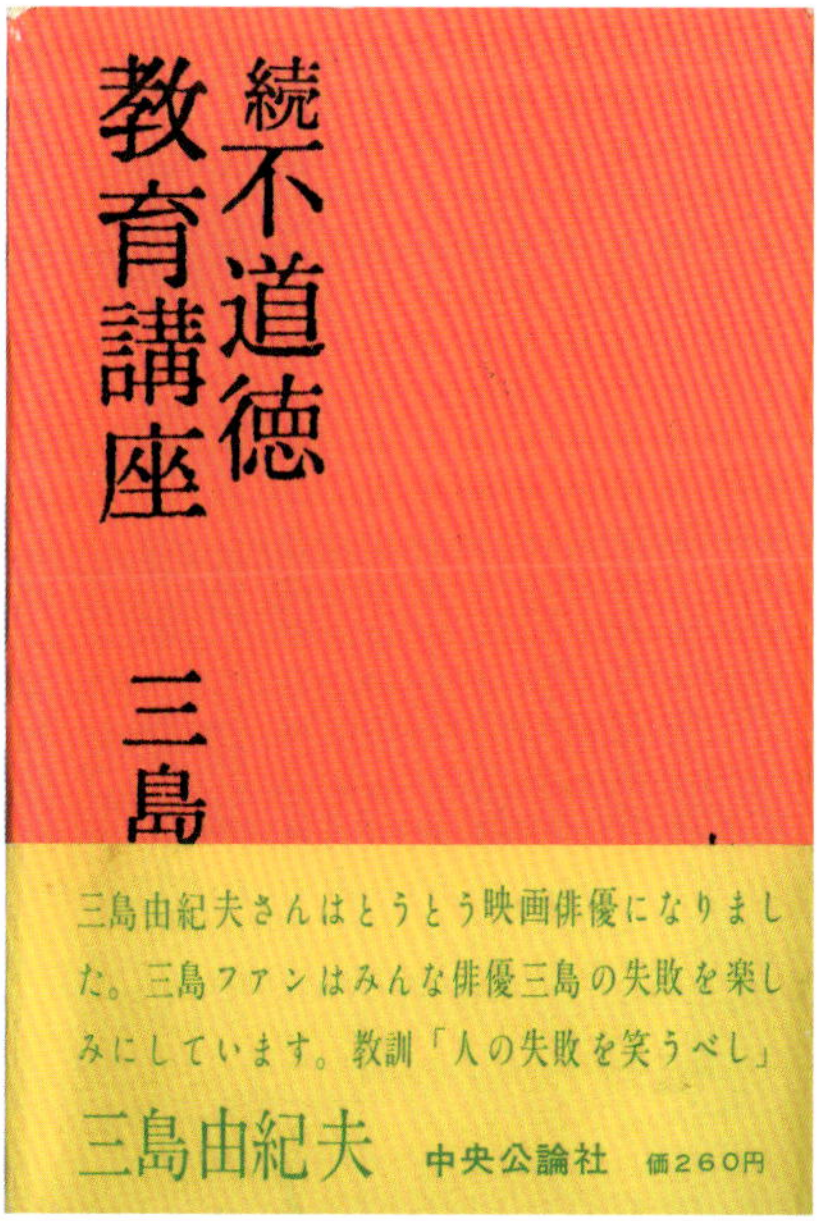

写真２ａ　続不道徳教育講座　初版本（1960）

写真２ｂ　続不道徳教育講座　献呈署名本（鴨川正椀）

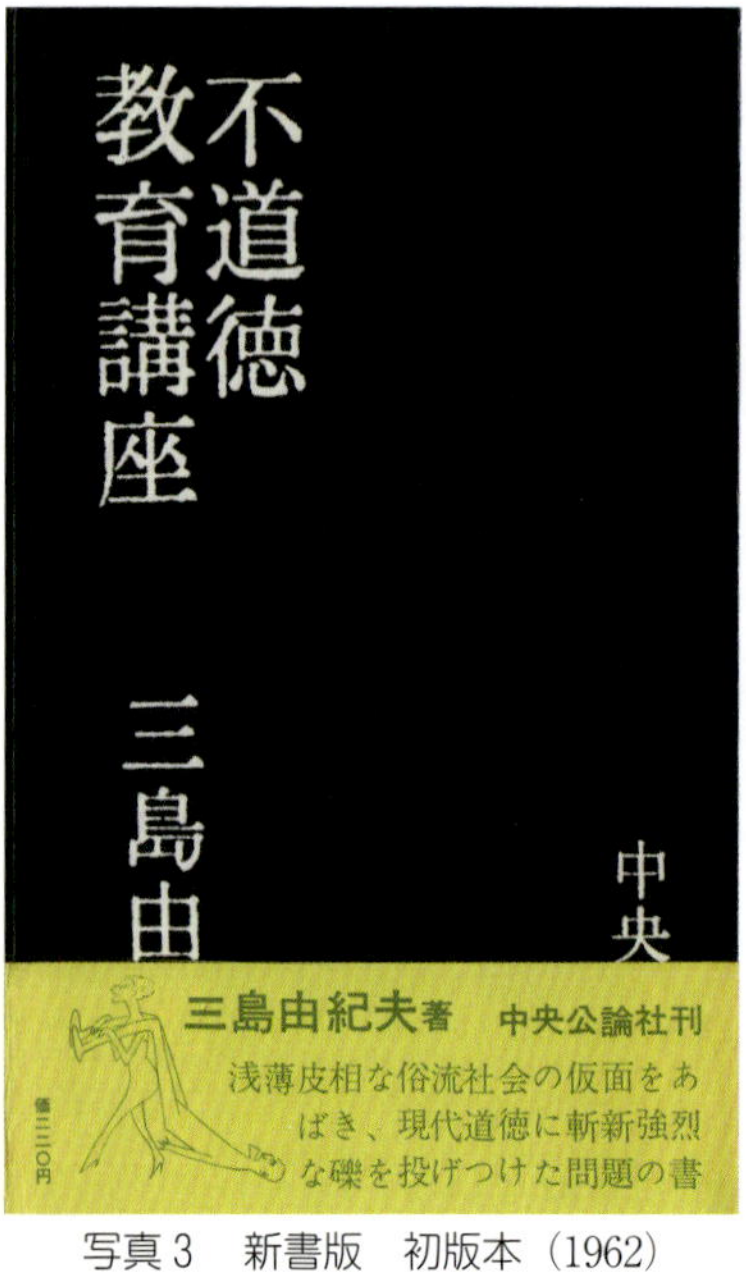

写真３　新書版　初版本（1962）

則装幀（写真　篠山紀信）による単行本（写真4ａ、ｂ）が中央公論社より出版されている。新装版出版に際して三島氏は「あとがき」に「この本は昭和三十三年（一九五八）に書かれたもので、例の安保闘争より二年前の世相を反映しているから、今から見ると、何かとズレていることはやむをえない。週刊誌（週刊明星）連載のエッセイというものの限界と云えよう。（略）この本を多少まじめに読んでくれる青年のために、附加えなければならぬことは、十年前の日本が今よりずっと『偽善』の横行していた社会だったということである。その鼻持ちならない平和主義的偽善を打破するためには、こういう軽薄な逆説、多少品のわるい揶揄の精神が必要だったのである。もちろん私はこの本を軽い気持で、面白おかしく、落語家的漫才師的サーヴィスさえ加えて、書いていたのであるが、その気持ちの裏に重い苛立ちのあったことは否めない。（略）」と記している。

写真４ａ　初版本（横尾忠則装　中央公論社、1969）

写真４ｂ　初版本　表紙（中央公論社、1969）

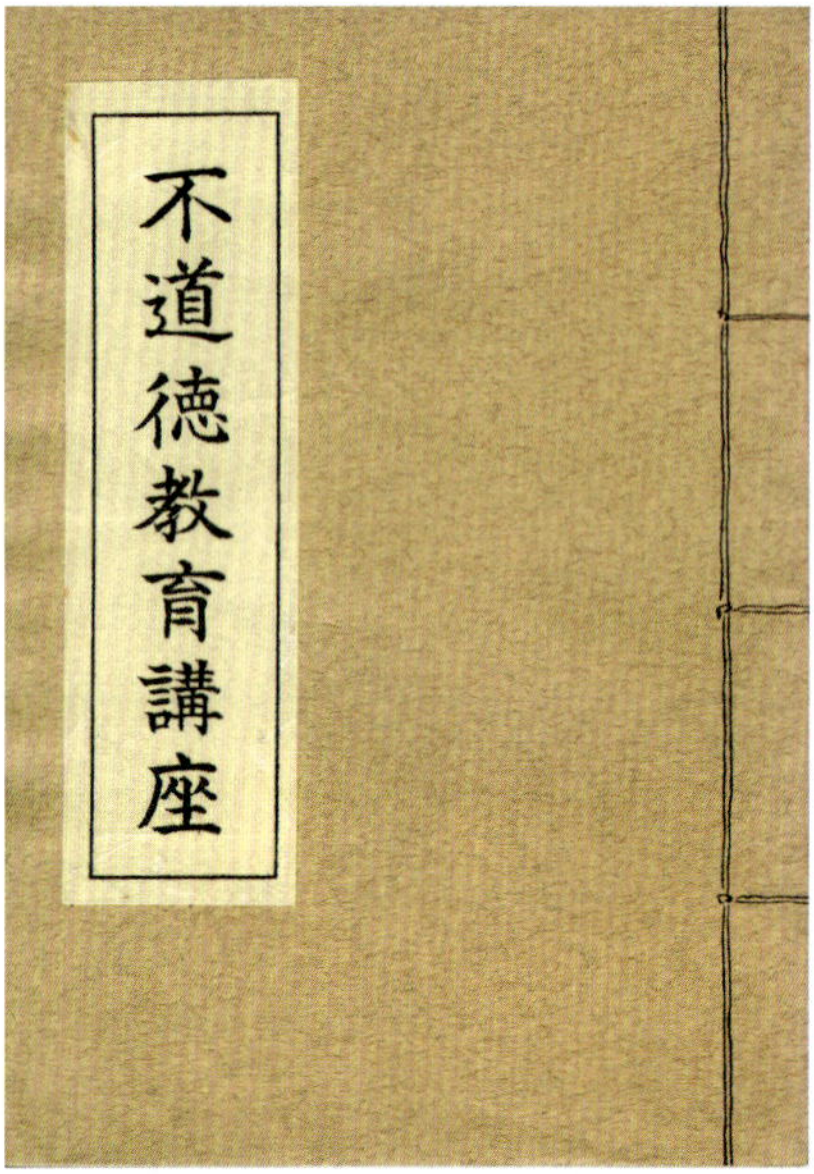

写真５ｂ　不道徳教育講座　台本

写真５ａ　不道徳教育講座　ポスター（1959）

写真５ｄ　エピローグ

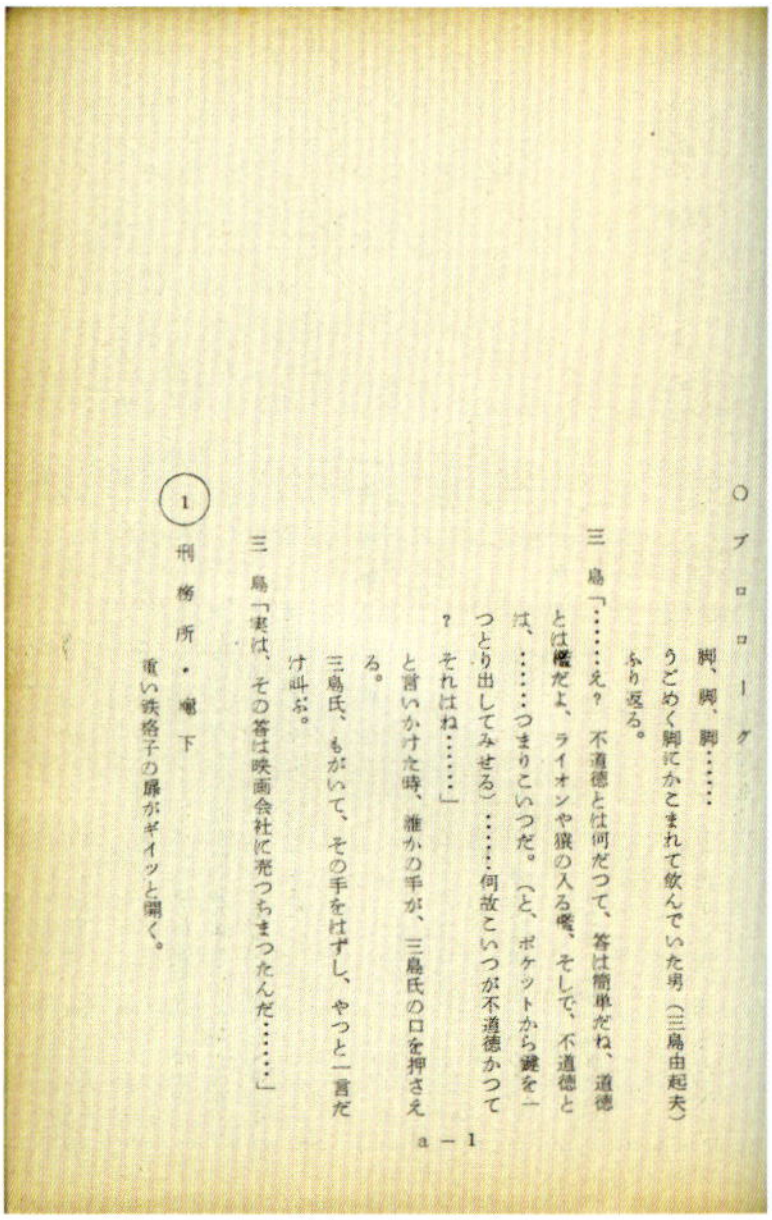

写真５ｃ　プロローグ

現在「不道徳教育講座」は、角川文庫に収められている。昭和34年3月の初版本に収められた「暗殺について」は、決定版三島由紀夫全集以外では除かれている。

写真5e　映画　不道徳教育講座（西河監督と）

不道徳教育講座・映画

昭和34年1月、日活より映画化された。映画のプロローグとエピローグに三島氏が特別出演している。（写真5a、b、c、d、e、f）三島氏の台詞は「……え？不道徳とは何だって、答えは簡単だよ。道徳とは檻なんだよ。ライオンや猿の入る檻、そして不道徳とは……これだよ。（と、ポケットから鍵を一つとり出してみせる）これが何で不道徳かって？それはね……」と「何故二人は檻の中に入ったかって？檻の中の方が外より気楽に暮らせること

写真5f　映画　不道徳教育講座（特別出演）

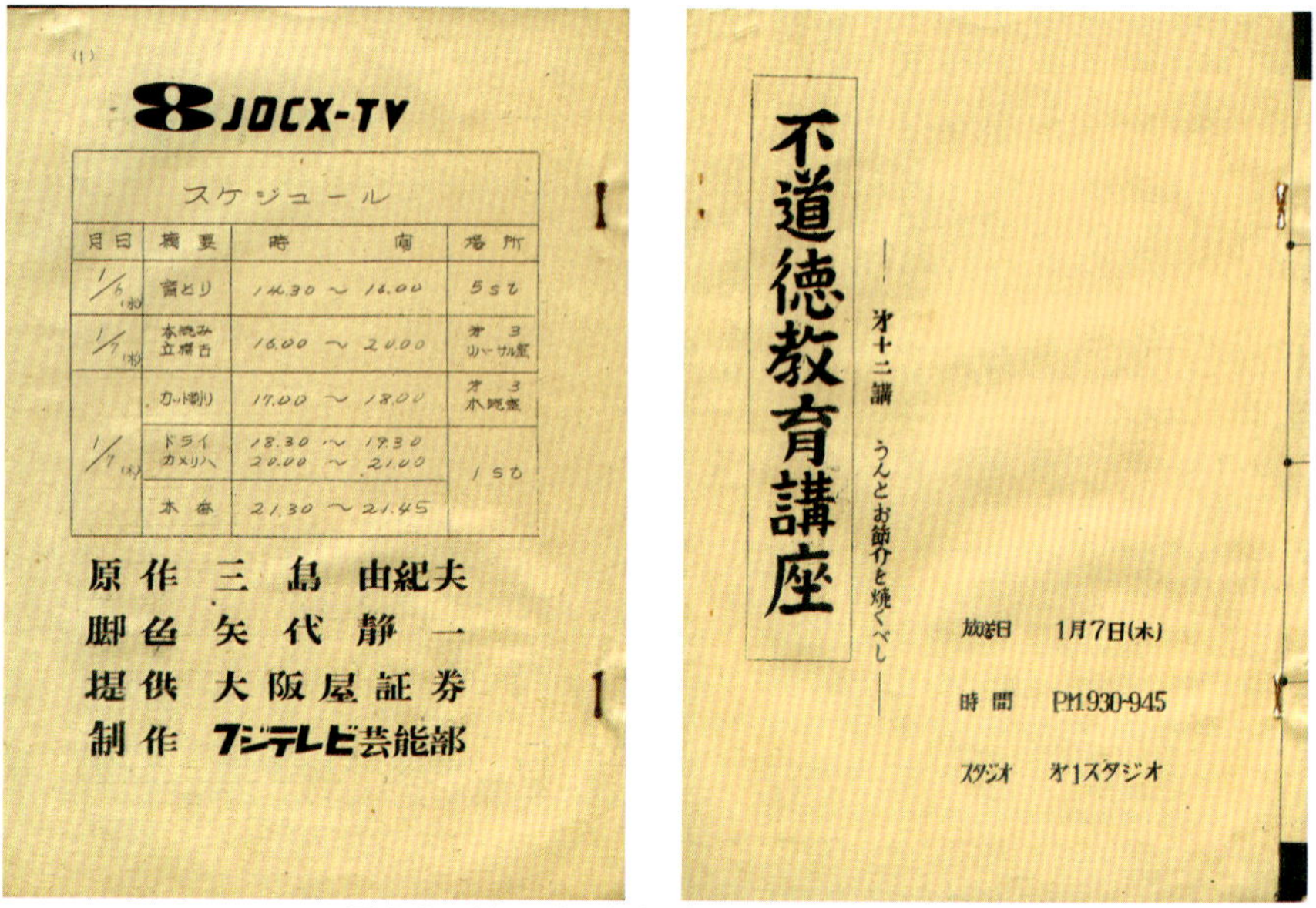

写真6　第12講　台本（昭和35年1月7日）

がわかったからだろう……誰だって永生きしたいからね……」であった。

不道徳教育講座・テレビ

テレビ放送は、昭和34年10月から昭和35年8月まで42回行われた。「第12講」から「第17講」の6回分の台本を確認した。

第12講　うんとお節介を焼くべし（写真6）

原作　三島由紀夫
脚色　矢代静一
提供　大阪屋証券
制作　フジテレビ芸能部

スケジュールは、

「1月6日　14：30～16：00　音どり　5スタジオ
1月7日　16：00～20：00　本読み　立稽古　第3リハーサル室
1月7日　17：00～18：00　カット割り　第3本読室
18：30～19：30　ドライカメリハ　1スタジオ
20：00～21：00　ドライカメリハ　1スタジオ
21：30～21：45　本番」

であった。本番放送は1月7日、午後9時30分から9時45分までで15分間であった。原作・提供・制作はいずれも同様なので、第13講以後の脚色のみ記載する。

第13講　約束を守るなかれ　脚色　藤田秀弥（写真7）
第14講　痴漢を歓迎すべし　脚色　神吉拓郎（写真8）
第15講　罪は人になすりつけるべし　脚色　キノトール（写真9）
第16講　他人の不幸を喜ぶべし　脚色　若尾徳平（写真10 a、b）
第17講　できるだけ自惚れよ　脚色　矢代静一（写真11）

写真７　第13講　台本（昭和35年１月14日）

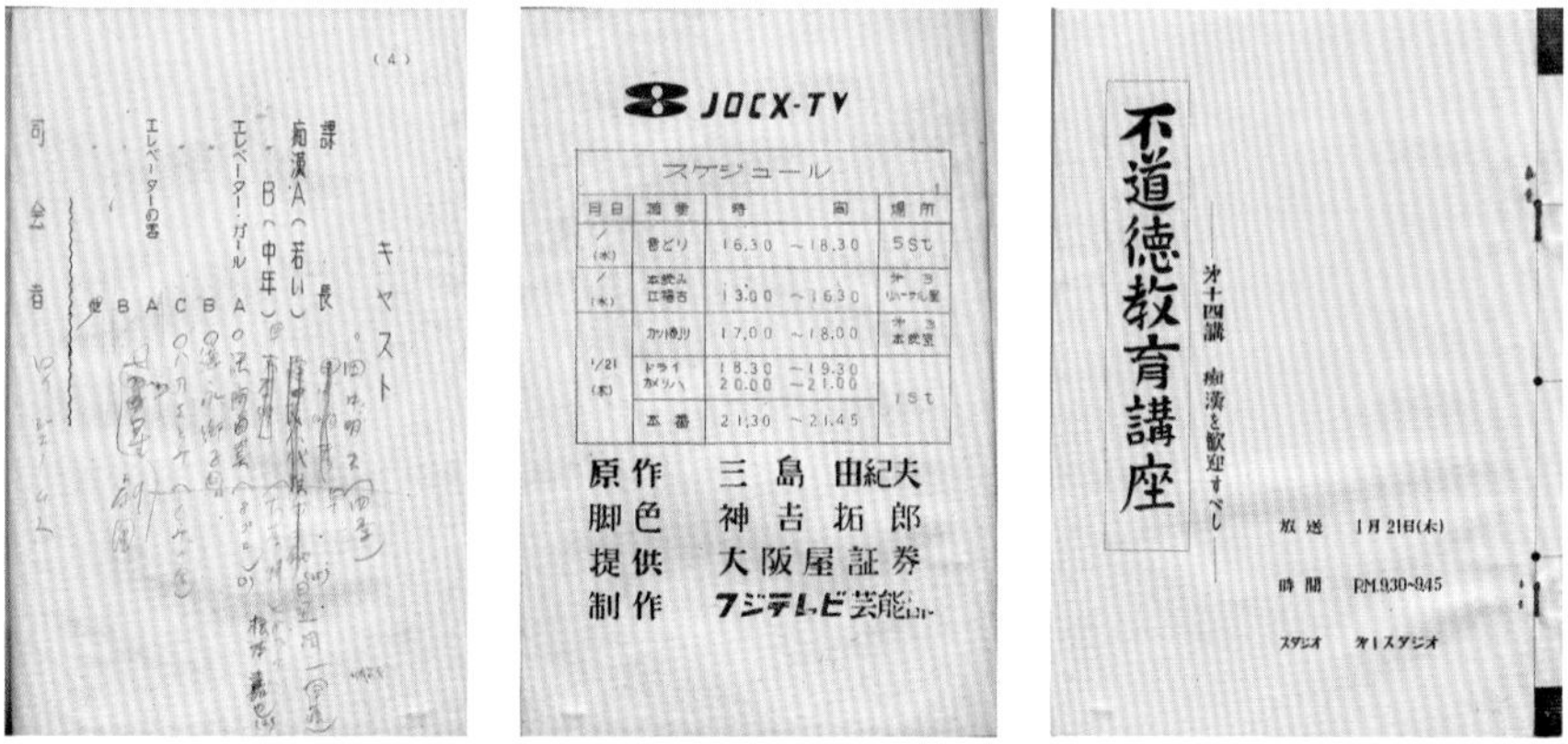

写真８　第14講　台本（昭和35年１月21日）

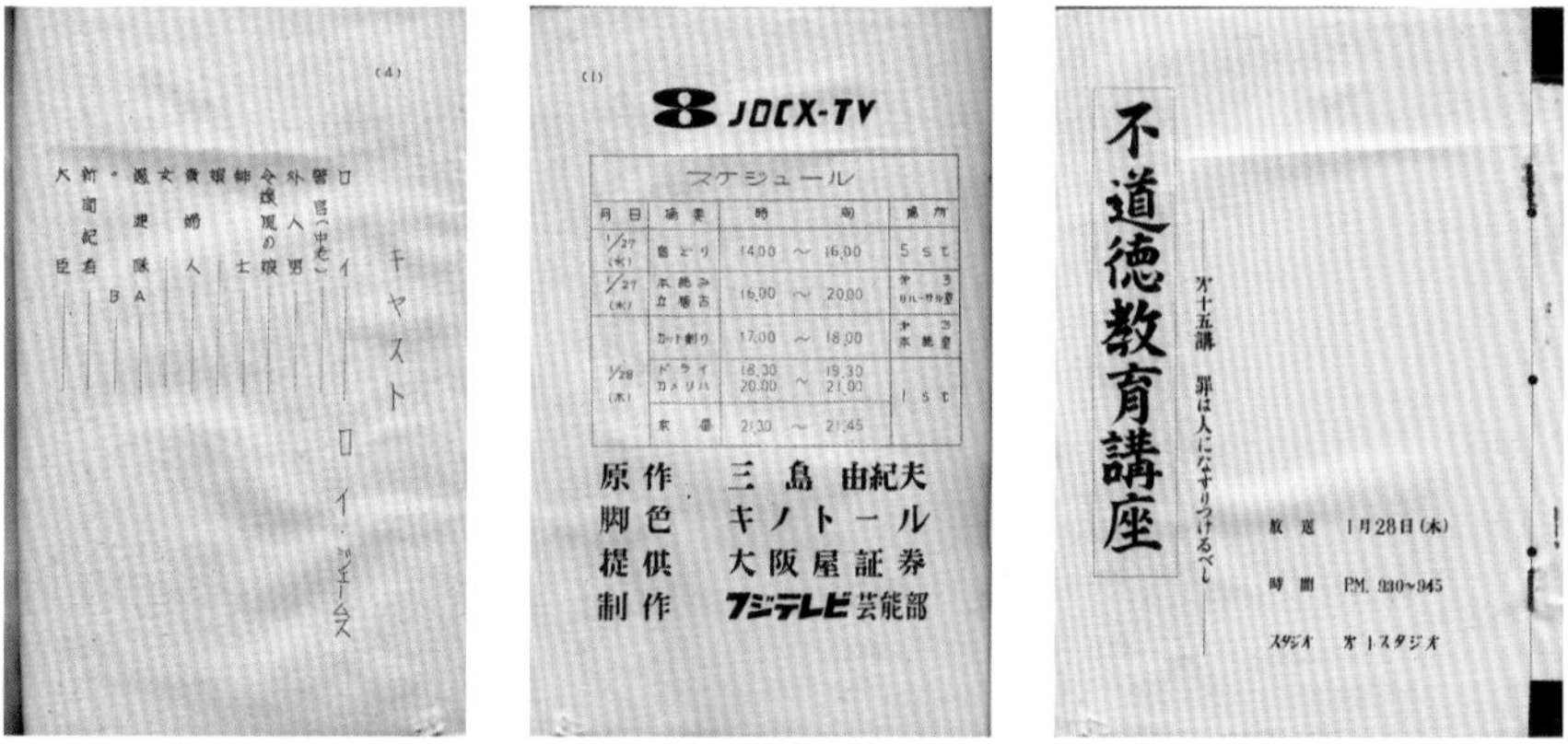

写真９　第15講　台本（昭和35年１月28日）

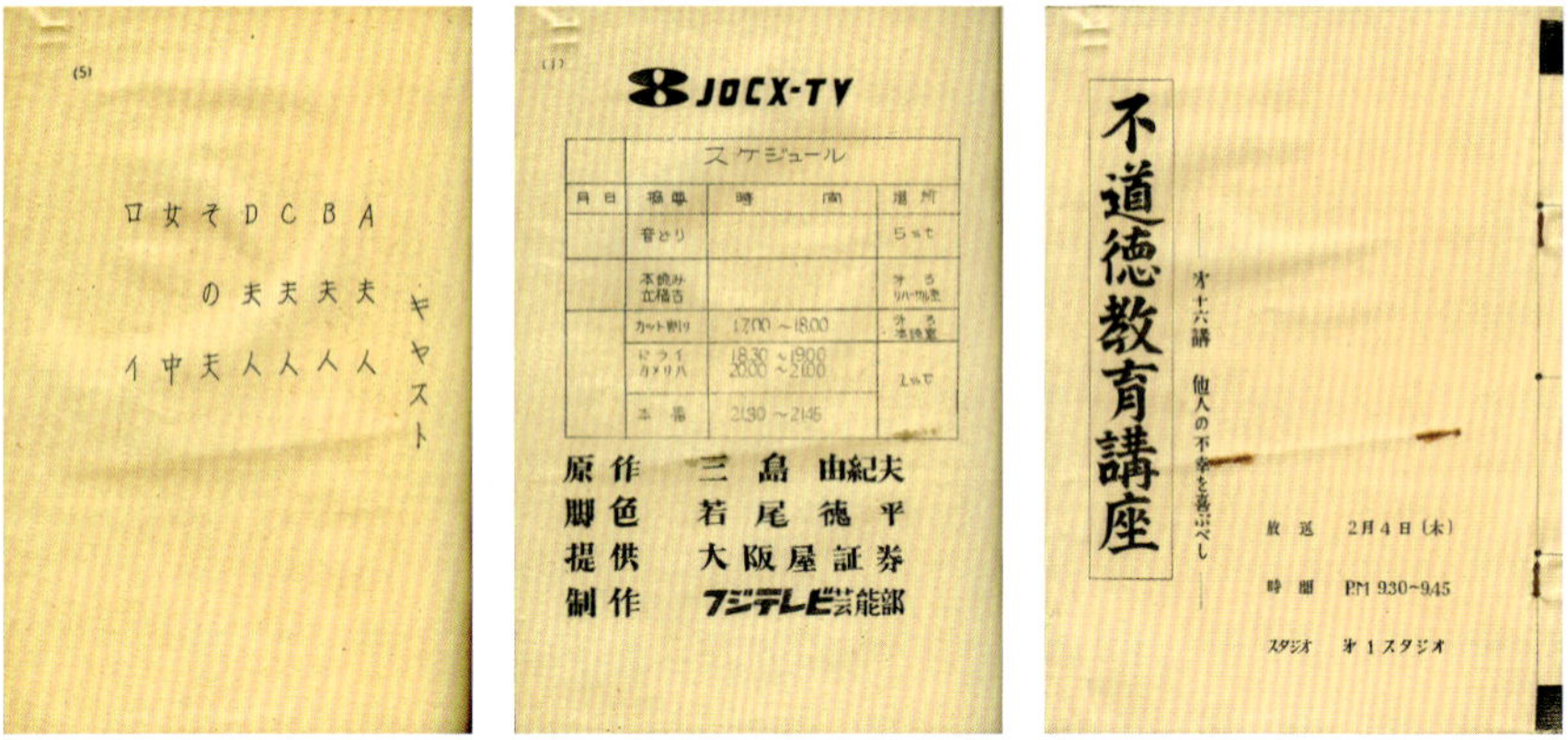

写真10ａ　第16講　台本（昭和35年２月４日）

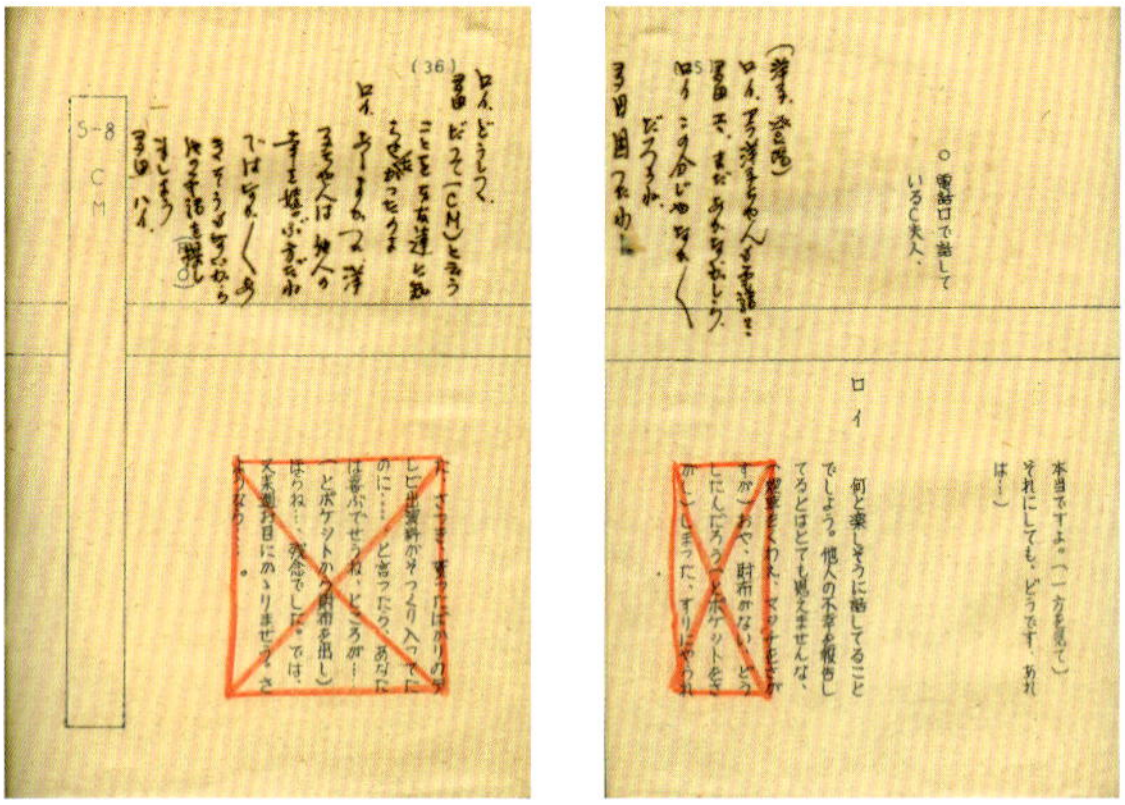

写真10ｂ　第16講　台本（昭和35年２月４日）

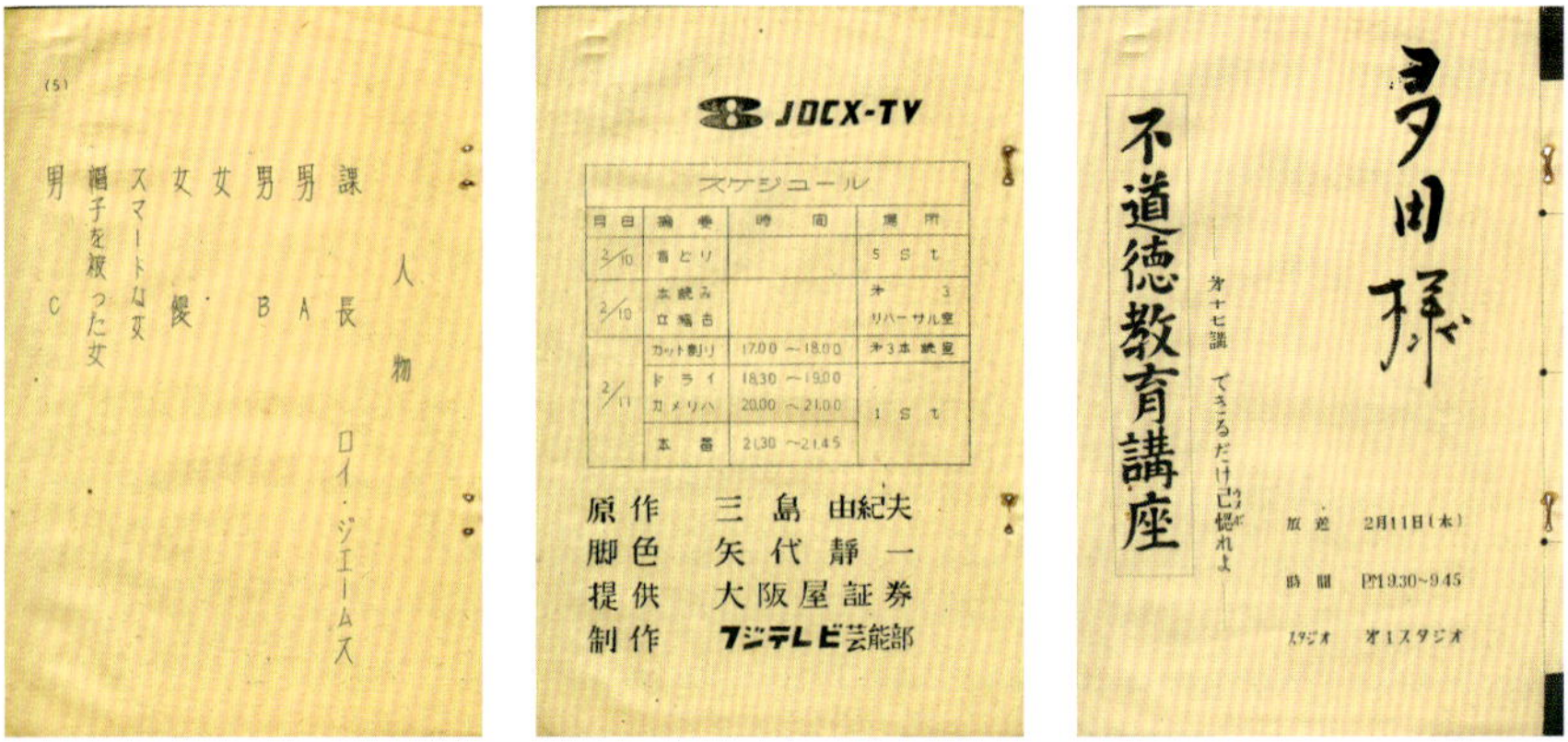

写真11　第17講　台本（昭和35年２月11日）

a　表紙

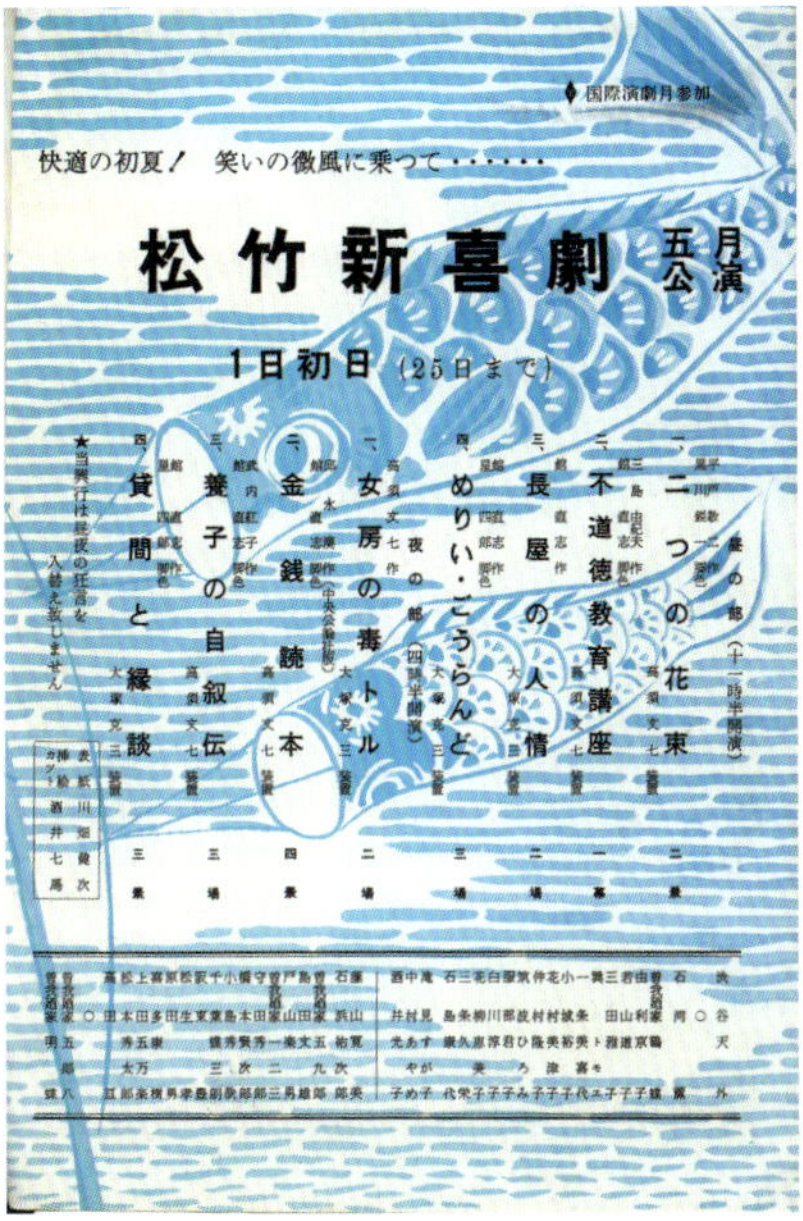

b　目次

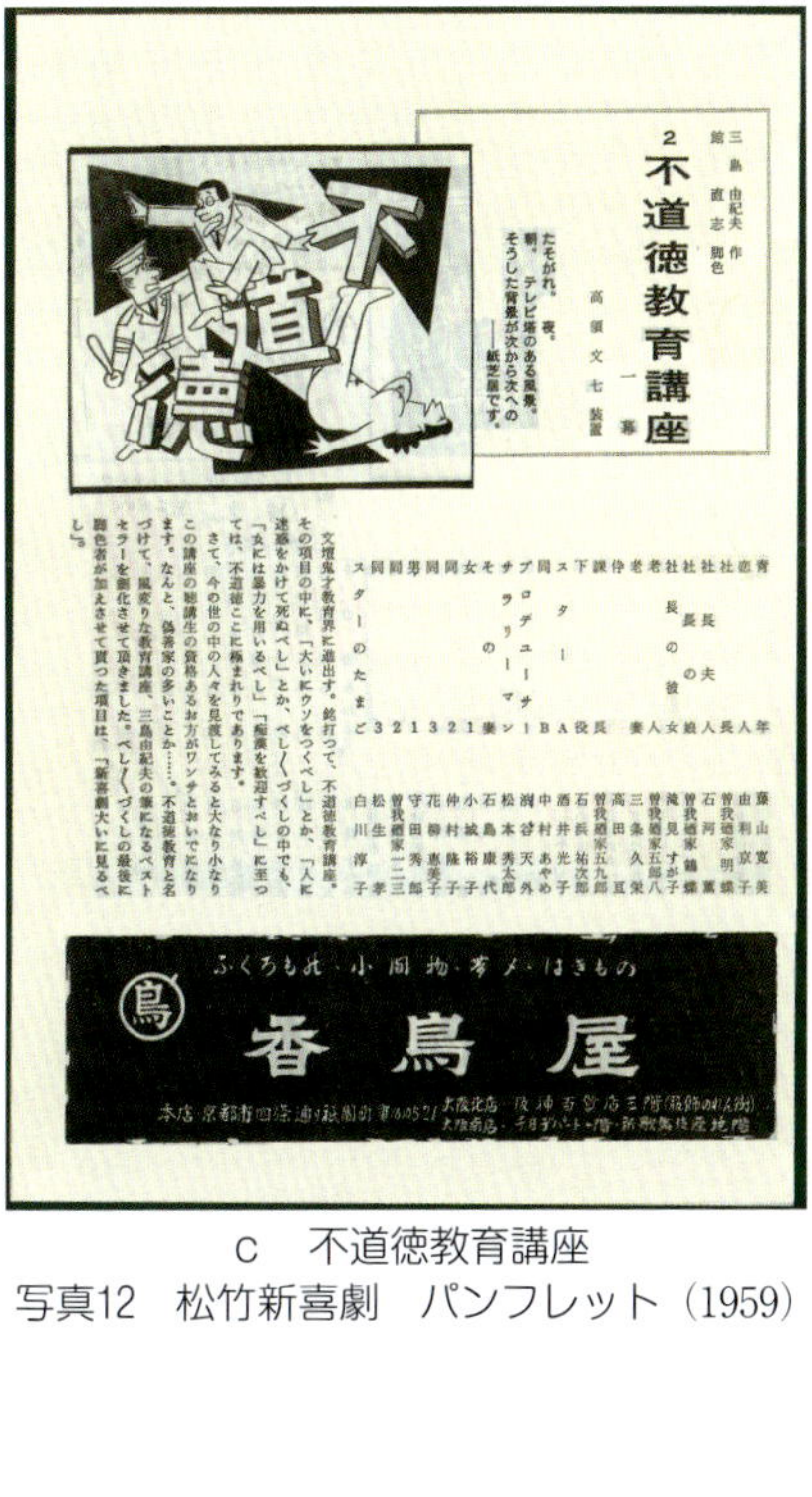

c　不道徳教育講座
写真12　松竹新喜劇　パンフレット（1959）

不道徳教育講座・松竹新喜劇

昭和34年5月1日から25日まで大阪中座の松竹新喜劇で公演が行われた。

作　三島由紀夫
脚色　館直志
装置　高須文七
パンフレット[1]（写真12 a、b、c）が残されている。脚色の館直志は、

「文壇の鬼才教育界に進出す。銘打って、不道徳教育講座。その項目の中に、『大いにウソをつくべし』とか、『人に迷惑をかけて死ぬべし』とか、べしべしづくしの中でも、『女には暴力を用

b　表紙

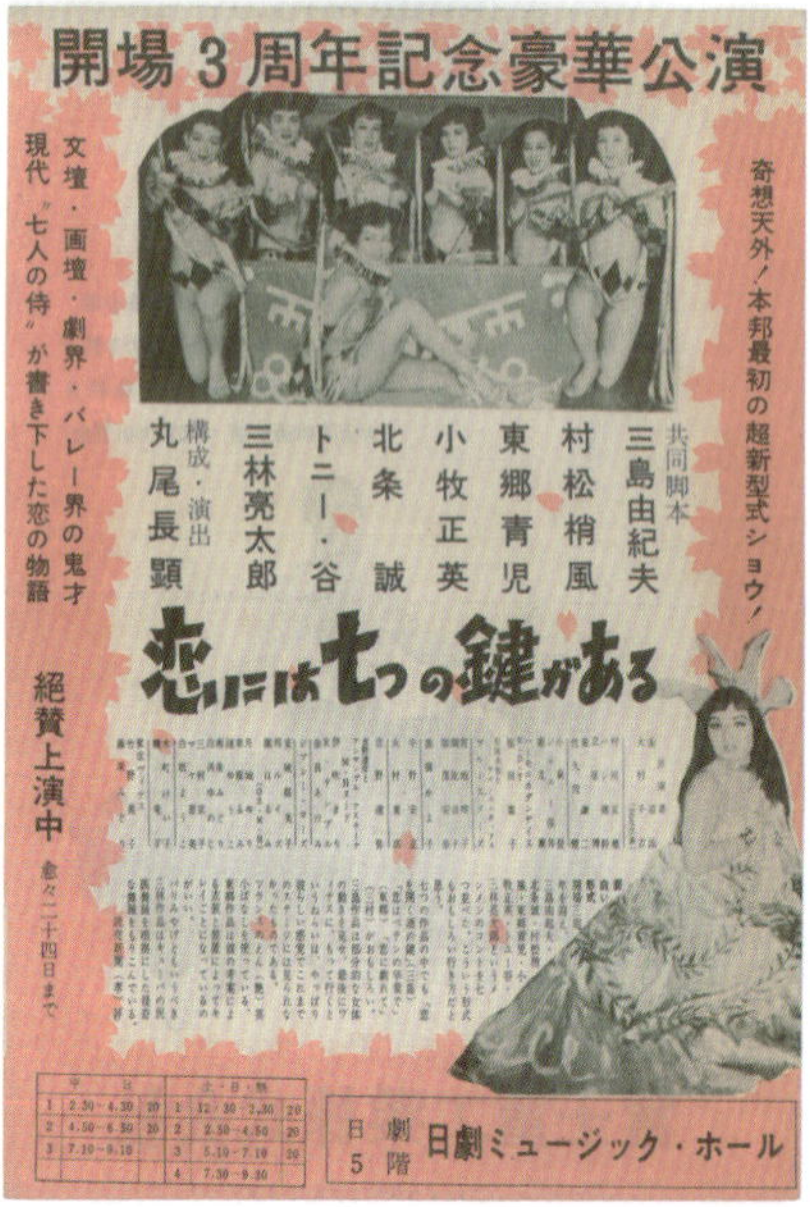

a　チラシ

写真13　ミュージック・ホール　パンフレット

いるべし』『痴漢を歓迎すべし』に至っては、不道徳ここに極まれりであります。（略）不道徳教育と名づけて、風変わりな教育講座、三島由紀夫の筆になるベストセラーを劇化させて頂きました。べしべしづくしの最後に脚色者が加えさせて貰った項目は、『新喜劇大いにみるべし』」と記している。

OSミュージック・ホール（劇場）・不道徳教育

大阪のOS劇場では昭和30年に「恋には七つの鍵がある」が、そして昭和33年に「三島由紀夫の不道徳教育」が公演されている。わき道にそれるが、「恋には七つの鍵がある」について資料を提示する。「恋には七つの鍵がある」は、日劇ミュージック・ホールでの公演が昭和30年3月4日から3月24日まで、OS劇場での公演は昭和30年4月28日から6月5日なので、日劇ミュージック・ホールの公演から説明する。

日劇ミュージック・ホール・恋には七つの鍵がある

「恋には七つの鍵がある」は、7人による共同脚本による公演である。チラシ（写真13ａ）に、読売新聞の評が掲載されている。「面白い形式　開場三周年を迎え、三島由紀夫・北条誠・村松梢風・東郷青児・小牧正英・トニー谷・三林亮太郎というメンメンのコントを七つ並べた。こういう形式もおもしろい行き方だと思う。七つの作品の中でも『恋を開く酒の鍵』（三島）『恋はペテンの早業で』（東郷）『恋に戯れて』（三林）がおもしろい。三島作品は部分的な女体の動きを見せ、最後にヴィナスに、もって行くというねらいは、やっぱり彼らしい感覚でこれまでのステージには見られなかったものである。（略）」

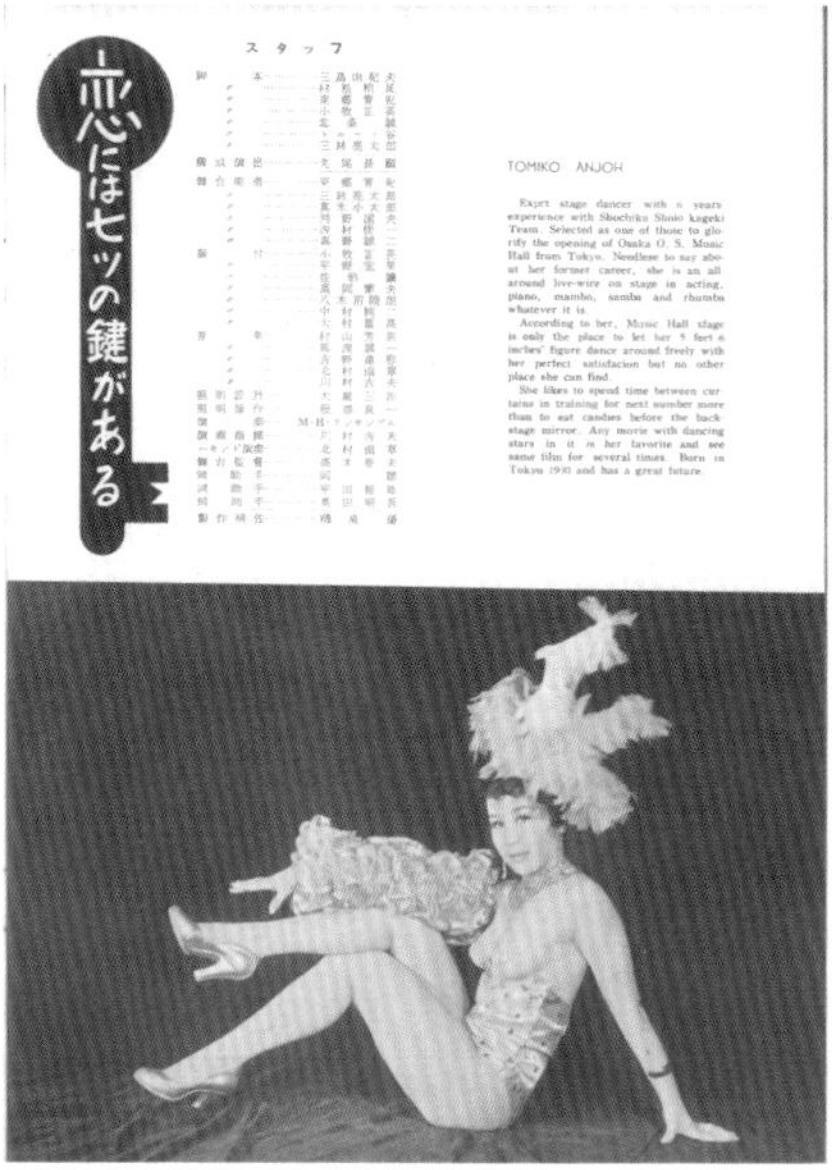

d　パンフレット（B）

c　パンフレット（A）

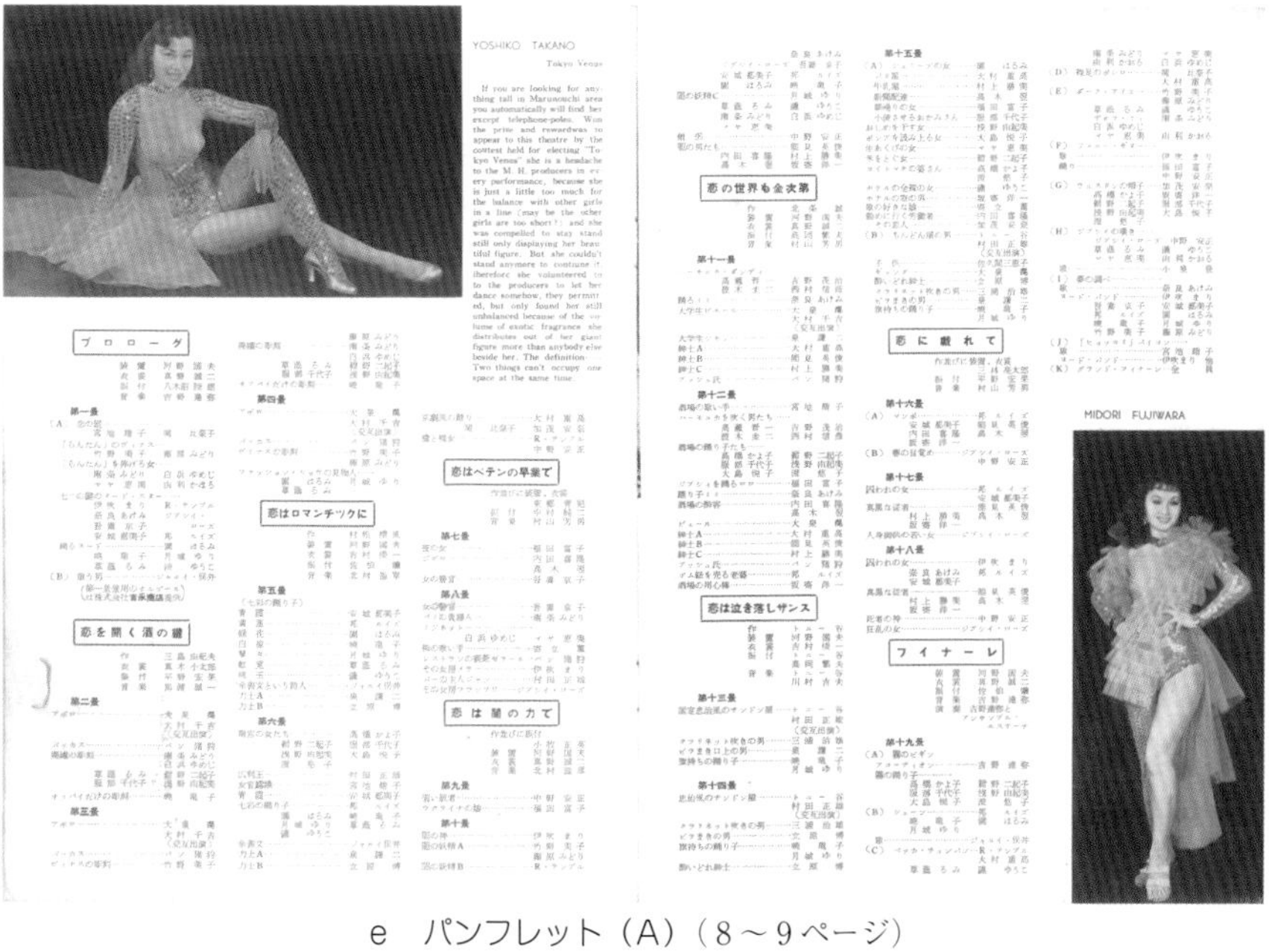

e　パンフレット（A）（8～9ページ）

写真13　日劇ミュージック・ホール　パンフレット

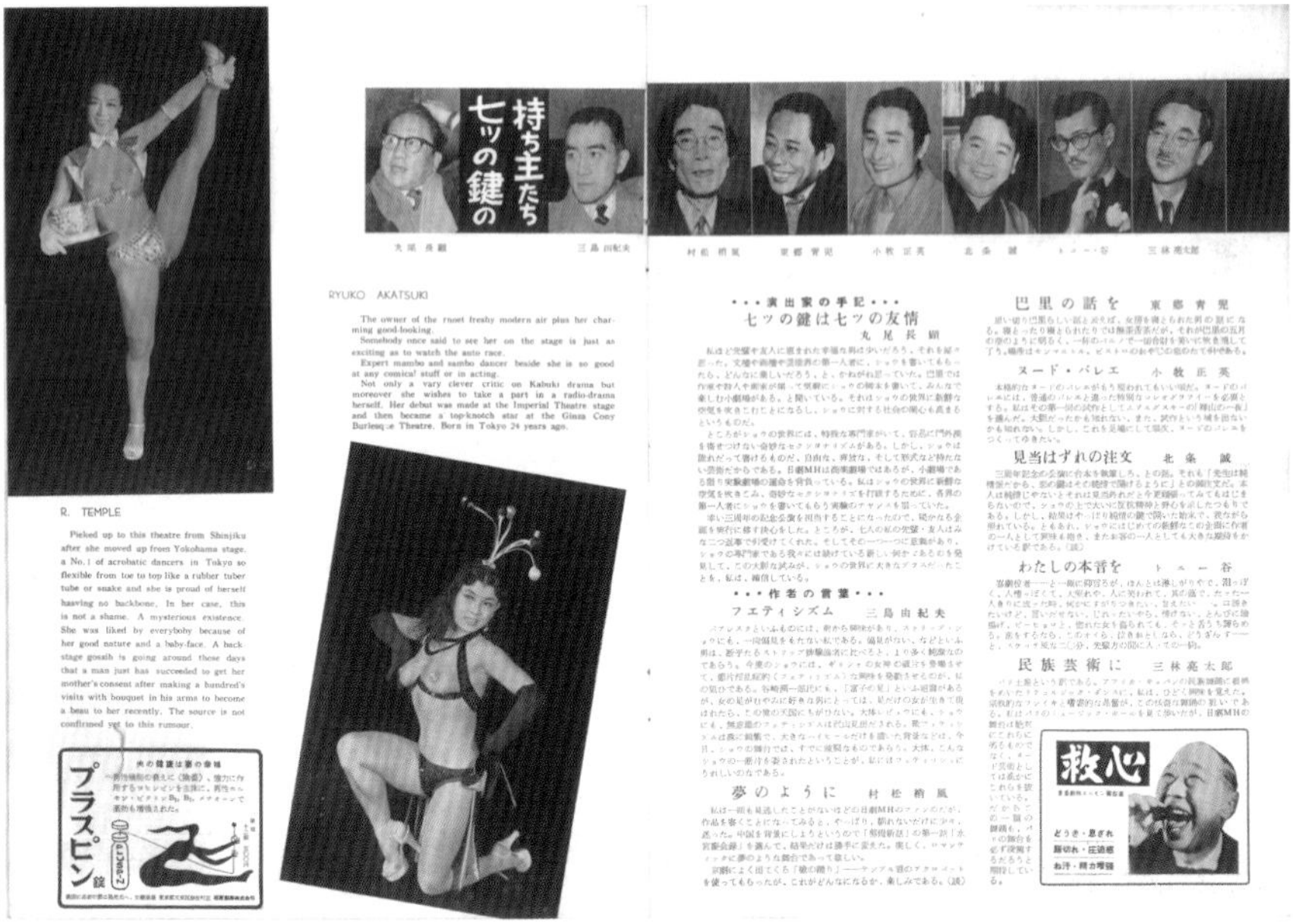

写真13 f　日劇ミュージック・ホール　パンフレット（A）（10～11ページ）
（三島由紀夫の文章は13行ある）

写真13 g　日劇ミュージック・ホール　パンフレット（B）（10～11ページ）
（三島由紀夫の文章は10行に短縮されている）

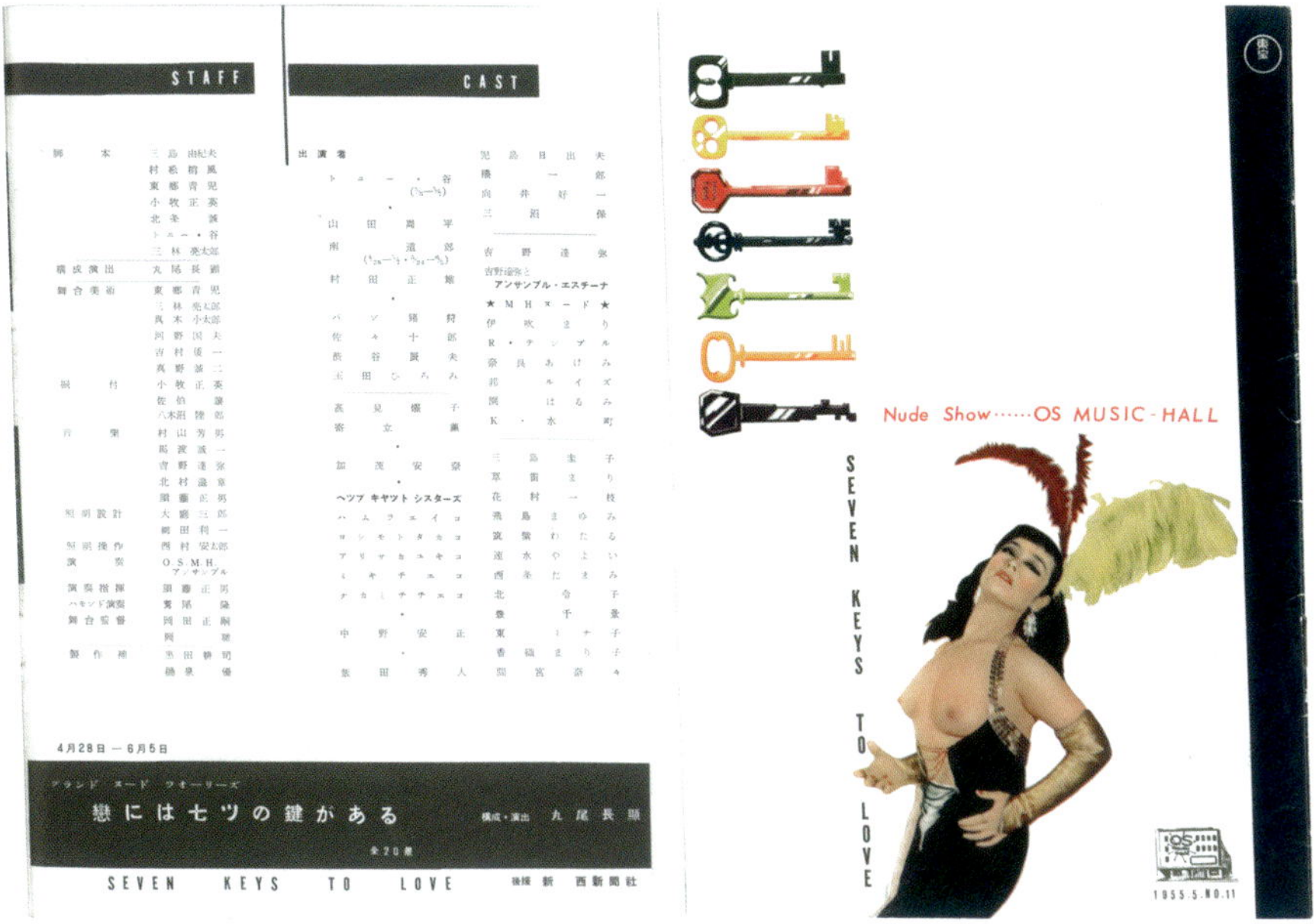

b　a

写真14　OSミュージック・ホール　パンフレット

パンフレット[2](写真13b、c、d、e、f、g)は全24ページである。丸尾長顕の「演出家の手記」「七ツの鍵は七ツの友情」のほか、「作家の言葉」として三島由紀夫「フェティシズム」、村松梢風「夢のように」、東郷青児「巴里の話を」、小牧正英「ヌード・バレエ」、北条誠「見当はずれの注文」、トニー谷「わたしの本音を」、三林亮太郎「民族芸術に」の七人の言葉が掲載されている。

　このパンフレットは、表紙や発行日は同じであるが、写真や説明文などが異なる2種類が確認されている。最も注目されるのは、三島氏の「作家の言葉・フェティシズム」の文章が短縮されていることである。この文章の長い方を(A)(写真13c、e、f)短い方を(B)(写真13d、g)とする。決定版三島由紀夫全集に収録されたものは(A)の方である。

　(A)(写真13f)の「バアレスクといふものには、前から興味があり、ストリップ・ショウにも、一向偏見をもたない私である。偏見がない、などといふ男は、断乎たるストリップ排撃論者に比べると、より多く純潔なのであろう。今度のショウには、」が(B)(写真13g)では割愛されて「このショウには、」となっている。これ以後の文章に差異はない。

OS劇場・恋には七つの鍵がある

　OS劇場のパンフレット[3](写真14a、b、c、d)は全24ページである。三島氏の「フェティシズム」の内容は日劇ミュージック・ホールのパンフレット(B)に相当する。まず(A)のパンフレットが作られて、これを(B)に訂正し、次いでOS劇場のパンフレットにも使用したと考えるのが自然である。

写真14ｃ　OSミュージック・ホール　パンフレット（12～13ページ）

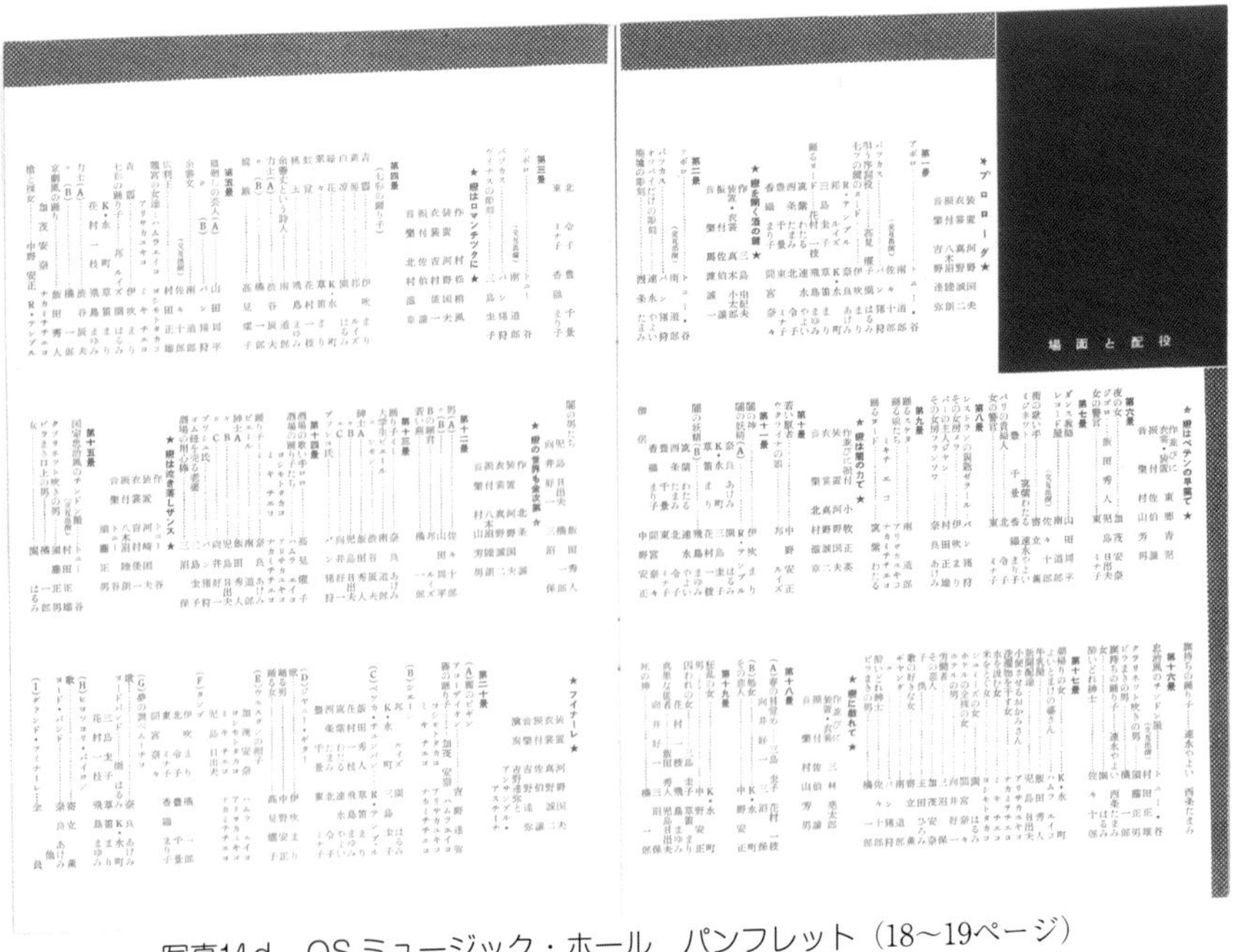

写真14ｄ　OSミュージック・ホール　パンフレット（18～19ページ）

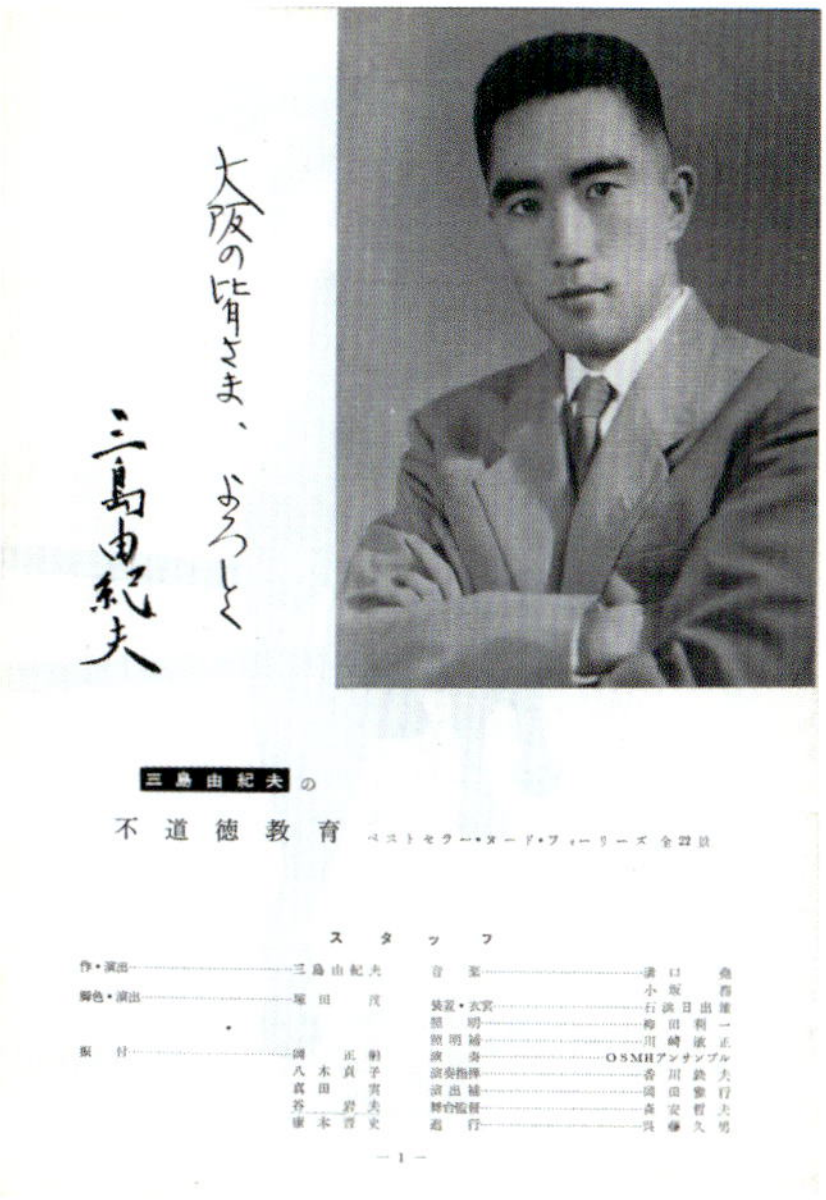

b

a　表紙

写真15　OS 劇場　三島由紀夫の不道徳教育　パンフレット

OSミュージック・ホール・不道徳教育

パンフレット[4]（写真15ａ、ｂ、ｃ）は全16ページである。公演期間は、昭和33年10月1日～30日、タイトルは「三島由紀夫の不道徳教育」で、「ベストセラー・ヌード・フォーリーズ　全22景」である。パンフレットには、三島氏の写真と自筆版で「大阪の皆さま、よろしく　三島由紀夫」（写真15ｂ）とコメントが入っている。スタッフは、

「作・演出……………………………三島由紀夫
脚色・演出…………………………塚田茂
振付……………………………………岡正躬・八木貞子・真田実・谷岩夫・康本晋史
音楽……………………………………溝口堯
　　　　　　　　　　　　　　　　　小坂務
装置・衣装…………………………石浜日出雄
照明……………………………………柳田利一
照明補…………………………………川崎敏正
演奏……………………………………ＯＳＭＨアンサンブル
演奏指揮……………………………香川鉄夫
演奏補…………………………………岡田雅行
舞台監督……………………………森安哲夫
進行……………………………………呉藤久男」である。

塚田茂は「演出のことども」に「私も、今度で、ＯＳミュージックは三回目の作品になります。三回目ともなれば欲が出て来るのは人情で私もなんとか代表作品になるようなものをと、実に考えあぐねていました。ところへ、ＯＳミュージックの山本支配人

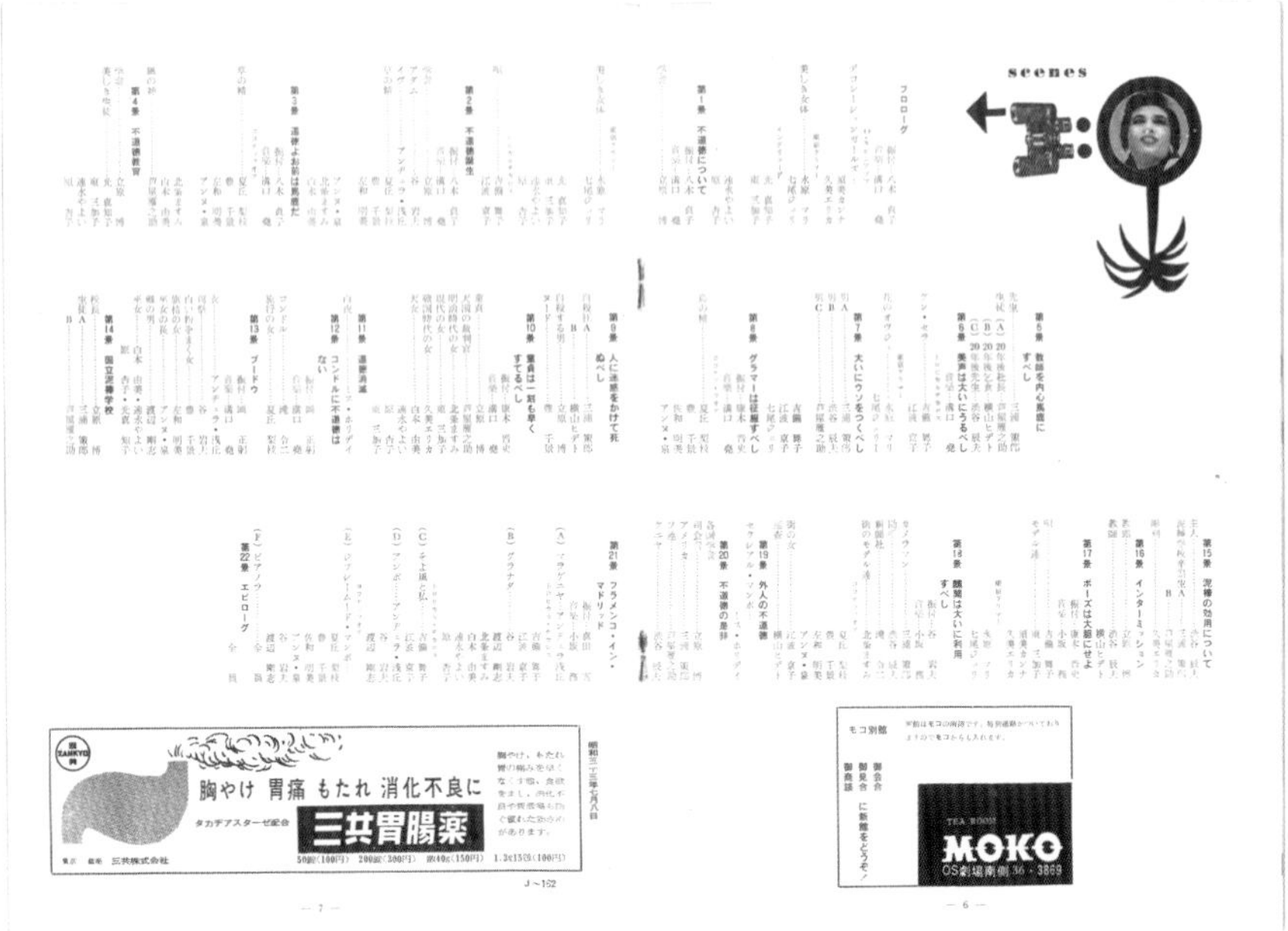

写真15c　OS 劇場　三島由紀夫の不道徳教育　パンフレット（1958年10月）

から三島先生の外遊の著『旅の絵本』はどうだろうとのお話がありました。(略)もう一押、なにかなにかと考え、大いに相談しました。これだ！思わず嬉しくなって叫びました。週刊明星の不道徳教育講座……早速、三島先生のお宅へ山本支配人と一緒に飛びました。幸い三島先生の快諾を得て実現への一歩を踏み出しました。

　さあ、それからが大変です。三島先生は大変な乗気で、日活国際ホテルのバアで打合せをした時など、話題の人来たると衆人環視の中で、三島先生のブードウ実演がはじまったり、さすがの私もいささか呑まれました。

　三島先生と私は、同じ年であり、時代のズレもなく、話題が共通していたのは、なによりでした。(略)

いわゆる不道徳と呼ばれているものが、実は新しい時代に即応した道徳ではないか……ということを、三島先生は不道徳教育講座に書かれています。(略)

　舞踊場面のブードウでは、ハイチ島の生の録音を三島先生からお借りして、それを中心に編曲出来たのは大変うれしい事でした。(略)」と記している。

　台本が残されている。(写真16a、b、c、d、e)プロローグと全景は、

「プロローグ
第1景　不道徳について
第2景　不道徳誕生
第3景　道徳よお前は馬鹿だ
第4景　不道徳教育
第5景　教師を内心馬鹿にすべし

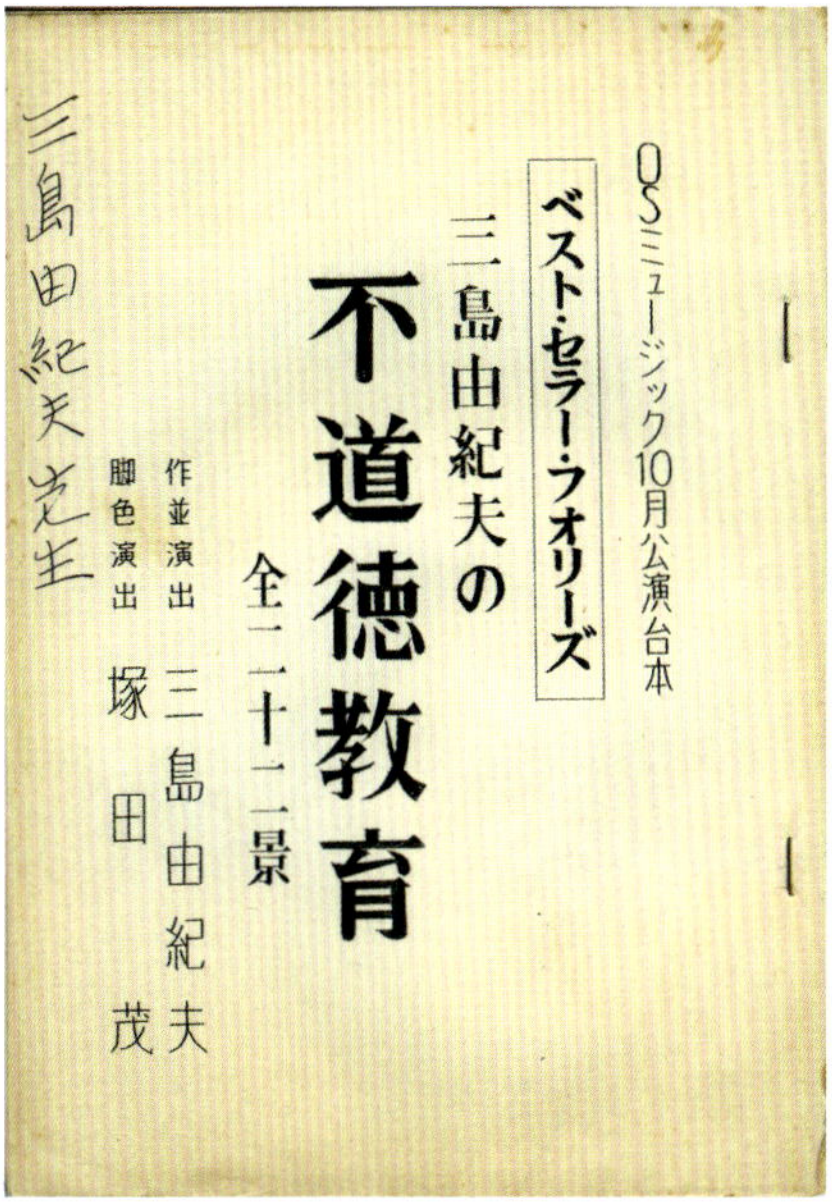

OSミュージック10月公演台本

ベスト・セラー・フオリーズ

三島由紀夫の

不道徳教育

全二十二景

作並演出　三島由紀夫

脚色演出　塚田茂

三島由紀夫先生

a

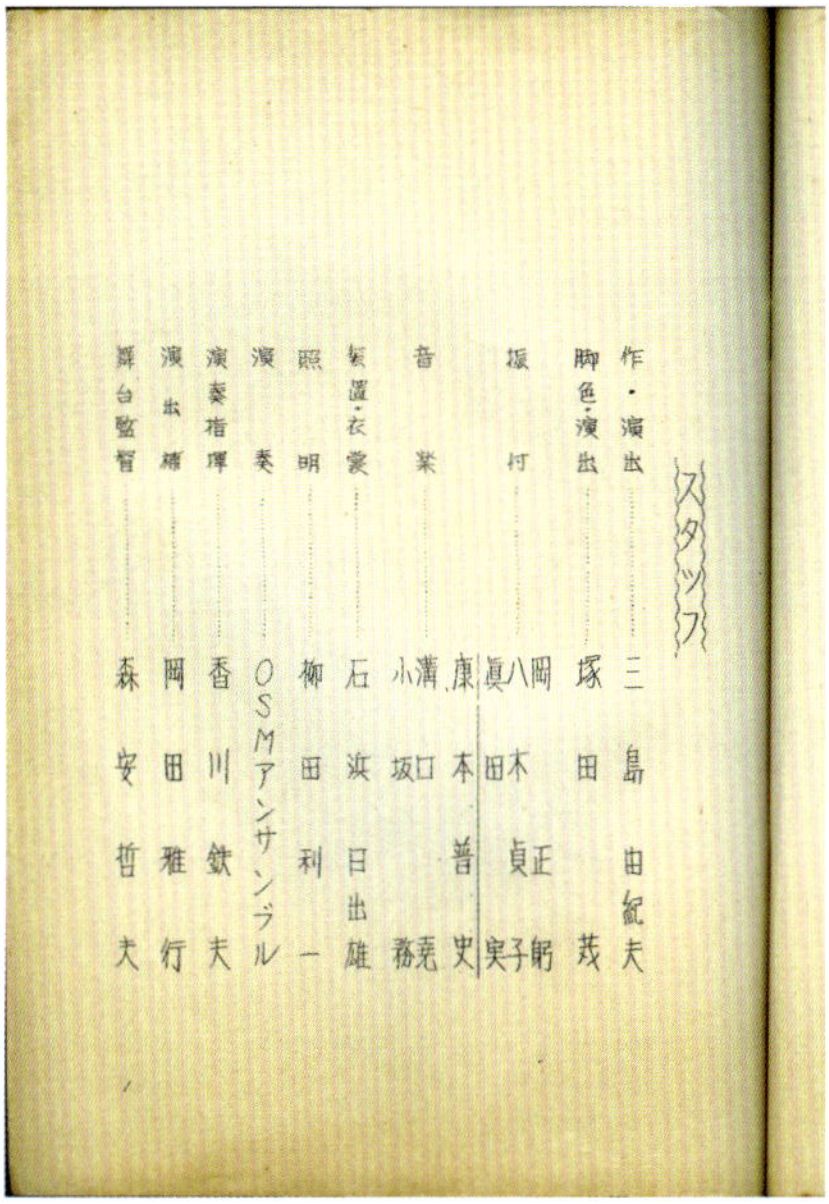

スタッフ

作・演出	三島由紀夫
脚色・演出	塚田茂
振付	岡正躬 八木貞子 眞田実
音楽	康本普史 溝口堯 小坂務
装置・衣裳	石浜日出雄
照明	柳田利一
演奏	OSMアンサンブル
演奏指揮	香川欽夫
演出補	岡田雅行
舞台監督	森安哲夫

b

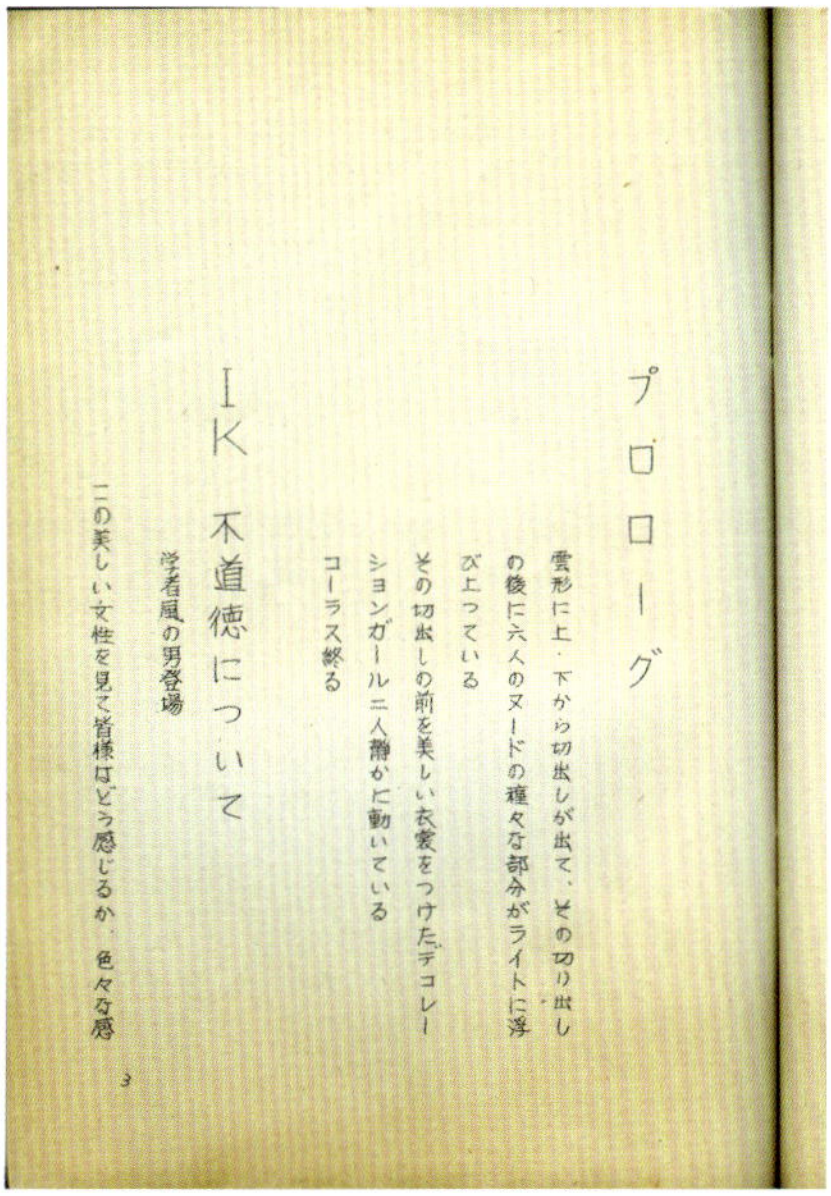

プロローグ

雲形に上・下から切出しが出て、その切り出しの後に六人のヌードの種々な部分がライトに浮び上っている

その切出しの前を美しい衣裳をつけたデコレーションガール二人静かに動いている

コーラス終る

I K　不道徳について

学者風の男登場

この美しい女性を見て皆様はどう感じるか、色々な感

3

c　プロローグ

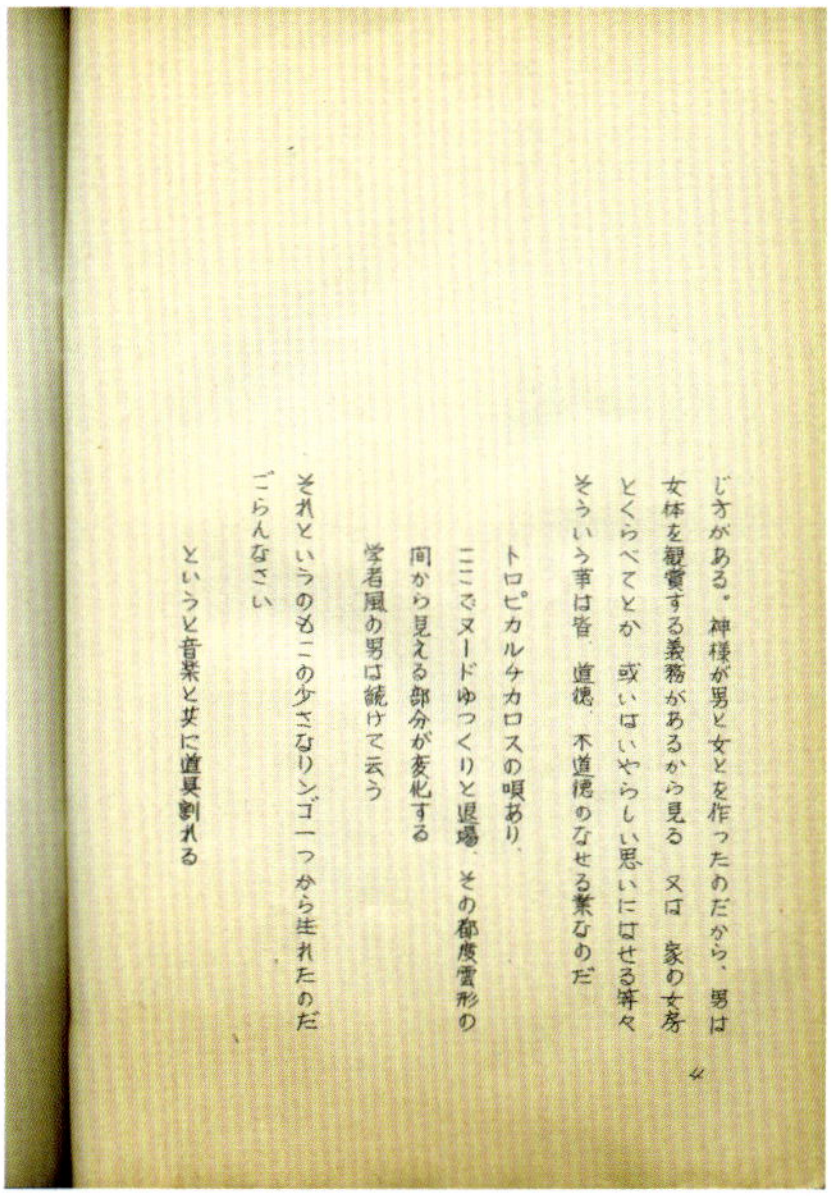

じ方がある。神様が男と女とを作ったのだから、男は女体を観賞する義務があるから見る　又は　家の女房とくらべてとか　或いはいやらしい思いにはせる等々そういう事は皆、道徳、不道徳のなせる業なのだ

トロピカルチカロスの唄あり、

ここでヌードゆっくりと退場、その都度雲形の間から見える部分が変化する

学者風の男は続けて云う

それというのもこの少さなリンゴ一つから生れたのだごらんなさい

というと音楽と共に道具割れる

4

d

写真16　OS劇場　三島由紀夫の不道徳教育　台本（昭和33年10月）

第6景　美声は大いにうるべし
第7景　大いにウソをつくべし
第8景　グラマーは征服すべし
第9景　人に迷惑をかけて死ぬべし
第10景　童貞は一刻も早くすてるべし
第11景　道徳消滅
第12景　コンドルに不道徳はない
第13景　ブードウ
第14景　国立泥棒学校
第15景　泥棒の効用について
第16景　インターミッション
第17景　ポーズは大胆にせよ

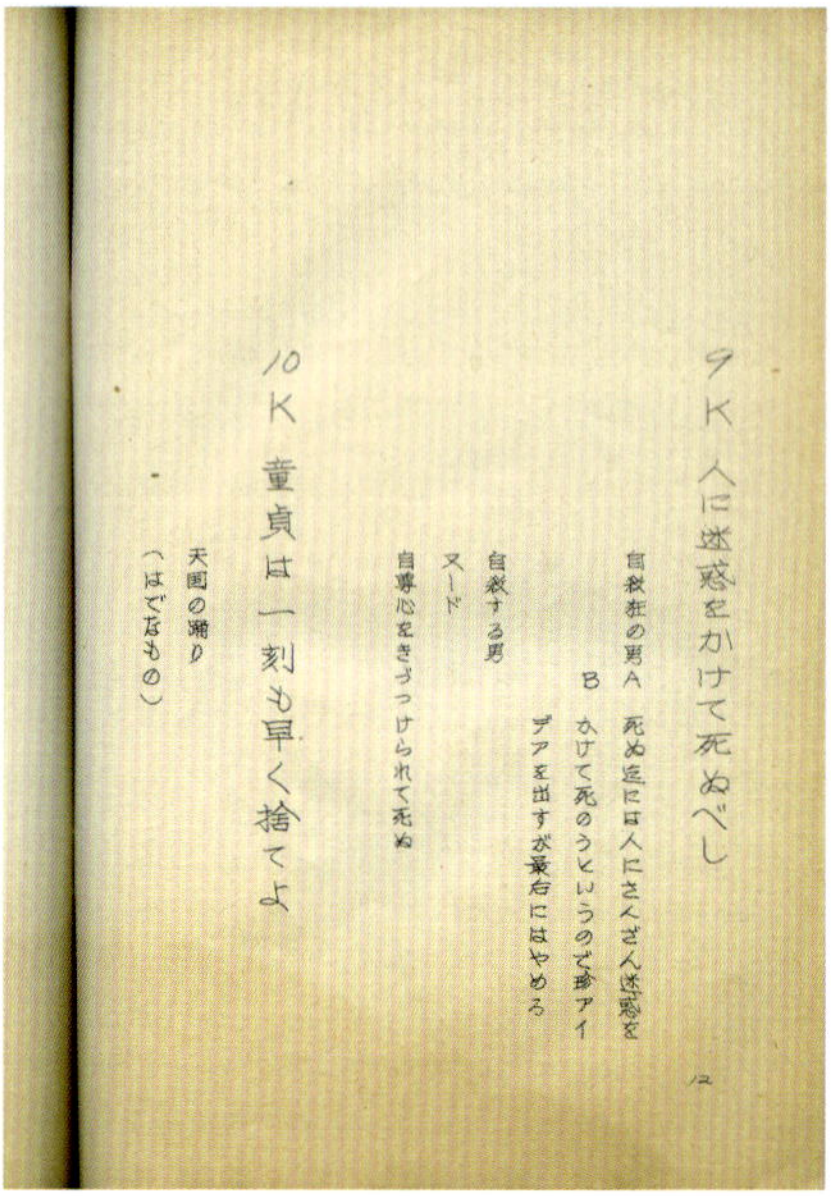

写真16ｅ　三島由紀夫の不道徳教育　台本

第18景　醜聞は大いに利用すべし
第19景　外人の不道徳
第20景　不道徳の是非
第21景　フラメンコ・イン・マドリッド
第22景　エピローグ」であった。第9景「人に迷惑をかけて死ぬべし」の項に「自尊心をきづつけられて死ぬ」と書かれているところに注目したい。これは「自尊心による自殺」である。

自尊心による自殺

円谷幸吉の死について三島氏は、「それは傷つきやすい、雄々しい、美しい自尊心による自殺であった。私はかつて全く同じようなケースの自殺を、「剣」という小説で描いたことがあるが、小説のように純粋化された事例が現実に起ったことにおどろかされた。（略）自尊心と肉体は、もっとも幸福な瞬間には、手を携えて勝利の壇上に昇ったが、もっとも不幸な瞬間にはお互いが仇敵になる。実に簡単なことだ。解決は一つしかない。自尊心を活かすためには、崩壊に赴こうとする肉体を殺すほかはない。しかし、自決に際して、その自尊心からむりやり肉体を引き剥がすには、自尊心自体に別な根拠を与えてやる必要があった。責任感、名誉を重んずる軍人の自尊心である。かくて彼の死は、軍人の自決になった。私がこの小文の題に「円谷二尉の自刃」と名付けたゆえんである。（略）

私は円谷二尉の死に、自作の『林房雄論』のなかの、次のような一句を捧げたいと思う。

『純潔を誇示する者の徹底的な否定、外界と内心のすべての敵に対するほとんど自己破壊的な否定、……云いうべくんば、青空と雲とによる地上の否定』
　そして今では、地上の人間が何をほざこうが、円谷選手は、『青空と雲』だけに属しているのである」(5)と記している。

不道徳教育講座の「あとがき」

　三島氏は、昭和44年5月の「不道徳教育講座」の新装版出版に際して「あとがき」を寄せ、「私はこの本を軽い気持で、（略）書いていた」と記している。この「あとがき」は自決の数か月前に書かれた「行動学入門」の「あとがき」と附合するものがある。三島氏は、「この本は、私の著書の中でも、軽く書かれたものに属する。いわゆる重評論ではない。しかしこういう軽い形で自分の考えを語って、人は案外本音に達していることが多いものだ。注意深い読者は、これらの中に、（私の小説よりもより直接に）、私自身の体験や吐息や胸中の悶々の情や告白や予言をきいてくれるであろう。いつか又時を経て、『あいつはあんな形で、こういうことを言いたかったんだな』という、暗喩をさとってくれるかもしれない」(6)と記している。

　三島氏は、自決の理由を「檄」をはじめ多くの評論や書簡に記している。円谷二尉の自刃が「自尊心による自殺」であるなら、三島氏の自刃も「自尊心による自決」と考えられないだろうか。

小説「剣」では、海辺で行われた剣道部の合宿で主将の國分次郎は部員たちに海水浴を禁じた。國分の留守中、一部の部員が海水浴をした。合宿の打ち上げの夜、國分は自殺する。國分次郎の自殺は、「純粋化された」「自尊心による自殺」であった。昭和42年5月に、三島氏は自衛隊の山本舜勝に「もう書くことは捨てました。ノーベル賞なんかにはこれっぱかりの興味もありませんよ(7)」と語った。昭和43年10月、日本で最初のノーベル文学賞は、川端康成が受賞した。三島氏の自決の誘因に、この「自尊心による自殺」の要素が潜んでいるとしたら、三島氏の自尊心を傷つけた間抜けな剣道部員は誰だったのかを、自決の誘因の一つとして考えたい。

　三島氏が円谷二尉に捧げた一句を、私も三島氏に捧げたいと思う。

「純潔を誇示する者の徹底的な否定、外界と内心のすべての敵に対するほとんど自己破壊的な否定、…云いうべくんば、青空と雲とによる地上の否定」

　そして今では、地上の人間が何をほざこうが、三島由紀夫は、「青空と雲」だけに属しているのである。

（三島由紀夫研究家）

註1　松竹新喜劇パンフレット：不道徳教育講座、中座、1959
2　日劇ミュージック・ホールパンフレット：恋には七つの鍵がある、日劇、1955
3　OSミュージック・ホールパンフレット：恋には七つの鍵がある、OSミュージック・ホール、1955
4　OSミュージック・ホールパンフレット：不道徳教育、OSミュージック・ホール、1958
5　三島由紀夫：円谷二尉の自刃、産経新聞夕刊、1968
6　三島由紀夫：あとがき、行動学入門、文藝春秋社、1970
7　山本舜勝：自衛隊「影の部隊」、講談社、2001

決定版三島由紀夫全集逸文目録稿（2）

山中剛史編

本目録稿は、『決定版三島由紀夫全集』（新潮社）完結後、本誌掲載「決定版三島由紀夫全集逸文目録稿（1）」以後に逸文として新たに判明した、評論、エッセイ、詩、推薦文、談話、座談、アンケート回答に加え、音声や活字化された書簡の情報を紹介するものである。原則として、一般発売された公刊誌紙および単行本に活字化（又は写真紹介）されたもので、なおかつ、編者が掲載誌紙（含コピー）を実見確認したものに限ったが、情報を共有するという観点から、記事化、展示されたものも含み、また、今回から設けた参考欄には全集収録済みだが解題再録された文章などについての情報を記した。

ルポ形式記事の談話や、新聞・雑誌の記事中に出てくる短いコメントは省いたが、三島の考えを伝えるようなある程度の分量のものは記載した。無題のものなどは、『決定版全集』のスタイルに合わせ表記した。

情報提供をいただいたものにはそれぞれの項目末尾に氏名を記しました。改めて謝意を表します。

■評論、エッセイ、推薦文、談話等■

僕は白痴美を／新婦人（昭24・11）

△「若い殿方はこんなお嬢さまがおすき」というコーナーに、池部良、小畑実らと共に寄せたものだが、最初の三分の一は取材者の弁で、残りが三島の談話のような体裁となっている。まとまりがありタイトルもある体裁上、逸文とは言い難いかもしれないが立項しておく。

『愛の渇き』の踏査／豊陵会報（昭28・9・15）

△「特別寄稿」として掲載。初出誌は大阪府立豊中高等学校の同窓会組織「豊陵会」会員向けの同窓会誌の復活第一号で、「編集後記」には〈三島由紀夫氏の特別寄稿は多田勝彦君（高三）の御好意によるものである〉とある。内容は、「愛の渇き」の執筆動機からモデルとなった豊中市熊野田の取材旅行についてであるが、紹介者の多田氏については不明。この取材旅行については、他に「大阪の連込宿―「愛の渇き」調査旅行の一夜」（『決定版全集27』収録）がある。（情報提供・新潮社）

パリと申しても広うござんす／「歌う越路吹雪」プログラム（昭28・12・12）

△昭和二十八年十二月十二～十三日に開催された越路吹雪による第一回目のリサイタル「歌う越路吹雪」（銀座・山葉ホール）のプログラムに寄せたもの。主にシャンソンに対する私感を書いている。昭和二十八年夏にパリから帰朝した越路とは、既に「二人の見たパリ」（「婦人朝日」昭28・9）として対談している。（情報提供・犬塚潔氏）

真面目くさった祝辞／白坂依志夫「作家の情念と内的状況」（「シ

ナリオ」昭46・1）

△右記の白坂の三島回想エッセイに全文引用（ただし新仮名遣い）。白坂依志夫のペンネームでシナリオ作家になる前の昭和二十九年頃、早稲田大学文学部在学中の本名・八住利義は左幸子らと劇団二十一世紀を結成、第一回公演としてノエル・カワード「花粉熱」を上演し、そのパンフレットのために執筆されたもの（初出であるパンフレット未見）。三島とは銀座のブランスウィックで知り合い、この公演での赤字を埋めるために八住らは放送劇「潮騒」（文化放送、昭29・7〜9）に出演、その後「永すぎた春」映画化に際してはシナリオを担当。白坂の同回想エッセイは、同著『不眠の森を駆け抜けて』（ラピュタ、平25・4）に改題再録。

筋肉質の美／主婦の友（昭30・11）

△初出雑記掲載の「痩せることとは果して魅力を増すことか」と題する記事のなかで、「男性の立場からちょっと一言」として三島や芥川比呂志ら四名が女性の体型に対する文章を寄せている。

私の週間メモ／読売新聞（昭31・8・27夕）

△「私の週間メモ」欄に、三島ら四名分が記載。九月一日から「鹿鳴館」執筆にかかると書いている。

黛敏郎氏のこと／音楽芸術（昭32・4）

△当該誌の「親友交歓」コーナーにて、花馬車にて撮影された三島、黛のグラビアと共に掲載された。

夫婦同伴について／婦人生活（昭37・6）

△当該誌随筆コーナー「話の広場」欄に掲載。当該欄には、その後昭和四十三年にも、エッセイを寄稿している（後述「習字の伝承」）。

編集のことば／「現代の文学」内容見本（河出書房新社、昭38・4）

△三島も編集委員の一人であり同内容見本には「論議をつくした全集」（『決定版全集32』）を寄せているが、藤田三男「編集者・三島由紀夫」（「三島由紀夫研究」平23・9）によればこの内容見本に編集委員会名義で掲載されている「編集のことば」は、昭和三十七年秋の第4回編集会議の席上にて、藤田の目の前で三島が執筆したものであるとして再録紹介されている。

推薦者のことば／女学生の友（昭39・4）

△当該誌の新コーナー「作家がえらんだジュニアのための一冊の本」の第一回の推薦者として三島が選んだエーリヒ・ケストナー「点子ちゃんとアントン」と共に掲載。三島は他に、ヤコブセンの「モーゲンス」「ニールス・リーネ」も一度は読んでおくべき本として挙げている。「点子ちゃんとアントン」は、「わが銀座」（『決定版全集29』）、「母を語る」（『決定版全集30』）でも言及している。

若い郵政局員の皆さんへ／郵政（昭41・7・15臨増「若い郵政」）

△当該紙は雑誌「郵政」の青少年特集号で、三笠宮崇仁、石原裕次郎らも言葉を寄せている。

横尾忠則氏の絵画展／アイデア（昭44・9）

△横尾忠則の個展（東京画廊、昭44・9）を紹介するものとして横尾の作品図版と共に掲載。なお、本文ではタイトルは「横尾忠則氏の絵画展」だが、目次には「横尾忠則氏の個展」と記載。

習字の伝承／婦人生活（昭43・1）

△当該誌随筆コーナー「はなしのひろば」欄に掲載。幼少の頃母型の実家へ年始に行って書き初めをした思い出や、江田島の元海軍兵学校・三光館を訪れた時のことに触れている。

生きるものの喜び／竹内威『初心者のためのボディビル35日完

成』（日本ボディビル指導協会、昭43・11）
△著者は日本ボディビル指導協会指導部長で、当該書は文庫サイズ全24頁の小冊子。三島の文章は顔写真付で裏表紙に掲載。定価の記載なく、当時ボディビルのジムなどで配布されたものか。（情報提供・犬塚潔氏）

核兵器とゲバ棒の極限的表現／産業新潮（昭44・3〜4）
△昭和四十四年二月五日の一水会主宰、「産業新潮」協賛の講演会録。二回にわたって旧仮名遣いで連載され、「学生運動を批判する」とサブタイトルがある。

■座談会、対談■

結婚と同棲と恋愛／荒巻則子、佐分利一郎、藤尾あゆ、板持淳子／婦人画報（昭25・11）
△座談場所、日時は不明。〈いまの若い世代の一つの傾向として、結婚と愛情と性欲というものが非常に分離した形でしか感じられないという事実〉をめぐる諸問題を、声楽家や医師など二十代前半のアプレ世代を集めて座談したもの。同性愛や光クラブ・山崎晃嗣にも触れている箇所がある。

もし徴兵令が布かれたら／鶴田浩二／自衛（昭29・8）
△掲載誌は創刊号で防衛報道協会出版部発行。昭和二十九年七月に防衛庁が発足し保安隊から自衛隊が設立された時期のもので、鶴田は再軍備絶対反対、三島は肯定という立場で対談を進めている。鶴田とは後年、対談「刺客と組長」（昭44・7、『決定版全集40』所収）で再度顔を合わせている。

1957年の課題をさぐる／伊藤整、浦松佐美太郎、小汀利得、田付たつ子、畑中武夫、横田喜三郎、本社（高木編集局次長、小野調査部長他）／読売新聞（昭32・1・3）
△昭和三十一年十二月の日本の国際連盟加盟を受けて、加盟以後の日本の外交、産業、文化交流などについて語ったもの。三島は「太陽の季節」の英訳や日本空飛ぶ円盤研究会についても発言している。

日本の国防と自衛隊／増田甲子七／時の動き（昭43・5・1）
△増田甲子七は、昭和四十一年に佐藤内閣に防衛庁長官として入閣。当時、七〇年安保へ向けての過激派活動などが活発化し防衛庁襲撃事件への対応など問題を抱えていた。初出誌は総務省発行の週刊誌。

■アンケート■

葉書回答／女人芸術（昭24・1）
△雑誌「女人芸術」第一号に掲載。質問項目は、1明日の女流芸術に期待するもの、2女流芸術家と共に仕事をされた場合御不快な事がありましたらその点を、3女性でなくては出来ないと思はれた芸術作品の三項目で、日夏耿之介、野間宏、福田恆存らと共に回答を寄せているが、三島は全て候文で回答している。

作家にきく今年の仕事／読売新聞（昭28・1・1）
△「作家にきく今年の仕事」として、三島、武田泰淳、丹羽文雄、石川達三ら六名分が記載。「秘楽」を上半期までに書き上げたいと書いている。

あなたの冬の健康法は？／郵政（昭43・2）
△掲載誌のアンケートコーナー「あなただったら」への複数人の回答だが、三島は「今月のゲスト」として一人だけ顔写真入りで掲載。

■参考■

大阪の皆さま、よろしく／ＯＳミュージック・プログラム（昭33・10）

△「三島由紀夫の不道徳教育」と題して「不道徳教育講座」をバーレスク化した舞台のプログラムに肖像写真と共に「大阪の皆さま、よろしく／三島由紀夫」とペン、毛筆の筆跡を掲載。既に安藤武『三島由紀夫「日録」』（未知谷、平８・４）で言及されている。資料提供・犬塚潔氏

三文紳士（題字）／吉田健一著『三文紳士』（宝文館、昭31・10）

△吉田健一のエッセイ集の題字。「三文紳士／吉田健一著」と揮毫。

三十八歳働きざかり（題字）／「読売新聞」（昭38・１・１）

△無署名記事「三十八歳働きざかり」のための題字。毛筆。九州電力一ツ瀬ダム建設写真と共に、三十八歳となった昭和を語る正月エッセイ。同月三島も三十八歳となるために起用されたものか。

（解題再録）**師弟のモラル**／青年文化大学第六輯『青年哲学講座』（青年社、昭25・５）

△雑誌「青年」の増刊である「青年文化大学」の一篇として刊行された右記書に、青野季吉や室伏高信らと共に掲載。タイトルは「師弟のモラル」となっているが、「青年」（昭23・４）に掲載された「師弟」（『決定版全集27』収録）の改題再録。

（再録）**軽王子序詞**／現代（昭29・８）

△三谷茉沙夫発行の同人誌「現代」発刊に際し、発刊を相談していた三島が寄稿したものだが、〈現代発刊を祝して旧作ながら、拙詩一篇をはなむけに贈る〉とあるように、当該作はかつて齊田昭吉らの同人誌「舞踏」（昭23・６）に発表したもの。

（再録）**自衛力充実の新路線**／中曽根康弘／国防（昭45・４）

△昭和四十五年一月より新たに防衛庁長官となった中曽根と、自衛隊の予算や情報部門、自主防衛観念などについて語っている。「中曽根防衛庁長官　作家三島由紀夫氏」（昭45・２・12「朝雲」）の改題再録。

（同時発表）**わが警察流剣道**／（昭41・９）

△『決定版全集』収録の右エッセイは、初出と記された「上毛警友」の他に同年同月発行の、警視庁内・自警会発行の「自警」および長野県警察本部警務部教養課発行の「旭の友」にも掲載されていることが判明した。

書評

長谷川三千子著『神やぶれたまはず』

松本　徹

表題の脇に「昭和二十年八月十五日正午」とある。言うまでもなく大東亜戦争終結の詔勅が、天皇の音声をもって放送された日時である。日本帝国政府は、すでにポッタム宣言受諾の手続きに入っていたが、一般の日本人は、この時刻に、アメリカなどの連合国に対して、わが国が敗北したのを知ったのである。

この時に、決定的な何かが起こった、と著者は捉える。それもわが国において、新しい「神学」の礎が据えられたと言う。その「神学」という語が、われわれの耳には馴染まないが、敢えて持ち出したところに、著者の意図が端的に込められているのだ。

その決定的な何かだが、当時、十全な理解が得られたわけではなかった。人それぞれ違ったふうに解釈したのだが、少なからぬ人々がその重大性ばかりはしっかりと受け止めた。例えば河上徹太郎、折口信夫、高村光太郎、吉本隆明、三島由紀夫、桶谷秀昭、橋川文三らがそうであった。そう捉えて、彼らの言辞を検証して行くところから本書は始まる。ただし、一人一人を追う余裕はないので、ここでは三島由紀夫に限って見よう。

採り上げるのは『英霊の声』である。林房雄の評言のとおり、この小説の印象は「たいへんな怒り」であり、「神学的な怒り」であるとする。ただし、八月十五日正午ではなく、二・二六事件と昭和二十一年正月の人間宣言が扱われている。まず二・二六事件の処刑された青年将校の霊、次いで大東亜戦争の特攻隊員の霊が、霊媒を介して現われ、天皇が神として振る舞うべき時に、人間として対応した、と糾弾する。「などてすめろぎは人間となりたまひし」と、繰り返し言い募り、絶望と怒りを爆発させるのである。しかし、これらはいずれも八月十五日正午に受けた衝撃に発していると、著者は言う。

確かに三島は自らの体験をありのまま率直に語ることが少なく、変換したり仮託したりすることが多い。だから敗戦の詔勅を聞いた時の衝撃を、そのままではなく、まづは十一歳の二・二六事件の時のこととし、次いで、人間宣言の時のこととして書いた、と見るべきかもしれない。また、正午の衝撃そのものに直接的に向き合うよりも、こうする方が、その内実をより詳しく見、解きほぐし、表現するのに都合がよいという面もあったろう。

その二・二六事件の青年将校に対する著者の評価だが、まことに手厳しい。政治行動としては「おそろしくトンチンカン」で、天皇が彼らを反乱軍として処断したのは正しかったとする。その上で、「愚かなる赤心」の系譜に繋がるとして、三島の言辞を踏まえ、高天原で乱行を働いた須佐之男命と同様、「彼らは、いはば荒魂の英雄たちであり、追放されるべくして追放された者たち」で、「彼らはそれを激烈に慨（なげ）く。しかし、それはもともと彼らの運命なのであつて、誰に裏切られたといふやうな話ではない」と、半ば身を寄せながら、最後は突き放す。こういうところにこの著者の柔軟でありながら、果断な姿勢を見ることが出来よう。

この手厳しさは、三島にも向けられる。実際は、いま指摘したようなことを三島は承知していたはずなのだが、敢えて共鳴し、同調する態度に出たのは、三島自身が厄介な逸脱を犯していたからだと言う。すなわち、青年将校たちは、天皇から一声、「死ね」と命じられて死ぬことに、無上の喜びを見ていたとするが、現実の青年将校たちは決してそうでなかった。彼らは自らの使命を自覚、自ら進んで死へ向かったのであって、決して命じられてではなかった。「この逸脱は、現実の二・二六事件からの逸脱」であり、さらには「日本の歴史、伝統からの逸脱」である、とまで言うのである。

こういう批判はいままで耳にしたことがないが、その通りかもしれない。三島もまた、自由で自発的行為を、最も貴んでいたはずだからである。

ただし、このような逸脱を三島が犯したのは、「神人対晤の至高の瞬間の成就」への一途な希求ゆえであったとする。「神人対晤」とは、神と人が死を介して一体となることであり、神に帰依し、奉仕するのを選んだ人間が手にし得る至福にほかならない。だから三島の逸脱は、他でもない「神学の領域にむけての逸脱」であって、その「神人対晤」の瞬間を奪ったゆえに、天皇の糾弾となった。死を決意することによって至福を手に入れようとしていたのを、いきなり生へ、あるいは平凡な死へと押しやられてしまったゆえであったとする。

多分、いまの時代、このところが最も理解し難いだろう。敗戦を受け入れ、戦いは終わり、人々は死から解放され、安堵した、というのがわれわれ一般の理解である。ところが三島は、逆に怒り狂い、絶望感に囚われた。少なくとも三島が描いた若者たちは、そうであった。

これは間違いなく「神人対晤」を、三島自身が求めていたがゆえであり、「神学の領域」へすでに踏み込んでいたためであったとする。

その上で著者は、『旧約聖書』のアブラハムの物語を持ち出す。神がアブラハムにその子イサクを、犠牲に捧げるよう、いきなり要求する。それに対してアブラハムは、命じられたままイサクを犠牲に供するため、モリヤの山頂に薪を積み、その上に息子を横たえ、刃で刺し貫こうとする。その瞬間、神はアブラハムの信仰の偽りがないことを認め、その手を引き留め、祝福する。

この物語は、神と人の係わりの極限の物語であり、さまざまな問題を含んでいる。著者はそれを神とアブラハムの視点からだけでなく、イサクの視点からも検討するのである。

そうして、このモリヤ山頂で生き残ったイサクと、『英霊の声』の霊たちが対応する、とする。一旦は父の命令に従って自らの命を神への捧げ物として差し出したのにかかわらず、神は、それを突き返したのだ。無二の捧げ物を突き返された怒りと悲しみを、イサクは覚えたはずで、英霊もまたそうだったと言うのである。

終戦の詔勅は、命を投げ出さず、逃げ惑いつづけた者には、確かに命拾いの安堵感と解放感をもたらしたろう。しかし、わが身を差し出した者は、至純の決意を蔑ろにされたのだ。憤怒の激情に襲われたとしても不思議はあるまい。例えば戦時中、天皇主義者であった吉本隆明が、反天皇主義者になったのも、このためだったろうと著者は見る。

ただし、著者が問題とする肝心なことは、その捧げ物を退けるとともに、神が実際になにをしたか、である。神は、ほかならぬ自らの死を差し出した、と言うのである。

ユダヤの神は死ぬことができない。キリスト教では、父なる神は死ぬことが出来ないが、その子キリストが十字架上で死んだ。それに対してわが国の現人神（著者は「現御神」と表記する）は、神自身が死ぬことの出来る存在であり、そういう存在として昭和二十年八月十五日正午、自らの命を差し出したのだ、と。

実際にこの時、昭和天皇は自らの死を覚悟、その決意を表明するとともに、残る国民の生命を贖った、と見る。すなわち、モリヤ山頂の燔祭のための薪の上に、イサク（国民）と並べて神（天皇）は自らを置いたのである。そして、イサク（国民）を薪の上から下げ、生へと押しやった。

その瞬間は、大東亜戦争の敗北が決した瞬間であったが、同時に、「われわれは本当の意味で、われわれの神を得たのである」と著者は書く。死ぬことが出来る、それゆえに類のない神性の光を発するところの、神がである。

キリスト教を基にして、絶対性を欠くゆえに、真正ならざる中途半端な神しか、日本人は持ち合わせていないとするのが、これまでの有力な考え方であったが、相対的で死ぬことが出来る現人神であるがゆえの、真正の神が顕現したのであり、この時、少なからぬひとびとがそのことを感得したとする。

初めに「神学」云々とあったのも、これゆえだったのである。このようにしてわが国の現代史のポイントたる出来事のただ中に、著者は、真の神たる現人神を出現させたのだ。その力業には感嘆するよりほかない。それとともに、三島が『英霊の声』を書き、『豊饒の海』を書き継いで、あのような最期を遂げるべく歩んだ、そのところを深く考察するのに必要な視点――「神学的視点」――を提示してくれたと思う。

ただし、その瞬間を受け止め、尋常でない感銘を受けたものの、それをそうと理解せず、さまざまに逸らし、紛らしてしまったのが、戦後の現実だった。それをいま、どう捉え直すか。

じつは三島に即して考察するのに、『英霊の声』だけに絞ると、行き届かないことになる。この著作が、これまでのこの著者にしては例のない晦渋さを見せるのも、どうもこのあたりに理由が在りそうである。勿論、問題が問題だけに、当然だとも言えるが、文学作品、ことにこの作品となると、主題なり主張を際立たせるための偏りがあり、一面性が顕著だといってよい。

その点で是非とも視野に入れるべきなのが、戯曲『朱雀家の滅亡』である。拙稿「『英霊の声』への応答―『朱雀家の滅亡』」（「三島由紀夫研究」⑧）を見ていただければよいのだが、この四幕の戯曲は、なによりも父と子の劇であり、「エウリピデスの『ヘラクレス』に拠る」と注されている、その原作の舞台はゼウスの神殿である。政敵の手から逃れて避難していた妻子を、帰還したヘラクレスが救うのだが、嫉妬した神の計らいで狂気となり、救ったばかりの妻子を殺害してしまう。それは燔祭の薪の上での、神とアブラハムとイサク、三者のドラマに似通っている。

朱雀家の当主経隆は、終戦への道筋をつけるとともに、侍従の職を辞し、屋敷に引き籠もると、息子経広が南の島へ赴任を志願、特攻隊員となつて戦死するのを、黙って見送る。それは燔祭の薪の上に息子を据えるに等しかろう。

そして、敗戦の年の冬、自邸の焼け跡に佇み、死んだ息子経広を偲びつつ、天皇に呼びかける、「ああ、お上、気高い、あらたかな、神さびてましますお上、今やお上も異人の泥靴に流されようとしておいでになる。民のため、甘んじてその忍びがたい恥を忍ばうとしておいでになる」。この異人の泥靴とは、新年に人間宣言を出すよう強要する占領軍にほかならない。ここで三島は、天皇を糾弾するのではなく、その苦衷と志すところを的確に捉えている。その点で、著者が説くところと照応していよう。

　経隆は続けて、「偉大なかがやかしい力も、誉れも、矜りも、人を人たらしめる大義も失はれた」と嘆くが、亡き息子の霊に向かつて「かへつて来るがいい」と語りかける。それというのも、この国は、いまや尽きない悲嘆の「涙の国」になったが、お上、天皇がその「涙の泉」になられておられる。だから、お前も帰って来るがいい、と。そして、経隆自身、その涙の泉から限りなく溢れ出る涙を「山裾にゐて川へ伝へる一本の筧」になろうと言う。

　間違いなく息子経広はイサク、父親の経隆はアブラハムだと言ってよかろう。ただし、息子経広を捧げられた天皇は、ユダヤの神と違って、死ぬことができ、自らを犠牲に供することが出来、自ら「涙の泉」ともなるのだ。

　ここにわが国独自の、神格を備えながら絶対的な神とは決定的に違う在り方をした、昭和といふ時代が初めて可能にした神の、「神学」の礎が据えられたと言うことが出来る。ユダヤ教やキリスト教と違い、独自なだけ、理解が厄介かもしれないが、この独自性こそ、何にも換え難いところであろう。これまでは天皇に関して、どうしても欧米の近代的思考に基づいて、考えがちであったが、そこから抜け出した、思考の営為の成果である。

　これを軸に、「神学」として、より整備したかたちで、やがて示してくれることを期待したい。

（二〇一三年七月、中央公論新社
三〇五頁、本体一、八〇〇円+税）

書評

川上陽子著 『三島由紀夫〈表面〉の思想』

中元さおり

　本書は思索的な問いから出発する。その問いは、〈私〉という枠組から人間ははたして遁れうるのかというものである。〈私〉は〈私〉であることを放棄することはできない。そのために〈私〉は〈私〉を引き受け続けるほかなく、遁れうる可能性は皆無に等しいと川上陽子氏は論をすすめる。そして、三島作品には「〈私〉という牢獄においていかに外部に、〈他者〉に触れうるか、という問いとの格闘の場」があるのだと指摘する。三島作品に対するこうした見立てをもとに、『太陽と鉄』にある「表面の思想」という言葉を借り受け、『仮面の告白』から『豊饒の海』にわたるいくつかの作品における〈私〉と〈他者〉との関係について解き明かそうというのが本書のねらいである。これまでの三島研究を丁寧におさえたうえで、敢えて作者名を作品から切り離し、作品にあらわされた言語表現のみを対象にするという研究方法が本書では採用されている。作品と作者の往還やさまざまな影響関係などから解釈することの多い三島研究においては、氏の採った研究方法自体が大きな特色であり、新たな試みであると言えるだろう。真摯に言葉と向き合うストイックな姿勢から導き出された、緻密な作品分析もさることながら、著者自身が思索の海に深く錨を下ろしていくかのような、筆致にも惹き付けられるところは大きい。

まず「はじめに」では、鍵概念である〈表面〉について、二つの定義が掲げられている。一つには「なにがしかのかたちとして世界にあらわされ」、誰もが「その存在を確認しうると想定されうるものの様態であること」を意味し、もう一つは、誰もがその存在を確認できるがゆえに、その〈表面〉は「各々の〈私〉にとって異物であるということ」を意味しているとする。つまり、〈表面〉とは、〈内面〉の表象としてあらわされたもの—作品であり、またそれは「〈他者〉に受容され、それによって〈私〉の〈内面〉が推理・解釈されてゆく契機となる場処」のことであると氏は規定する。

第一章「〈作者〉の不在証明、〈作家〉の誕生——『仮面の告白』」では、まず、〈私〉と〈他者〉の関係について考察している。〈私〉の欲望を喚起する「悲劇的なもの」とは、〈私〉の認識世界が〈他者〉の〈表面〉にそれを素材として映し出した幻影にすぎないとし、〈他者〉の〈内面〉から目を背け、それがないと仮定することで欲望の対象へと仕立て上げていく構造に、〈私〉と〈他者〉の関係における「はてのないジレンマ」を見いだしている。さらに「手記」という記述スタイルによって書かれた作品が、〈書く私〉と〈書かれた私〉が混在し鬩ぎあう場となっていると指摘し、また〈作者〉自体が消滅していく過程を考察することで、〈書くこと〉をめぐって複雑に絡み合う〈私〉の位相を、作品の構造から丹念に読み解いている。

第二章「〈私〉の閉塞から〈表面〉としての〈私〉へ——『金閣寺』」でも、〈表面〉を堺にして〈私〉と〈他者〉の隔たりが描かれていることを検証している。溝口は吃音ゆえに世界から疎外されているのではなく、言葉全般における〈内面〉と〈表面〉、そして〈私〉と〈他者〉のあいだの隔たりを吃音が象徴していることが論じられる。また、金閣放火という行為は、溝口が〈内面〉に抱き続けてきた金閣を〈他者〉が確認しうる形、つまり〈表面〉として提示した表現行為であるとし、その行為の解釈を〈他者〉に委ねていると指摘する。さらに「手記」という作品構造の分析をとおして、金閣放火犯という〈他者〉を容易に理解されることのない〈他者〉として〈作者〉が語っていることを明らかにしている。

第三章「「表面の思想」へ——『鏡子の家』『美しい星』『太陽と鉄』『文化防衛論』」では、〈他者〉不在の物語である『鏡子の家』には、到来しつつあった「テレヴィジョン」の時代の影響があり、〈他者〉喪失が加速する時代の反映がみられることを指摘する。『美しい星』もまた〈他者〉不在の世界を描いたものとし、肉体という〈表面〉が〈私〉と〈他者〉が接触し鬩ぎあう場処であると解釈する。『太陽と鉄』については、〈表面〉とは〈私〉と〈他者〉

との間に位置する媒体であり、そこに〈他者〉がなにを読み取るにせよ、〈私〉自身は〈表面〉に個別的な意味を賦与するつもりはないという「禁欲的な態度」があることを論じる。『文化防衛論』における「文化概念としての天皇」について、《天皇》という「フォルム」〈表面〉は数多の〈私〉と〈他者〉が出会い、共存する場処であり、〈私〉と〈他者〉とが渾然とした不分明の地点であると解釈し、「表面の思想」が探究された過程を明らかにした。

第四章「〈表面〉への物語――『豊饒の海』」では、認識者である本多の存在を足がかりに「転生」という装置の機能について考察し、最後の月修寺の場面の新たな解釈を試みている。月修寺の「何もない庭」とは、「非個性の言葉」で描かれた〈表面〉であり、読者は「もっとも単純な意味としての、端的に剥き出しの読む者へと還元されて、「何もない」庭と対峙している」とし、その〈表面〉は「物語世界の内部と外部、見る者と見られる者、解釈する者と解釈される者の境界を融解させ、すべてがただひとしなみにある場処」であると結論づける。

「おわりに」では、三島作品は「〈私〉への閉塞を拒絶し、〈表面〉を志向することをめざした「表面の思想」の一環」であり、「非個性の言葉」という〈表面〉を得るために作品は書き継がれたとし、そこに〈私〉への拘泥を憎みつつ苦闘してきた〈作家〉の姿を浮かび上がらせている。

本書で明らかにされたのは、三島作品における〈表面〉という場処での〈私〉と〈他者〉との攻防の様相である。そして〈作者〉によってあらわされた〈表面〉をわれわれ読者は〈他者〉としていかに捉えるかという《読むこと》をめぐる問題提起へと繋がっていく。三島作品の言語表現そのものをしっかりと捉え、あくまでも一人の〈他者〉として〈表面〉〈作品〉を解釈しようという本書の試みが、三島作品の分析だけにとどまらず、《読む》という行為自体を問い直すものとなっており、刺激的な論考であるといえる。

以上のように本書は三島研究のみならず近代文学研究において新たな視点を提供するものであるが、最後に二つ問題点を指摘しておきたい。まず一つ目は、〈表面〉という言葉の意味についてである。本書で定義された〈表面〉という概念は、三島が『太陽と鉄』で意味したものとは異なるように思える。三島にとって〈表面〉とは、内界と外界の境界である肉体と同義であった。三島が筋肉によって肉体を作り上げていく過程で獲得した「表面の思想」とは、抽象性を帯びた筋肉がもたらす「透明無比な純粋感覚」の体験であり、その先にある「あらたかな実在」としての「死」の発見でもあった。三島の語る〈表面〉や「表面の思想」と、本書における〈表面〉という概念の差を埋める手続きが必要であったように感じる。そして二つ目は、作品と作者を切り離して分析する方法で三島作品を論じることの難しさについてである。というのも、氏が作者の影を消し去れば消し去るほど、そこに残された《空白》がかえって存在感を増してくるように思えてならなかったからだ。

（二〇一三年三月、水声社
二七五頁、本体四、〇〇〇円＋税）

書評

小阪知弘著『ガルシア・ロルカと三島由紀夫　二十世紀　二つの伝説』

田中裕也

　一体、「伝説」とは何だろう。やや唐突な疑問かも知れないが、問題の発端は本書で「二十世紀」の問題系として、ロルカと三島の「二つの伝説」を扱っているためである。私は本書の著者と同じく三島の死後の生まれであり、物を考えるようになった頃には、疾うに三島は同時代の証言者たちによって「伝説」となっていた。況や一九三六年にスペイン内戦で銃殺されたロルカにおいてをや、である。

　そもそも「伝説」と名指されるものの対象は多岐に亘り、明確な定義付けがほぼ不可能な上に、真偽の証明が不可能なものも多い。「伝説」というものを考察することの困難さと、生来疑い深い性格の私は、〝どうせ眉唾ものだろう〟と斜に構えてしまいがちであった。しかも人物――特に作家――に関する「伝説」では、その人物の性格や習慣の多くが作品成立や事件の予兆として回収されてしまうことが多く、決して「現実」の彼らではないことも「伝説」に対する拒否反応の一因であった。こうした甚だ危うい「伝説」というものに対して、しかもロルカと三島という未だ「伝説」が増殖し続けている二人の作家に対して、本書の著者である小阪氏はいかに向かい合ったのかを見ていきたい。

　まず本書は氏が二〇〇七年に留学先のスペイン国立サラマンカ大学に提出した、スペイン語で書かれた博士論文『スペインと日本における二十世紀・二つの詩的な伝説――ガルシア・ロルカと三島由紀夫の類似』を自身の手で日本語に訳したものである。日本語、スペイン語という二つの文化的な文脈の異なる言語間で翻訳する作業は、大変な労苦があったと容易に推測できる。しかもロルカと三島の比較論が、まとまった書物として日本で出版されるのは初めてのことでないか。そういった意味でも意義のある著作である。

　次に著者の研究手法を説明しておきたい。博士論文のタイトル中にロルカと三島の「類似」とあるように、本書は二人の作家間の直接的な影響関係（例えばロルカとダリのような）を論じる、いわゆる狭義の比較文学研究ではない。むしろ人物間・作品間に表れた共通する要素を見つけ出し、それを人類・文化・時代の普遍的な問題へと還元する手法を採る。そのために小阪氏は、両作家のテクストに共通して表れた記号（「仮面」「聖セバスチャン」「時間」など）を選び出し、その記号作用、特に象徴的特性をあぶり出す。いわゆる象徴主義的な記号論、もしくは主題主義的なテクスト解釈を展開する。

　こうした研究手法から小阪氏が「伝説」という問題をどのように扱おうとしたのかは、自明となってくる。つまり氏はロルカと三島の「伝説」を同時代の知人達の証言を中心に再構成するのではなく、両作家が自らを「伝説」として演じようとした文学作品・自己表現の中から、その在りようを分析するのである。

　本書の構成は序章、第一～六章、そして

最終章からなる。紙幅の関係上、ロルカと三島両作家の文化的接点を紹介している第一、二章、そして両作家の「聖セバスチャン」への愛好と同化願望を論じている第四章を割愛し、ここでは両者の文学作品を比較・分析した、第三、五、六章を中心に見ていきたい。

　第三章では、ロルカ存命中未公演の戯曲『観客』（一九三〇）と三島『仮面の告白』（一九四九）との比較を中心に、「二大作家の仮面の諸機能とその神秘」について考察している。氏が両作品内で作家と等質な同性愛的傾向を持つと措定した登場人物に注目し、彼らの社会との葛藤・苦悩が生み出す物質的・心理的「仮面」の記号的特質を考察している。氏は両作品に表れた「仮面」の共通点を、①「隠蔽‐暴露を表象する両義的な記号」②「慣例社会によって強制されたもの」③「正常性」④「男女間における異性愛」⑤「嘘」の五つにまとめる。特に「慣例社会」との接点としての「仮面」――ペルソナとしての「仮面」――に着目し、「仮面」の奥の「素顔の喪失」＝本質の不在性こそが、ロルカと三島の肉付きの「永遠の仮面」＝本質であり、「神秘」であったとする。

　第五章では著者は、ロルカ『五年経ったら』（一九三一）と三島『近代能楽集』（一九五六）の両戯曲に「二十世紀文学の作家」の共通性として、「近代概念的な年代順的（クロノロジカル）・直線的な時間に批判的な態度」を看取する。氏は両作品の中に「時間」が宇宙普遍の作用として描かれているのではなく、「恣意的・相対的」「円環的」なものとして捉える、二十世紀の知的枠組みが描かれていると解釈する。特にロルカにおいてはアインシュタインの相対性理論の影響が見られること、両者の共通点としてはフロイト精神分析理論的な「夢」の問題が存在することを指摘する。氏はこうした主観的な「時間」が生起する別の要因として、登場人物達の――特に男女間の――二十世紀的な「孤独」の問題があったことも探っている。それは「コミュニケーションの不在」であり、「存在の不安定感」であったと論じる。

　続く第六章では、ロルカ『ベルナルダ・アルバの家』（一九三六）と三島『サド侯爵夫人』（一九六五）を、男性不在の戯曲として、二十世紀フェミニズム演劇としての可能性を探る。氏は『ベルナルダ・アルバの家』のアデーラと『サド侯爵夫人』のルネを、イプセン『人形の家』（一八七九）のノラの系譜として捉える。アデーラとルネは道徳的で封建的な「母」と対立し、家族制度からの脱出を目指す作品であったと読み解く。

　このように本書で小阪氏は、近代合理主義の限界という「二十世紀」の問題・知的枠組みの中で、ロルカと三島が「不可能性」の「詩」を描いてきた営為を、二人の「詩的伝説」として結論づける。本書を読み終えてあらためて両作家の共通点の多さに驚かされたが、結論は従来の評伝研究の枠から抜け出るものでなかった。結局本書の中でも「不可能性」の「詩」を追求した両作家自身が、「不可能性」の「詩」＝不在性そのものとなってしまったのである。また両作家の共通性を求めるあまり記号の要素を、両作家の作品に当てはめただけになってしまっており、深い作品分析がなされていたとは言い難い。しかも著者は最終章で両作家の劇的な死を、「聖セバスチャンの殉教」をめぐる「伝説」と同化させ、「神聖な伝説へと変貌を遂げ」させている。これはむしろ両作家の死から生み出された「伝説」であり、作品分析から「伝説」見いだそうとした姿勢とも相反する。そもそも「伝説」という、作家の偉大さに裏付けられた問題設定を扱う段階で、著者は既に二人の作家の前に拝跪してしまっていたのではないかという疑念さえ浮かんでくる。むしろ重要であったのは両作家の作品の共通性でなく、そこから浮き彫りとなる差異ではなかったか。本書でも述べられているように、ロルカは晩年に至るまで「現実」を拒否した純粋な「詩」を追求していた。一方で三島は自己を「偽物の詩人」とし、『詩を書く少年』（一九五四）の結末では、少年に「詩」の中に既に「現実」が混じり込んでしまっている瞬間が描かれる。

　私は「二十世紀」の「詩的伝説」としての彼らではなく、むしろ彼等が「二十世紀」という問題系からもはみ出してしまうような「詩」＝共約不可能性があるとするならば、その「伝説」とはどのようなものだったのかを、著者に問うてみたかった。

（二〇一三年一月、国書刊行会　四〇〇頁、本体四、四〇〇円＋税）

山中湖文学館便り

　平成25年は、昨年より続いていた「サド侯爵夫人」展の世界編を2月5日から6月30日まで開催しました。フランスやフィンランド、スペイン、ハンガリー、スウェーデンをはじめ、メキシコやアメリカなど、外国で行われたサド侯爵夫人に関する展示で、ポスター、プログラム、チラシ、上演書類、写真などが展示され、数は少ないものの、三島家からの貴重な寄託資料を中心に展示することができました。

　続いて7月2日から平成26年の1月19日まで、「『潮騒』の60年」展を開催しました。刊行から60年になる三島の代表的作品で、ベストセラーとなった小説「潮騒」に関する展示で、三島家より寄託された「潮騒」の原稿を初めとして、創作手帳や舞台のモデルとなった神島の写真、映画化された際のポスターやパンフレット、シナリオやプログラムなどを中心とした展示となり、舞台のモデルとなった神島のある三重県鳥羽市の観光協会からもご協力を得ることができました。

　7月6日、7日には昨年初めて実現した三島由紀夫のリーディング演劇の第2弾「こころで聴く三島由紀夫Ⅱ」が開催されました。新国立劇場とJ-Theaterに演劇を依頼し、今回はワークショップも加わり、演目も近代能楽集「葵上」（演出・宮田慶子　新国立劇場）と「班女」（演出・小林拓生　J-Theater）が行われました。アフタートークでは宮田慶子氏と館長松本徹、研究員の佐藤秀明が三島由紀夫の演劇について語り合いました。

　平成26年1月28日から6月29日まで、『酸模』から『花ざかりの森』へ―三島由紀夫の学習院中等科時代」展を開催致しております。三島由紀夫の学習院時代において最も重要といわれている中等科時代の原稿や図書、雑誌、絵画、自画像、写真などを展示しています。はじめて「三島由紀夫」のペンネームが使われたこの時代の展示を是非ご覧頂きたく、ご来館お待ち申し上げております。

紹介

三島由紀夫『近代能楽集』ノ内「葵上」DVD
三島由紀夫『近代能楽集』ノ内「卒塔婆小町」DVD

池野美穂

三島由紀夫の近代能楽集を、全て映像化する、というとんでもない企画について初めて聞いたのは、二〇一三年のバレンタインデーの日のことであった。その日、池袋のジュンク堂で、山内由紀人氏の新著『三島由紀夫、左手に映画』刊行記念の、トークセッションが行われた。その後、関係者のみで、ささやかな打ち上げを行い、その席で、映像制作会社ポルケの古場英登氏が、この壮大な企画を着々と進めている、と知った。

古場氏の尽力の甲斐もあり、その年の十月には表題に掲げた二作品のDVDが発売の運びとなった。「葵上」には中谷美紀が、「卒塔婆小町」には寺島しのぶが、それぞれ主演し、いずれも舞台とは違った迫力をもった力作である。特に、「葵上」は、葵を演じる中谷美紀の、まるで能面のようなメイクを施した表情、台詞に氷のような冷たさを含めた演技が素晴らしい。本DVDシリーズの眼目として重要なポイントは、〈三島戯曲の持つ本来の面白さ、文体の美しさ、そして心を打つ感動の場面をありのまま再現するため、原文を一字一句変えることなく〉舞台にし、映像化した点にある。私事になるが、昨年度受け持っていた学部一年生にこのDVD（「葵上」）を観せ、同時に三島の「葵上」を配布した。手元がようやく見える程度の明るさであったが、学生は皆、台詞を追いながら、飽きることもなくしっかりと鑑賞してくれていた。これは、活字離れ著しい大学生にあって、大変喜ぶべきことだと感動した。

本作には特典映像があり、「葵上」「卒塔婆小町」いずれも田中美代子氏、松岡心平氏、松本徹氏の鼎談と、井上隆史氏による作品解説が収録されている。

また、この二作品のDVDにはいずれも三島研究のスペシャリストと呼ぶにふさわしい方々による解説が、DVDとほぼ同じ厚さで付録としてつけられている。

こちらも非常に贅沢である。「三島由紀夫研究」にも第一巻より惜しみなく資料を提供してくださっている犬塚潔氏の資料も、大変貴重なものだ。

今後、他の「近代能楽集」もDVD化する計画があるとのことで、こちらも楽しみである。

（発売元・販売元：ポルケ／アートディレクション：赤待松陽構造／「真ノ一声」、通常版価格・税抜五、八〇〇円）

編集後記

刊行が大幅に遅れた。とくに今回は消費税の問題が絡んで、読者を初め刊行元など各方面にご迷惑をお掛けした。お詫びを申し上げげる。「暁の寺」戦後篇創作ノートの翻刻に手間取ったためである。11回で完了したが、想像以上に困難な作業であったようである。

特集として『鏡子の家』を採り上げた。多分、三島がその生涯で最も気力に溢れ、大きな野心を抱いて取り組んだ大作である。ただし、作品に対する評価は、毀誉褒貶半ば、というよりも手厳しい批評が大半を占めた。当時のわたし自身の感想にしても、以後しばらく三島への関心を失ったほどである。わたしを含め、当時の大多数の読者が期待するところと、大きく食い違ったのだ。三島は「時代と寝る」ことを目指していたはずなのだが。

それとともに、以降の三島の歩みを考えると、その時の不評が後々まで響いているようである。そうした点も含め、改めて広く論じて貰いたかったのだが、期待した論者、研究者にとっては、新たな論点を見出すのには時期尚早であったようである。他の作品なら、無理しても書けただろうが、この大作となると、そうはいかなかった。編集者として目算違いだったのだが、本号掲載の論稿からも、この大作がはらむ厄介さは十分に受け取ってもらえるはずである。

座談会は、収録した時点から一年以上経過してしまったが、三島が晩年に係わった「浪曼劇場」の活動を、制作の側から光を当てた、珍しくも貴重なものだと思う。演劇活動の記録となると、どうしても舞台の面に限られるが、それを支える側にこそ、じつは実体があった、と言ってよいようである。宮田日出夫、西尾榮男両氏のお陰で、そのところが多少は明らかになったと思う。お礼を申し上げるとともに、掲載がこうも遅くなったことをお詫びしたい。

三島由紀夫文学館の秋のレイクサロンは、激しい風雨のため中止になった。開館以来、初めての事態で、残念であった。夏のリーデングは盛況で、「班女」を演出した宮田慶子さんを囲んでアフタトークを行った。恒例の充実した様子の一端を知って頂けると思う。

次回は「三島由紀夫の短篇小説」を予定。（松本　徹）

三島由紀夫研究⑭

三島由紀夫・鏡子の家

発　行――平成二六年（二〇一四）五月三〇日
編　集――松本　徹・佐藤秀明・井上隆史・山中剛史
発行者――加曽利達孝
発行所――鼎　書　房　http://www.kanae-shobo.com
〒132-0031　東京都江戸川区松島二-一七-二
TEL・FAX　〇三-三六五四-一〇六四
印刷所――太平印刷社
製本所――エイワ

ISBN978-4-907282-10-3　C0095